2024

Abitur

Original-Prüfungsaufgaben
mit Lösungen

Hessen

Deutsch GK

STARK

16. neu bearbeitete und ergänzte Auflage
www.stark-verlag.de

Inhaltsverzeichnis

Abiturprüfungsaufgaben 2020

Abiturprüfungsaufgaben 2021 (Auswahl)

Abiturprüfungsaufgaben 2022

Abiturprüfungsaufgaben 2023

Sobald die Original-Prüfungsaufgaben 2023 freigegeben sind, können Sie sie als PDF auf der Plattform MyStark herunterladen (Zugangscode vgl. Innenseite des Umschlags).

Autorinnen und Autoren

Susanne Battenberg: Vorspann; Abiturlösungen 2020/A und C, 2021/C, 2022/B; Christian Berg: Übungsaufgabe 1, 4; Claudia Mutter: Übungsaufgabe 3; Gisela Wand: Vorspann, Übungsaufgaben 2, Abiturlösungen 2020/B, 2021/B und D, 2022/A, C und D; Petra Wurm: Übungsaufgabe 5

Vorwort

Liebe Abiturientinnen und Abiturienten,

im Frühjahr 2024 werden Sie das **Landesabitur im Grundkurs Deutsch** ablegen. Der vorliegende Band hilft Ihnen bei der gezielten Vorbereitung auf die **Abiturprüfung**.

Das einführende Kapitel „**Hinweise und Tipps**" …

- informiert Sie über die offiziellen Vorgaben und macht Sie mit den zur Wahl gestellten Aufgabenarten vertraut.
- liefert praktische Tipps, wie Sie bei der Bearbeitung der Aufgaben am besten vorgehen, und enthält eine Liste mit gängigen Operatoren.

Der anschließende **Trainingsteil** …

- bietet Ihnen **Übungsaufgaben** im Stil der Prüfung.
- enthält eine Auswahl der vom hessischen Kultusministerium gestellten **originalen Prüfungsaufgaben** aus den **Jahren 2020 bis 2022**, die Ihnen zeigen, was im Abitur auf Sie zukommt.
- führt Ihnen anhand von **ausformulierten Lösungen** unserer Autorinnen und Autoren vor Augen, wie ein mustergültiger Aufsatz geschrieben sein könnte.

Lernen Sie gerne am PC, Tablet oder Smartphone? Auf der **Plattform MyStark** haben Sie Zugriff auf:

- aktuelle **Original-Prüfungsaufgaben 2023** mit Lösungsvorschlägen
- ein **interaktives Grundlagentraining** zur Analyse von literarischen und pragmatischen Texten
- **Erklärvideos** zur Veranschaulichung der Textanalyse

Sollten nach Erscheinen dieses Bandes noch wichtige Änderungen in der Abiturprüfung 2024 vom Kultusministerium bekannt gegeben werden, finden Sie aktuelle Informationen dazu im Internet unter: *www.stark-verlag.de/mystark*

Wir wünschen Ihnen eine effektive Abiturvorbereitung und eine erfolgreiche Prüfung!

Die Autorinnen und Autoren sowie der Verlag

Hinweise zu den digitalen Zusätzen

Auf alle digitalen Zusätze können Sie online über die Plattform **MyStark** zugreifen. Ihren persönlichen Zugangscode finden Sie auf der Umschlaginnenseite.

PDF der Original-Prüfungsaufgaben 2023

Sobald die Original-Prüfungsaufgaben 2023 freigegeben sind, können Sie sie als PDF auf der Plattform MyStark herunterladen. Die entsprechende Datei finden Sie auf MyStark im Bereich „Dokumente".

Erklärvideos

Mehr Sicherheit im Umgang mit Texten: **Erklärvideos** veranschaulichen, auf welche Aspekte bei der Erschließung litererarischer und pragmatischer Texte zu achten ist.

Folgende Erklärvideos sind enthalten:

- Epische Texte analysieren
- Lyrische Texte analysieren
- Sachtexte analysieren

Interaktives Grundlagentraining

Das Online-Training **stärkt Ihre Kompetenzen** im Umgang mit verschiedenartigen Texten. Alle Aufgaben können direkt am PC oder Tablet bearbeitet werden. Sie erhalten dann sofort eine Rückmeldung zu Ihren Antworten.

Unter anderem werden diese Fertigkeiten durch kleinschrittige und abwechslungsreiche Aufgaben trainiert:

- Inhalt und Struktur von Texten herausarbeiten (Sachtexte, literarische Texte)
- sprachlich-stilistische Gestaltungsmittel bzw. die Leserlenkung untersuchen
- Figuren charakterisieren
- Motive und Themen analysieren
- Deutungsansätze entwickeln

HINWEISE UND TIPPS

Hinweise und Tipps zur schriftlichen Abiturprüfung

1 Grundlagen

1.1 Vorgaben für das Hessische Landesabitur 2024

Die schriftlichen Prüfungsaufgaben richten sich in Format und Inhalt nach:

- der Oberstufen- und Abiturverordnung (OAVO) in der derzeit geltenden Fassung,
- den bundesweit verbindlichen *Bildungsstandards im Fach Deutsch für die Allgemeine Hochschulreife*,
- dem hessischen Kerncurriculum Deutsch
- und dem jeweils aktualisierten Erlass des Hessischen Kultusministeriums zum Landesabitur. Pandemiebedingt gilt für den Prüfungsjahrgang 2024, dass jeweils etwa drei Monate vor Beginn eines neuen Halbjahres ein spezieller Erlass veröffentlicht wurde und wird, der das kommende Halbjahr regelt.

1.2 Zeitrahmen und Hilfsmittel

In der Abiturprüfung im Fach Deutsch werden Ihnen vier unterschiedliche Aufgaben vorgelegt, von denen Sie eine auswählen müssen. Für die Bearbeitung des Themas stehen dem Grundkurs 255 Minuten (inklusive Einlese- und Auswahlzeit) zur Verfügung. Als Hilfsmittel sind ein Wörterbuch der deutschen Rechtschreibung sowie Textausgaben der Pflichtlektüren (Originaltext ohne Kommentar, ggf. mit Worterläuterungen) zugelassen. Zudem liegt eine Liste mit den gültigen Operatoren aus.

2 Prüfungsinhalte

Mit Erlass vom 20. Juni 2022 – *Hinweise zur Vorbereitung auf die schriftlichen Abiturprüfungen im Landesabitur 2024* – wurde eine Leseliste für den Arbeitsbereich „Umgang mit Texten" festgelegt, die für die schriftliche und die mündliche Abiturprüfung die inhaltliche Grundlage bildet. Mit den darin genannten Werken sollten Sie sich daher im Verlauf der Qualifikationsphase (Q 1–Q 3) und während der Vorbereitung auf das Abitur gründlich auseinandersetzen.

2.1 Die Prüfungsinhalte im Überblick

Literarische Themen

- Lyrik der Romantik (Q1)
- E.T.A. Hoffmann: *Der Sandmann* (Q2)
- Juli Zeh: *Corpus Delicti. Ein Prozess* (Q2)
- Georg Büchner: *Woyzeck* (Q2)
- Johann Wolfgang von Goethe: *Faust I* (Q3)
- Texte des Epochenumbruchs 19./20. Jahrhundert (Q3)

Sprache und Öffentlichkeit

- politisch-gesellschaftliche Kommunikation zwischen Verständigung und Strategie; sprachliche Merkmale politisch-gesellschaftlicher Kommunikation (Q2)

Im Kompetenzbereich „Schreiben" kommen dem Kommentar und dem Vortragstext sowie dem materialgestützten Verfassen argumentierender und informierender Texte besondere Bedeutung zu.

2.2 Die Werke – kurz vorgestellt

Johann Wolfgang von Goethe: *Faust I* (Schauspiel, 1808, Endfassung 1832)

Mit seinen Erkenntnismöglichkeiten unzufrieden, wendet sich der Universalgelehrte Faust in Goethes Drama magischen Praktiken zu und unternimmt weitere Versuche der **Selbstüberschreitung** (Beschwörung des Erdgeistes, Suizid), die allesamt scheitern. Diese Erfolglosigkeit führt zum **Teufelspakt** mit Mephisto, der sich zu einer Wette entwickelt: Mephisto wird Fausts Seele gewinnen, wenn er ihn zu Ruhe und Stillstand verführen kann.

Faust hingegen verspricht sich von der Wette eine **Erweiterung seines Horizonts** über menschliche Dimensionen hinaus. Vorbereitet wird diese Wette durch eine andere, die Mephisto mit Gott im „Prolog im Himmel" eingeht: Deren Gegenstand ist Faust selbst und die Frage, ob Mephisto sein Ziel erreichen wird.

Sie wollen mehr über *Faust I* wissen? – Die **STARK**-Interpretationshilfe hilft Ihnen weiter! (ISBN 978-3-8490-3263-0)

Der Teufel lädt den Gelehrten zu einer Reise ein, die über die Stationen „Auerbachs Keller" und „Hexenküche" (Fausts Verjüngung) in eine Kleinstadt führt, wo Faust auf Margarete, ein Mädchen aus **kleinbürgerlichen Verhältnissen**, trifft. Mithilfe Mephistos gelingt es ihm, Margarete an sich zu binden und ihr seine **Liebe** zu beteuern.

Allerdings wirkt sich Fausts **Ungeduld** in der Rolle des jugendlichen Liebhabers, die seiner Ungeduld als Wissenschaftler gleichkommt, katastrophal aus: Er trägt zum Tod ihrer Mutter und ihres Bruders bei und vernichtet durch seine Verführungskünste, die zur Schwangerschaft Margaretes führen, deren Existenz.

Während Faust in Begleitung Mephistos nach **Ablenkung** von seinen Schuldgefühlen sucht („Walpurgisnacht"), wird Margarete aus Verzweiflung zur **Kindsmörderin**. Faust will die zum Tode Verurteilte aus dem **Kerker** befreien. Die halb wahnsinnig gewordene Margarete lässt sich jedoch auf den Fluchtplan nicht ein, nimmt alle Schuld auf sich und übergibt sich in der Hoffnung auf Gnade dem Gericht Gottes.

Im *Faust* gestaltet Goethe den Menschen, der – unzufrieden mit einer statischen Lebensweise – danach strebt, über das je Erreichte hinauszukommen. Er ist auf der Suche nach ständiger Weiterentwicklung menschlichen Wissens und menschlicher Fähigkeiten. Auch wenn er dabei – wie Gretchens Schicksal zeigt – schuldig wird, erfüllt er doch die höchste Bestimmung menschlichen Lebens.

Georg Büchner: *Woyzeck* (Drama, 1836)

Das Stück, dem ein **historischer Fall** zugrunde liegt, beleuchtet in einer Anzahl von szenischen Bildern das Leben des Soldaten Woyzeck in einer hessischen Stadt. Woyzeck, ein armer und geistig einfacher Mann, lebt mit der schönen Marie zusammen, die auch ein Kind von ihm hat. Um zusätzlich Geld für ihren Lebensunterhalt zu verdienen, stellt sich Woyzeck dem Militärarzt für medizinische Experimente zur Verfügung und lässt entwürdigende Behandlungsweisen über sich ergehen. Er wird missachtet und verspottet. Zeichen **körperlicher**, aber auch **psychischer Zerstörung** zeigen sich an ihm. Als er von dem Verhältnis seiner Geliebten Marie mit einem sozial höher gestellten Tambourmajor erfährt und ihm die Unmöglichkeit, etwas dagegen ausrichten zu können, klar wird, sieht er nur noch den Ausweg, Marie zu töten. Bei einem gemeinsamen Spaziergang ersticht er sie. Als man Blut an seiner Hand erkennt, läuft er verwirrt zu einem Teich in der Nähe des Tatorts und wirft das Tatwerkzeug hinein. Da Büchner das Drama nicht mehr fertigstellen konnte, bleibt das **Ende offen**.

Sie wollen mehr über *Woyzeck* wissen? – Die **STARK-Interpretationshilfe** hilft Ihnen weiter! (ISBN 8490-3233-3)

Mit Woyzeck zeigt Büchner ein Bild des **zur Kreatur entwürdigten Menschen**, der aufgrund seiner sozialen Lebensbedingungen keine Möglichkeiten zu einem freien, selbstverantworteten Handeln hat. Seine **macht- und rechtlose Stellung** in der gesellschaftlichen Hierarchie erlaubt es ihm nicht, sich zu wehren; sein Handeln richtet sich daher ersatzweise gegen Marie, die eine ähnliche gesellschaftliche Position hat wie er – aber er trifft damit nur sich selbst, denn er zerstört so ja nur das Einzige, was ihm in seinem Leben von Bedeutung gewesen ist.

Deutlich wird hier Büchners Eigenart der dramatischen Darstellungsweise sichtbar: Es liegt **keine durchgängige Handlung** vor, sondern allmählich setzt sich aus den unterschiedlichen Gesprächssituationen auf der Bühne mosaiksteinartig ein Gesamtbild Woyzecks zusammen.

E.T.A. Hoffmann: *Der Sandmann* (Erzählung, 1816)

Das *Nachtstück* stellt die **Entstehung**, nicht Analyse **des Wahnsinns** des Protagonisten Nathanael dar. Der Student leidet unter einem **traumatischen Kindheitserlebnis:** Als er seinen Vater und den **Advokaten Coppelius** bei einem alchimistischen Experiment beobachtet hat, ist er von Coppelius entdeckt und misshandelt worden. Den unheimlichen Advokaten hielt das Kind für den „**Sandmann**", der nach Erzählungen der Kinderfrau den Kindern Sand in die Augen streut, damit diese aus dem Kopf herausspringen. In dem **Wetterglashändler Coppola** glaubt der junge Mann Nathanael nun jene Schreckgestalt aus Kindertagen, Coppelius, wiederzuerkennen, was seine **vernünftige Verlobte Clara** als Projektion seiner Ängste zu erklären versucht. Nathanael fühlt sich mit seinen düsteren Ahnungen missverstanden; die beiden Liebenden entfremden sich immer mehr. Ein **Perspektiv**, das Nathanael Coppola abkauft, **beeinflusst seine Wahrnehmung:** Durch dieses Fernrohr beobachtet er **Olimpia**, die Tochter seines Physik-Professors, und verliebt sich in sie. Ihr wortkarges, steifes Wesen stört ihn nicht. Just an dem Tag, an dem Nathanael der Geliebten einen Heiratsantrag machen will, überrascht er den Professor und Coppola bei der Zerstörung Olimpias – sie ist ein **Automat**, die beiden Männer streiten sich um ihr Eigentum. Als Nathanael das wahre Wesen Olimpias erkennt, erleidet er einen **Wahnsinnsanfall**.

Sie wollen mehr über den *Sandmann* wissen? – Die **STARK-Interpretationshilfe** hilft Ihnen weiter! (ISBN 978-3-8490-3251-7)

Durch Claras Pflege scheinbar genesen, erleidet Nathanael bei einem Ausflug auf den Rathausturm erneut einen **Wahnsinnsschub**. Nach einem Blick durch Coppolas Fernrohr hält er nun Clara für eine Maschine und will sie daraufhin töten. Als Nathanael auch noch Coppelius vor dem Turm stehen sieht, stürzt er sich in die Tiefe.

Die Erzählung verwischt durch **Perspektivwechsel** die Grenze zwischen Realität und Wahn und eröffnet Einblicke in **dunkle, unbewusste Seiten der Psyche**.

Juli Zeh: *Corpus Delicti. Ein Prozess* (Roman, 2009)

Sie wollen mehr über *Corpus Delicti* wissen? – Die **STARK-Interpretationshilfe** hilft Ihnen weiter!
(ISBN 978-3-8490-3230-2)

Die Gesellschaft lebt um das Jahr 2050 in einer **Gesundheitsdiktatur:** Die Bürger werden überwacht und gezwungen, alle Lebensbereiche ihrer körperlichen Gesundheit unterzuordnen. Die Hauptfigur **Mia Holl** leidet unter dem **Tod ihres Bruders** Moritz, der mit seiner lebensfrohen und rebellischen Art einen Gegensatz zu ihrem kühlen und pragmatischen Wesen darstellte. Sie glaubt nicht daran, dass Moritz ein Vergewaltiger und Mörder war, und erregt durch unterlassene Gesundheitsberichte Verdacht bei der Justiz. Nach vielen Strafandrohungen und Verhandlungen wird **Mia unter falschem Vorwand inhaftiert**. Als ihr Anwalt den entscheidenden Beweis für Moritz' Unschuld liefert, wandelt sich Mia zur **bekennenden Systemgegnerin** und kündigt dem Staat das Vertrauen auf. Auch in der Öffentlichkeit regt sich Widerstand. Der **Chefideologe Heinrich Kramer** stellt Mia und Moritz als brutale Terroristen dar. Mit einem Netz aus falschen Beweisen wird Mia zum Tod durch Einfrieren verurteilt, kurz vor der Vollstreckung wird ihre Strafe jedoch umgewandelt: Mia soll im Sinne der Ideologie METHODE umerzogen und psychologisch betreut werden.

Juli Zeh entwirft eine **Dystopie**, in der ein totalitärer Überwachungsstaat die körperliche Gesundheit zum höchsten Ziel ausgerufen hat. In diesem anti-aufklärerischen Staat spiegeln sich die Datensammelwut des Staates und der Konzerne ebenso wie die fehlende Sensibilität der Menschen im Umgang mit persönlichen Informationen. In der Entwicklungsgeschichte von Mia **von der Konformistin zur Rebellin** zeigen sich die Fehler dieser Diktatur auf exemplarische Weise: persönliches und allgemeines Wohl lassen sich nicht miteinander verbinden, wenn der Staat keine individuelle Freiheit zulässt.

3 Aufgabenarten

Die Abituraufgaben sind nach den Bildungsstandards entweder textbezogen oder materialgestützt. Das heißt im Umkehrschluss, dass es Aufgaben ohne Texte und/ oder Materialien nicht geben wird. Folgende **Schreibformate** sind im hessischen Abitur möglich:

Aufgabenart	Textbezogenes Schreiben				Materialgestütztes Schreiben
	Interpretation literarischer Texte	Analyse pragmatischer Texte	Erörterung literarischer Texte	Erörterung pragmatischer Texte	Materialgestütztes Verfassen informierender und argumentierender Texte

Quelle: Bildungsstandards

Sie erkennen: Textsorte und Arbeitsschwerpunkt differieren. Da aber fast alle Abiturvorschläge aus drei aufeinander aufbauenden Teilaufgaben bestehen, finden Sie meistens die Kombination von Aufgabenarten vor. Das häufigste Muster: a. Analysieren (bzw. interpretieren) Sie. – b. Vergleichen Sie. – c. Erörtern Sie (bzw. beurteilen oder bewerten Sie, inwiefern …).
Bei allen Aufgaben ist es ratsam, Texte bzw. Materialien mehrfach zu lesen, Auffälliges zu markieren, Beobachtungen zu notieren, Fragen an sie zu stellen und sich zu überlegen, was charakteristisch und wesentlich daran ist.

3.1 Die Textinterpretation

Die Textinterpretation bezieht sich in der Regel auf literarische Texte. Sie basiert – wie alle anderen Aufgabenarten auch – auf der Textuntersuchung (Textanalyse) und strebt darüber hinaus einen Verstehensentwurf an. Zugrunde gelegt werden kann ein Textausschnitt aus einem bekannten Werk oder ein unbekannter literarischer Text, der meistens inhaltlich zusammenzufassen, zu erschließen, zu interpretieren und mit Bekanntem zu vergleichen ist. Es geht darum, den Text in seiner Besonderheit annähernd zu durchdringen und zu verstehen und dieses Verständnis sprachlich zum Ausdruck zu bringen. Sie entwickeln die Interpretation aus textimmanenten Beobachtungen heraus und werden sie je nach Sachlage mit Kenntnissen zu Gattung, Epoche, Kontext u. a. untermauern. Fast immer wird bei dieser Aufgabenart gefordert, auch auf die formale und sprachliche Gestaltung des Textes einzugehen. Beides ist wichtig, denn die Wirkung von Literatur verdankt sich ihrer besonderen Verfasstheit und kunstvollen Sprache.

3.2 Die literarische Erörterung

Die Aufgabenform der **literarischen Erörterung** bezieht sich auf die im Unterricht behandelten **Pflichtlektüren**. Hier sind **drei Varianten** denkbar:

a) Sie erhalten eine These bzw. strittige Fragestellung ohne weiteres Material.
b) Ihnen wird eine These bzw. strittige Fragestellung zusammen mit Auszügen aus der bekannten Lektüre vorgelegt.
c) Sie bekommen einen Sachtext, dessen Aussagen Sie zunächst eigenständig erschließen müssen.

In allen drei Fällen müssen Sie die **jeweilige(n) These(n) erfassen** bzw. diese bei Variante c) erst selbst aus dem Sachtext erarbeiten. Im Anschluss gilt es, diese Aussagen **in Beziehung zur behandelten Lektüre zu setzen** und sie **kritisch zu erörtern**.

Untersucht werden können Fragestellungen, die den Inhalt oder die formale Gestaltung der Lektüre oder aber textexterne Faktoren betreffen, wie z. B.: Lassen sich die Thesen des Autors auf das literarische Werk übertragen? Gelten seine Ausführungen zu einer Epoche / einer Gattung auch für die Lektüre? Trifft die Einschätzung der Autorin zu Figurenzeichnung / erzählerischer Gestaltung / Dramenaufbau etc. zu?
Sie sollten bei der literarischen Erörterung unbedingt über eine **genaue Kenntnis der Pflichtlektüre** verfügen, um schlüssige Argumente zu entwickeln und anhand des Textes zu belegen. Mithilfe **der Ihnen vorliegenden Textausgabe** können Sie sich noch einmal zentrale Passagen vergegenwärtigen oder relevante Zitate ausfindig machen, die Sie in Ihren Text einbauen wollen.

3.3 Die Analyse pragmatischer Texte

Die Textanalyse bezieht sich auf pragmatische Textsorten (Sachtexte und Medien). Im Unterschied zu literarischen Texten sind sie nicht fiktional: Keine erdachte Erzählerin oder erfundene Figur, sondern reale Persönlichkeiten des öffentlichen Lebens ergreifen darin in einer bestimmten Situation und um einer bestimmten Botschaft (Intention, Wirkungsabsicht) willen das Wort. Häufig werden Ihnen journalistische Texte (Leitartikel, Reportagen, Berichte, Kommentare, Kritiken, Essays), wichtige Reden oder allgemeinverständlich geschriebene Fachtexte vorgelegt. Aber auch Blogs, Graffiti, Cartoons, Wahlplakate, Statistiken etc. sind Texte. Die für das Abitur ausgewählten Sachtexte sind oft Stellungnahmen zu kultur- und gesellschaftspolitischen Fragen. Sie wollen aufklären, kritisieren, überzeugen, für eine bestimmte Sicht der Sache werben oder auch provozieren. Sie haben die Aufgabe, die Textsorte zu bestimmen, Information (Aussage) und Intention (Wirkungsabsicht und Funktion) des Textes zu klären, ihn zu situieren (Kontext- und Adressatenbezug), seine Gliederung und Struktur darzustellen und vor allem seine wesentlichen Thesen herauszuarbeiten und zu erläutern. Es kommt darauf an, das argumentative Vorgehen samt rhetorischen Mitteln und Strategien zu erkennen, zu beschreiben, zu würdigen und/oder kritisch zu hinterfragen.

3.4 Die Erörterung pragmatischer Texte

Wie bei der literarischen Erörterung müssen Sie auch bei dieser Aufgabenart – in der Regel in Teilaufgabe 1 und/oder 2 – das vorgelegte Material erschließen und darstellen, was Sie verstanden haben und wie Sie es verstanden haben. Unterdrücken Sie Verständnisfragen nicht, sondern gehen Sie offensiv, nach Erklärungen suchend, damit um. Meistens, außer bei suggestiv und subversiv arbeitenden Texten (Reden, Werbung), sind pragmatische Texte eindeutiger formuliert als metaphernreiche Literatur. Die zentrale Anforderung ist es aber, sich auch hier problembewusst abwägend und urteilend mit der aufgeworfenen Frage auseinanderzusetzen und den eigenen Standpunkt herauszuarbeiten. Maßgeblich ist, wie textbezogen und textkritisch triftig und argumentativ überzeugend Sie Ihre Position zu entwickeln wissen.

3.5 Das materialgestützte Schreiben

Das Schreibformat zielt auf einen lebensweltlichen Bezug ab. In der Berufswelt gewinnen die Berichterstattung über komplexe Sachverhalte, die Zusammenstellung von recherchierten Sachinformationen und die argumentative Entwicklung eines Lösungsansatzes zu einem Problem immer mehr an Bedeutung.
Unter dem Begriff „materialgestütztes Schreiben“ verstehen die Bildungsstandards zwei Varianten: Zum einen geht es darum, „Leser über einen Sachverhalt so zu **informieren**, dass sie eine Vorstellung über seine wesentlichen Aspekte entwickeln können“ (**informierendes Schreiben**). Zum anderen kann verlangt werden, „zu strittigen oder erklärungsbedürftigen Fragen, Sachverhalten und Texten **differenzierte Argumentationen** zu entwickeln“ (**argumentierendes Schreiben**).
In beiden Fällen wird Ihnen einiges an **Material** an die Hand gegeben, das Sie in der Vorbereitung auf Ihr Schreibprodukt auszuwerten haben. Bei diesem Material werden Sie neben vielen Kurztexten unterschiedlichster Art (literarisch, wissenschaftlich, journalistisch) auch Bilder, Karikaturen, Tabellen, Grafiken oder Statistiken finden. Die Erkenntnisse, die Sie aus den Materialien gewinnen, sollen Sie dann mit Ihren eigenen, im Unterricht erworbenen Kenntnissen sinnvoll verbinden. Dieses Aufgabenformat verlangt von Ihnen neben Wissen aus dem Unterricht und Verständnis des Ihnen vorgelegten Materials die Fähigkeit, gut zu strukturieren und Ihren Text sorgfältig zu planen. Es gibt jeweils nur eine Teilaufgabe, deren Bearbeitung auf einen überzeugenden, sinnvoll aufgebauten Text abzielt.
Beim materialgestützten Schreiben argumentierender Texte müssen Sie informieren und erklären, aber darüber hinaus einen begründeten Standpunkt einnehmen. Sie bereiten die Informationen aus den Materialien demnach nicht nur auf und verknüpfen sie mit dem vorhandenen Wissen, sondern stoßen einen Denkprozess bei Ihrem Adressaten an, indem Sie sich auf die Aussagen und Haltungen anderer beziehen. Es kann von Ihnen verlangt werden, einen **Kommentar** oder einen **Vortragstext** zu schreiben. Beide Textsorten sind sowohl diskursiv als auch unterhaltend. Sie verfolgen das konkrete Ziel, Ihren Leser zu überzeugen, indem Sie individuell, elegant und pointiert schreiben. Der **Aufgabenstellung** müssen Sie ein hohes Maß an Aufmerksamkeit widmen, da in ihr deutlich wird, wie und in welchem Umfang die Materialien zu nutzen sind, welche Vorkenntnisse Sie einzubringen haben, welche Art von Leserschaft bzw. Zuhörerschaft Sie adressieren und welches Schreibziel Sie verfolgen sollen.

3.6 Tipps zur Arbeit mit Texten

Jeder gelungene Deutschaufsatz entsteht aus einem Zusammenspiel von genauem Eingehen auf die Aufgabenstellung und individuellem Zugang, also der Fähigkeit, den Text „zum Sprechen“ zu bringen. Für die Prüfungssituation ist es nützlich, über ein **Repertoire an Fragen** zu verfügen, mit denen man sich Texte erschließt.

Interpretation einer dramatischen Szene

Hier sollte man – sofern die Aufgabenstellung nicht ausdrücklich einen spezifisch anderen Untersuchungsaspekt vorgibt – nach Kommunikationssituation, Redeanteilen und Redeweise fragen, da die Protagonisten durch ihr Reden und Schweigen erkennbar werden. Weitere Fragen, die bei der Erschließung der Szene helfen können, sind:

- Welche Spannung liegt in der Szene? Wie spitzt sich die Auseinandersetzung zu? Wo ist eventuell ein Höhe- und Wendepunkt?
- Mit welchen Absichten und Zielen betreten die Figuren die Szene und was wird aus diesen, wenn die Figuren wieder von der Bühne abgehen?
- Welche Rolle spielen der Schauplatz und eventuell ein Requisit oder ein Gang oder eine Geste?
- Was tragen die Regieanmerkungen zum Verständnis bei?
- Was bleibt hinter dem gesprochenen Wort unausgesprochen und ist mitzudenken und lässt uns ahnen, wie es in der Figur wirklich aussieht und was sie vielleicht plant?
- Über die Textimmanenz hinaus ist von entscheidender Bedeutung, welchen Platz die Szene im Handlungszusammenhang hat und welche Funktion ihr zukommt. (Was wäre, wenn sie gestrichen würde?)

Gedichtinterpretation

Gedichte brauchen Zeit. Deshalb sollte man in der ersten halben Stunde einer Gedichtinterpretation noch nicht schreiben, sondern erst einmal hinhören und in sich aufnehmen, wie das Gedicht klingt und wirkt, um sich dann am Text entlang zu überlegen, wodurch diese Wirkung zustande kommt. Man sollte zum Beispiel nicht mechanisch das Metrum bestimmen, wenn man nicht weiß, was es ausdrückt und bewirkt. Nützliche Fragen sind:

- Aus welcher Perspektive und von welchem Standort aus wird im Gedicht gesprochen?
- Da auch in Gedichten etwas passiert: Was entwickelt sich vom ersten bis zum letzten Vers?
- Welche Versgruppen gehören zusammen?
- Wie ist ein Motiv durchgeführt und inwieweit wandelt es sich? Welche Bilder und Metaphern fallen auf?
- Was ist mit dem Ich, das explizit oder implizit sich und seine Sicht der Welt zum Ausdruck bringt? Wie spricht es? Welche Sprache wählt es? Wann, wo und wie tritt das lyrische Ich in Erscheinung? Versteckt es sich?
- Ergibt sich eher fließend (liedhaft) ein Gefühls- und Erlebniszusammenhang mit einer spürbaren Atmosphäre? Oder ist es ein eher spröder, intellektuell gedachter und gebauter Text, durchsetzt von Konjunktionen, Einsprüchen und Antithesen?

Legen Sie sich deutend nicht zu schnell fest. Wie das eine oder andere, das Sie bemerken, letztlich zu verstehen ist, ist nicht immer eindeutig zu entscheiden: Gedichte haben einen offenen Deutungsraum um sich herum. Wichtig ist: Alle Einzelbeobachtungen können erst im Kontext zur Deutung führen.

Interpretation von epischen Texten

Bei erzählender Literatur sollte man sich vor der Gefahr hüten, in der Fülle des Stoffes zu ertrinken und zu viel Inhaltliches zu rekonstruieren. Man muss den gegebenen Textausschnitt zunächst im Kontext (des Romans, der Novelle oder Kurzgeschichte etc.) verankern (situieren) und eine Zusammenfassung geben, bevor man zur Untersuchung übergeht. Die Konzentration auf Wesentliches, auf den thematisierten Erzählstrang oder -aspekt und die Strukturierung der eigenen Darstellung sind hier besonders nötig.

- Entscheidend für das Verständnis ist es oft, die Erzählperspektive und Haltung des Erzählers zu erkennen und zu deuten. Weiß er nicht mehr, als die einzelne Person wissen kann, erzählt er gleichsam aus ihr heraus personal? Überschaut er allwissend alles äußere und innere Geschehen? Oder verschwindet er ganz hinter einem erzählenden Ich? Hegt der Erzähler Sympathie für seine Helden oder bleibt er ironisch distanziert?
- Wird linear-chronologisch erzählt oder gebrochen in Zeitsplittern, Facetten, Vorwegnahmen und Rückblicken?
- Wie ist das Verhältnis zwischen äußerer Handlung und inneren (seelischen, psychischen) Vorgängen?
- Entsteht ein Abbild unserer Wirklichkeit? Erscheint sie ins Artifizielle, Groteske, Absurde verfremdet? Verweist das Erzählte auf einen Bedeutungshorizont hinter dem konkreten Geschehen (wie im Gleichnis oder der Parabel)?
- Und welches Bild von der erzählten Zeit entsteht? Mit welchen Fragen setzt sich der Autor in seinem Text vermutlich auseinander?

Analyse und Erörterung von Sachtexten

- Da es sich bei Sachtexten häufig um Beiträge zu einer öffentlichen gesellschaftspolitischen oder fachlichen Debatte handelt, ist es ratsam, mit der Textsorte auch den historischen oder zeitgenössischen Kommunikationszusammenhang (Kontext) samt Erscheinungsjahr und Publikationsort (Medium) zu berücksichtigen.
- Konzentrieren Sie sich auf das zentrale Anliegen des Beitrags. Untersuchen Sie, wie er angelegt, das Thema eröffnet und durchgeführt ist: Fragen Sie also nach der Intention des Autors und arbeiten Sie seine entscheidenden Thesen und Argumente heraus. Welcher Art sind seine Argumente? In welchem Verhältnis stehen Bericht (Information, Darstellung) und Argumentation zueinander? Gibt es auffällige sprachliche Bilder oder Wendungen, Hervorhebungen, Wiederholungen? – Der Ansatz zur Erörterung: Wie stehen Sie zur dargestellten oder vorgetragenen Position?
- Bei Glossen und Polemiken kommt es sehr darauf an, Mittel der Ironie, der ironischen Übertreibung und Zuspitzung, nicht zu überlesen.
- Beachten Sie bei **Reden** Redeart (Genus), Redeanlass und Redesituation. Nicht selten wenden sich zeitgenössische Reden an verschiedene Adressaten- oder Zielgruppen (gehalten an einem spezifischen Ort, werden sie vielleicht auch weltweit im Fernsehen ausgestrahlt und online nachzulesen sein). Welche Zielgruppen können Sie ausmachen? Wie spricht der Redner sie unterschwellig oder offen an?
- Achten Sie auf die Redeeinleitung und Begrüßung: Welche emotionale Atmosphäre oder Stimmung wird erzeugt? An welche Gefühle wird appelliert?
- Arbeiten Sie heraus, was der Redner bewirken will: Was ist sein zentrales Anliegen? Welche Schlagworte (Slogans, Soundbites), geeignet für Kurzmeldungen, sollen unbedingt hängen bleiben? Untersuchen Sie, wie, mit welchen taktischen und

rhetorischen Mitteln, er sein Publikum beeinflusst und lenkt. Fragen Sie, ob er eher überzeugen oder eher überreden und manipulieren will, ob er verschleiert und/oder mit Anspielungen und Suggestionen arbeitet. Achten Sie auf die Umschreibung (Periphrase) zentraler Begriffe: Wie wird das Kind beim Namen genannt? Besonders in Krisensituationen suchen Redner gern den Schulterschluss mit ihrem Publikum. Achten Sie darum auf sprachliche Merkmale (Gebrauch der 1. Pers. Plural des Personalpronomens), mit denen eine Wir-Gruppe etabliert und gegen eine Feindgruppe ausgespielt wird. Achten Sie insgesamt auf auf- und abwertende Äußerungen.

Materialgestütztes Schreiben

Wagen Sie sich im Landesabitur ruhig einmal an das Aufgabenformat des „materialgestützten Schreibens". Hinter diesem Wortungetüm verbirgt sich ein Schreibformat, das Ihnen besonders in der argumentierenden Variante ungeahnte Chancen und Entfaltungsmöglichkeiten bietet, wenn Ihnen das Korsett des streng wissenschaftlich-sachlichen Schreibens in den geregelten erörternden und interpretierenden Schreibformaten bisher zu eng war, Sie über Ideen, Sprachwitz und einen eigenen Kopf verfügen. Die gute **Vorbereitung** ist das A und O. Notieren Sie zunächst Ihre eigenen Ideen, Gedanken, Assoziationen zu dem Thema. Widmen Sie sich dann den **Materialien:**

- Achten Sie auf die Unterschiede in Ihren Materialien. Es ist wesentlich, diese auf ihren Gehalt hin zu prüfen.
- **Kontinuierliche Texte:** Stammt der Text von einem Wissenschaftler? Von einem Journalisten? Einem Schriftsteller? Will dieser mich überzeugen, überreden, mir etwas erklären, mich vielleicht provozieren?
- **Grafiken/Schaubilder:** Wer hat die Grafik in welcher Absicht erstellt? Worauf beziehen sich die Zahlen? Formulieren Sie bei der Vorbereitung wie in der Inhaltsangabe eine Art Kernsatz, der die Gesamtaussage enthält.
- **Karikaturen:** Eine Karikatur will immer überspitzt einen Missstand oder ein Problem darstellen – achten Sie also auf ihre Stoßrichtung.

Wenn es jetzt ans Schreiben geht, machen Sie sich klar, was von Ihnen erwartet wird. Entnehmen Sie der **Aufgabenstellung**, ob Sie über einen Sachverhalt informieren oder ob Sie Argumente abwägen sollen, wie sachlich beziehungsweise wie pointiert ihr Text werden soll und an wen er sich richtet. Zielgruppengerechtes Schreiben berücksichtigt in unterschiedlicher Ausprägung – je nach Aufgabenstellung – folgende Grundfunktionen der Sprache: Information, Qualität und Erkenntnisgehalt des Gesagten, Erlebnis (insbesondere im Essay: Begeisterung zeigen und wecken!) und Kontakt (mit dem Leser in Beziehung treten).

Planen Sie unbedingt Zeit für die **Überarbeitung** Ihres Schreibprodukts ein und stellen Sie sich folgende Fragen: Ist ein in sich geschlossener, klar gegliederter Text entstanden? Haben Sie elegant und abwechslungsreich formuliert? Haben Sie die Materialien hinreichend einbezogen und mit Ihren Gedanken verbunden? Haben Sie einen gut begründeten, nachvollziehbaren Standpunkt eingenommen? Fühlt Ihr Leser sich angesprochen und mitgenommen auf Ihre Gedankenreise?

Handwerkszeug

Einen guten Eindruck macht es immer, wenn korrekt und geschickt **zitiert** werden kann. Sie sollten nicht zu umfangreich zitieren oder dem Leser das Zitat wie den Stein der Weisen wortlos vor die Füße schieben oder an Ihren eigenen Satz unverbunden ankleben. Zitate, oft nur ein Satzfetzchen oder ein besonderes Wort, werden gewählt, weil sie aufschlussreich und vielsagend sind: Man muss also damit arbeiten, sie erläutern und kommentieren. Überhaupt ist es das A und O aller Interpretation, in die eigene Sprache hereinzuholen, was man vorfindet. Geben Sie dem im eigenen, selbstständig formulierten Text eingebauten Teilzitat immer den Vorzug. Wer sprachfaul nur wiederholt, was der Autor sagt, bleibt gleichsam erkenntnisblind. Die Anstrengung dagegen, Fremdes selbstständig in der eigenen Sprache wiederzugeben, wirft Fragen auf und bildet daher den ersten Schritt zum Verständnis eines Textes.

Sehr ratsam ist es, über ein paar **Fachbegriffe** so zu verfügen, dass über Erzähltes und Dargestelltes präzise gesprochen werden kann. Man sollte etwa schreiben können: „Die Peripetie erkenne ich in dem Moment, in dem …" Oder: „Hier wird der Beziehungsaspekt wichtiger als der Inhaltsaspekt." Oder: „In diesen Ellipsen, diesen Kurzsätzen ohne Prädikat, drückt sich aus, wie …" – Sehen Sie zu, dass Sie Wortarten, Satzteile und Nebensatztypen korrekt ansprechen können. Üben Sie sich darin, die wichtigsten rhetorischen Figuren zu erkennen, die gestalteter Sprache ihre Wirkung verleihen. (Eine Übersicht über rhetorische Figuren findet sich in dem Band: Werner Winkler, *Prüfungswissen Deutsch Oberstufe*. Stark Verlag 2015, Titel-Nummer: 94406, dort S. 23 ff.)

4 Anforderungsbereiche und Operatoren

4.1 Anforderungsbereiche (AFB)

In den Bildungsstandards werden **drei Anforderungsbereiche** definiert, die sich in jeder Aufgabe – in jeweils leicht variierenden Anteilen – wiederfinden. Die einzelnen Bereiche bauen aufeinander auf und verlangen von Ihnen einen zunehmenden Grad an Abstraktionsfähigkeit und Problemlösungsvermögen.

- **Anforderungsbereich I** betrifft die **Reproduktion:** die Wiedergabe von gelernten Sachverhalten sowie die wiederholende Zusammenfassung, die sehr oft in Teilaufgabe 1 der Abiturprüfung verlangt ist. Der im Unterricht erarbeitete Hintergrund an Lektüre- und Faktenwissen, fachspezifische Arbeitstechniken, Methoden der Texterschließung sowie Darstellungstechniken sollen zum Einsatz gebracht werden.
- **Anforderungsbereich II** zielt auf die Anwendung erworbener Arbeitsweisen, auf **Reorganisation von Bekanntem und Transferleistungen**. Meistens sind in der zweiten Teilaufgabe solche Anforderungen gestellt, die ein selbstständiges Auswählen, Ordnen, Erläutern, Interpretieren oder Vergleichen verlangen. Erwartet wird von Ihnen eine eigenständige, argumentativ begründete Interpretation bzw. Erörterung, die zeigt, dass Sie in der Lage sind, Gelerntes auch auf unbekannte Zusammenhänge anzuwenden. Auf dem AFB II liegt in der Abiturprüfung das Hauptgewicht, die Teilaufgabe wird auch entsprechend stark bewertet.

- **Anforderungsbereich III** betrifft die gedankliche Selbstständigkeit der Leistung, die oft besonders in der letzten Teilaufgabe nötig wird: Hier müssen Sachverhalte und Zusammenhänge eigenständig ausgewertet, durchdacht und begründet beurteilt oder gestaltet werden. Sie sollen zu einer differenzierten und kritischen Wertung von Texten und Sachverhalten gelangen und Ihre Fähigkeit zur **Reflexion und Problemlösung** beweisen.

4.2 Operatoren

Operatoren sind **Arbeitsanweisungen**. Sie machen deutlich, welche Art von Aufgabenstellung gemeint ist, lassen sich den einzelnen Anforderungsbereichen zuordnen und geben einen Hinweis auf das Gewicht der Aufgabe. Die offizielle Liste des Hessischen Kultusministeriums listet im Folgenden alle relevanten Operatoren auf.

Anforderungsbereich I (Reproduktion)		
beschreiben (I–II)	Aussagen, Sachverhalte, Strukturen o. Ä. in eigenen Worten strukturiert und fachsprachlich darlegen	*Beschreiben Sie die zentralen Merkmale der Epoche des Expressionismus.*
nennen	zielgerichtet Informationen zusammentragen, ohne diese zu kommentieren	*Nennen Sie die zentralen Thesen der Rede.*
skizzieren (I–II)	einen Sachverhalt oder Gedankengang in seinen Grundzügen angeben	*Skizzieren Sie die Beweggründe des Protagonisten aus dem vorliegenden Romanauszug.*
wiedergeben	ausgehend von einem Einleitungssatz Informationen aus dem Material unter Verwendung der Fachsprache in eigenen Worten ausdrücken	*Geben Sie die Passage Z. 13 bis Z. 20 aus der vorliegenden Rede wieder.*
zusammenfassen (I–II)	ausgehend von einem Einleitungssatz die zentralen Aussagen eines Textes strukturiert und komprimiert unter Verwendung der Fachsprache herausstellen	*Fassen Sie die wesentlichen Inhalte der Rede zusammen.*

Anforderungsbereich II (Reorganisation und Transfer)		
analysieren (I–III)	Merkmale eines Textes, Sachverhaltes oder Zusammenhanges kriterienorientiert bzw. aspektgeleitet erschließen und zusammenhängend darstellen	*Analysieren Sie Kafkas Tagebuchnotiz in Bezug auf die Beziehung Kafkas zu seinem Vater.*
charakterisieren (II–III)	die jeweilige Eigenart von Figuren, Sachverhalten o. Ä. verdeutlichen	*Charakterisieren Sie einen der Protagonisten in dem vorgegebenen Textauszug.*
darstellen (I–II)	Sachverhalte o. Ä. und deren Bezüge sowie Zusammenhänge aufzeigen	*Stellen Sie die Bedeutung der Szene im Kontext der Dramenhandlung dar.*

einordnen / zuordnen (I–II)	Texte oder Sachverhalte unter Verwendung von Vorwissen begründet in einen Zusammenhang stellen	*Ordnen Sie den vorliegenden Text in die Epoche der Romantik ein.*
erklären	Materialien, Sachverhalte o. Ä. in einen Begründungszusammenhang stellen, z. B. durch Rückführung auf fachliche Grundprinzipien, Gesetzmäßigkeiten, Modelle oder Regeln	*Erläutern Sie, inwiefern Alfred Ill am Ende des zweiten Aktes zu dem Schluss kommen kann, er sei „verloren".*
erläutern (II–III)	Materialien, Sachverhalte o. Ä. mit zusätzlichen Informationen und Beispielen verdeutlichen	*Erklären Sie anhand ausgewählter Beispiele die Funktion der sprachlichen Mittel.*
herausarbeiten	aus Materialien nicht explizit genannte Sachverhalte erschließen	*Arbeiten Sie aus der Szene die Vorgeschichte der beiden Partner heraus.*
in Beziehung setzen (II–III)	Zusammenhänge unter vorgegebenen oder selbst gewählten Gesichtspunkten begründet herstellen	*Setzen Sie die Poetik der Romantik in Bezug zu dem vorliegenden Gedicht Eichendorffs.*
untersuchen	Sachverhalte unter bestimmten Aspekten betrachten und belegen	*Untersuchen Sie, inwieweit Büchners Kunstauffassung in diesem Text erkennbar ist.*
vergleichen / gegenüberstellen (II–III)	nach vorgegebenen oder selbst gewählten Gesichtspunkten Gemeinsamkeiten, Ähnlichkeiten und Unterschiede begründet darlegen	*Vergleichen Sie die Naturschilderungen in den vorliegenden Gedichten von Eichendorff und Heym.*

Anforderungsbereich III (Reflexion und Problemlösung)

begründen (II–III)	einen Sachverhalt/eine Aussage durch Argumente stützen	*Begründen Sie, warum dieser Text der Epoche der Romantik zuzuordnen ist.*
beurteilen (II–III)	zu einem Sachverhalt oder einer Aussage unter Verwendung von Fachwissen und Fachmethoden eine begründete Einschätzung geben	*Beurteilen Sie, welche Bedeutung dem in der Textvorlage dargestellten Menschenbild heute zukommt.*
bewerten / Stellung nehmen (II–III)	wie Operator „beurteilen", aber zusätzlich die eigenen Maßstäbe begründet darlegen	*Nehmen Sie Stellung zu der These, dass Kafkas Biografie sich in seinem Roman widerspiegelt.*
diskutieren / sich auseinandersetzen mit (II–III)	zu einer Aussage, Problemstellung oder These eine Argumentation entwickeln, die zu einer begründeten Bewertung führt	*Setzen Sie sich kritisch mit der Argumentation des Autors auseinander.*
entwickeln (II–III)	einen eigenen Gedankengang bzw. ein Konzept zu einem Thema entfalten und Schlussfolgerungen ziehen	*Entwickeln Sie (mithilfe der vorliegenden Materialien) Gestaltungsmöglichkeiten für eine Ausstellung zum Thema X.*

erörtern (II–III)	eine These oder Problemstellung unter Abwägen von Pro- und Kontraargumenten hinterfragen und zu einem eigenen Urteil gelangen	*Erörtern Sie die These, dass es sich bei Büchners „Woyzeck" um ein politisches Drama handelt.*
gestalten / entwerfen	Aufgabenstellungen kreativ und produktorientiert bearbeiten, z. B. auf der Grundlage eines Textes und seiner inhaltlichen oder stilistischen Gegebenheiten eine kreative Idee in ein selbstständiges Produkt umsetzen	*Gestalten Sie für ein Programmheft einen Beitrag über die Stoffgeschichte von „Faust".*
interpretieren (I–III)	auf der Grundlage einer Analyse Sinnzusammenhänge aus Materialien methodisch reflektiert erschließen, um zu einer schlüssigen Gesamtdeutung zu gelangen	*Interpretieren Sie die Kurzgeschichte.*
überprüfen (II–III)	Aussagen auf der Grundlage von Fachkenntnissen kritisch hinterfragen und auf ihre Angemessenheit hin begründet einschätzen	*Überprüfen Sie die Geltung der These in Bezug auf Goethes Faust-Drama.*
verfassen (I–III)	auf der Grundlage einer Auswertung von Materialien wesentliche Aspekte eines Sachverhaltes in argumentierender Form darlegen	*Verfassen Sie auf der Grundlage der Materialien M 1–M 7 einen Vortragstext mit dem Titel: „Sind die Monster von gestern die Helden von morgen?"*

5 Praktische Tipps

5.1 Die Auswahl der Aufgabe

Von Ihrer sorgfältigen Entscheidung, welchen der drei angebotenen Aufgabenvorschläge Sie wählen, hängt ein Teil des Erfolgs Ihrer Arbeit ab. Deshalb sollten Sie nicht nur die Textvorlagen (den Inhalt), sondern auch die Aufgabenstellung, die Verteilung der Bewertungseinheiten (BE) und besonders die Schwerpunktaufgabe genau ansehen und sich die folgenden Fragen beantworten:

- Wie hoch ist der Anteil der zu erbringenden Reproduktionsleistung im Verhältnis zur eigenständigen Texterschließung? Wie hoch wird gedankliche Selbstständigkeit honoriert? Liegt mir das Thema?
- Bei welcher Schwerpunktaufgabe kann ich am besten meine Stärken (mein Wissen, mein methodisches Können, meine geistige Beweglichkeit, meine literarische Sensibilität, meine Argumentationslust und so weiter) einbringen?
- Welche Aufgabe fordert mich heraus, etwas zu entdecken und vielleicht etwas zu riskieren? Bei welcher muss ich so viel Stoff bewältigen, dass ich in Gefahr gerate, mich zu lange bei der Reproduktion aufzuhalten?

Wählen Sie den für Sie sichersten, wenn auch etwas langweiligen Weg, wenn Sie im Fach Deutsch eher schwach sind. Hüten Sie sich aber vor den vermeintlich „einfachen" Aufgaben. Diese haben oft Tücken, die auf den ersten Blick nicht erkennbar sind. Wählen Sie dagegen die Aufgabe, die für Sie den größten Reiz besitzt, wenn Sie im Fach Deutsch stark sind.

5.2 Die Zeitplanung

- Legen Sie sich einen Papierstreifen mit Ihrem Zeitplan an den oberen Rand des Tisches: Teilen Sie darauf die Uhrzeiten ab und ordnen Sie ihnen die zu bewältigende Arbeit so zu, dass die letzte halbe Stunde für die Durchsicht des Ganzen und für kleine Nachbesserungen (Anschlüsse überprüfen, Absätze machen, Rechtschreibung und Zeichensetzung korrigieren) reserviert ist.
- Halten Sie die Zeit für die – der Aufgabe entsprechend zu veranschlagende – Vorbereitungsarbeit (Inhalte aufnehmen und durchdenken, Textmarkierungen setzen, Aspekte und Stichworte festhalten) unbedingt ein.
- Reservieren Sie für die Schwerpunktaufgabe den größten Anteil der verfügbaren Zeit, denn trotz sorgfältiger Vorarbeit können Sie nicht Vorgedachtes einfach niederschreiben. Vielmehr werden Ihnen schreibend neue Ideen kommen, die durchdacht, nachgewiesen, eingebaut und vor allem auch noch gut formuliert sein wollen.

6 Zum Gebrauch der Lösungshinweise

In den Übungsaufgaben dieses Bandes spiegelt sich hessische Unterrichtspraxis. In den Lösungshinweisen zu den Übungsaufgaben und zu den Prüfungsaufgaben des Landesabiturs wird nicht einfach das Maß an Erkenntnis und Gestaltungsfähigkeit nachgeahmt, das einer Abiturientin beziehungsweise einem Abiturienten abverlangt werden kann. Sie weisen auf mehr Aspekte hin, als ein Schüler in der Regel sehen kann. Von der Fülle der Beobachtungen, Aspekte, Deutungseinfälle und Problematisierungen wird ein Abiturient oder eine Abiturientin jeweils nur auf einiges selbst kommen. Die Lektüre der entfalteten Lösungswege kann aber Textverstehen anleiten, bereichern und intensivieren und in Fragen der Herangehensweise (der Methode und Strukturierung) dazu anregen, ähnliche Ansätze, Übergänge oder Schlussbilanzen auszuprobieren.

Zu empfehlen ist, bei dem einen oder anderen Thema nach der Lektüre der Aufgabenstellung und der gegebenen Texte (der Arbeitsgrundlagen) nicht gleich weiterzulesen. Der Übungseffekt ist entschieden größer, wenn man nicht nur rezeptiv folgt (Vorgesetztes aufnimmt), sondern selbst aktiv wird, wenn man also einige Zeit darauf verwendet, sich in Thema und Text einzudenken und auf einem Zettel (auch diese Fixierung ist wichtig!) erst einmal eigene Ansätze, Fragen und Gedanken zu Text und Thema skizziert. Sobald man selbstständig einen Verstehens- und Fragehorizont entwickelt hat, sieht man – im Vergleich damit – fremde Ausführungen kritischer und mit mehr Gewinn.

Hinweise und Tipps zur mündlichen Abiturprüfung

1 Allgemeines

Eine mündliche Abiturprüfung gibt es in jedem Fall im vierten Prüfungsfach. Im ersten bis dritten Prüfungsfach erfolgt eine mündliche Prüfung, wenn die Prüfungskommission sie aufgrund des Leistungsbildes des Prüflings beschließt oder wenn Sie sich freiwillig zur Prüfung melden, um Ihren Notendurchschnitt zu verbessern. Letzteres ist aufgrund des komplizierten Verrechnungsmodells einer Nachprüfung, das eher nachteilig wirkt, selten zielführend. Sie müssten mindestens 04 Punkte besser abschneiden, um überhaupt ein besseres Ergebnis zu erhalten. Die mündliche Prüfung im ersten bis dritten Prüfungsfach darf keine inhaltliche Wiederholung der schriftlichen Prüfung sein, sie darf sich nicht auf das Sachgebiet und die Lernziele nur eines Schulhalbjahres beschränken, sie kann aber, im Unterschied zur schriftlichen Prüfung, Sachgebiete des letzten Schulhalbjahres einbeziehen.

Für die Vorbereitung der mündlichen Prüfung haben Sie „mindestens 20 Minuten" Zeit (OAVO § 35 (2)). („In der Regel nicht mehr als 30 Minuten.") Sie erhalten eine Aufgabe, die ähnlich gegliedert ist, wie die schriftlichen Abituraufgaben es sind, die aber auf die kürzere Zeit zugeschnitten ist, die zu ihrer Lösung zur Verfügung steht. Die Anforderung der 20-minütigen Prüfung besteht darin, sich in einem Vortrag in sprachlich korrekter Weise zu äußern, ein themengebundenes Gespräch zu führen und dabei auf Impulse der Prüfenden einzugehen sowie begründet Stellung zu nehmen. In der Regel steht Ihnen „die Hälfte der Prüfungszeit für [den] kurzen, möglichst frei gehaltenen Vortrag zur Verfügung." (OAVO § 35 (3))

Eine besondere Form der mündlichen Prüfung ist die vorbereitete, selbstständige Präsentation eines Themas, das seinen Schwerpunkt im gewählten Fach (hier: im Fach Deutsch) hat. An die 15-minütige Präsentation schließt sich ein ebenfalls 15-minütiges Kolloquium, also eine Befragung durch den Fachausschuss, an. „Folgende Kriterien fließen u. a. in die Bewertung einer Präsentation ein:

- Qualität und Umfang der vermittelten fachlichen Informationen, auch Vollständigkeit, exemplarisches Vorgehen, Aktualität, Kreativität,
- Strukturierung der Präsentation [...],

- sachgerechter Einsatz von Medien […],
- Präzision und logische Nachvollziehbarkeit der Darstellung,
- kommunikative (einschließlich rhetorischer) Fähigkeiten,
- Reflexion über die gewählte Präsentationsmethode, die vorgetragenen Lösungen und Argumente." (OAVO § 37 (3))

2 Tipps zur Vorbereitung und zur mündlichen Prüfung selbst

2.1 Die Vorbereitung auf die Prüfung

Während der „mindestens 20-minütigen" Vorbereitung auf die mündliche Prüfung werden Sie sich ganz ähnlich wie bei der Vorbereitung schriftlicher Abiturklausuren mit Aufgabenstellung und gegebenem Material auseinandersetzen. Darüber hinaus muss der geforderte 10-minütige Vortrag, mit dem Sie die Prüfung vor der Kommission einleiten sollen, besonders bedacht werden. Im Deutschunterricht gibt es meistens nicht viel Gelegenheit, sich im zusammenhängenden, längeren Vortrag zu üben; mit einem guten Vortrag in der Abiprüfung machen Sie aber sofort Eindruck.

- Prüfen Sie genau Thema und Zielrichtung der gestellten Aufgaben, damit Sie während der Texterschließung nicht daran vorbeigehen. Stellen Sie fest, worin der Schwerpunkt der Aufgabe besteht. Konzentrieren Sie sich auf diesen Schwerpunkt und durchdenken Sie, was darin das Wesentliche ist. Kluge Leute haben die Fähigkeit, Wesentliches von Unwesentlichem klar unterscheiden zu können; sie treten nichts breit, halten sich also nicht lange bei dem auf, was auf der Hand liegt, sondern sie komprimieren und differenzieren und können das als wesentlich Erkannte sprachlich präzis vermitteln. Streben Sie solche Konzentration an.
- Gliedern und markieren Sie den Text zunächst so, wie Sie es gewohnt sind. Notieren Sie sich am Rand Erkanntes/Entdecktes in Stichwortform für den Vortrag. Nehmen Sie sich während des letzten Durchgangs durch den Text einen andersfarbigen Stift (Marker): Heben Sie mit ihm die Textstellen und Schlüsselbegriffe hervor, die Sie im Vortrag zitieren wollen. Seien Sie sparsam im Markern (siehe oben: es kommt auf die Auswahl des Wesentlichen an!).
- Notieren Sie groß und deutlich, in welcher Reihenfolge Sie die verschiedenen Stichworte und Aspekte ansprechen wollen. Setzen Sie Einfaches, Informierendes und Inhaltliches an den Anfang, um einen Sockel für das Anspruchsvollere zu haben; die meisten Aufgaben geben diese Gliederung bereits vor.
- Sie haben keine Zeit, eine Interpretation auszuformulieren. Die nummerierten Stichworte sind also das Skelett für Ihren Vortrag: Es sind die Anhaltspunkte, die Sie in freier Rede erläutern und entfalten werden. Aber formulieren Sie sich einen ins Zentrum der Aufgaben- und Problemstellung zielenden Einleitungssatz aus. Vielleicht gelingt es Ihnen außerdem, ein sprachlich ebenso bündiges (vorläufiges) Fazit auszuformulieren.

2.2 Der Vortrag innerhalb der Prüfung

- Rücken Sie sich ohne Hetze Ihr Material und Ihren Stuhl zurecht, atmen Sie einmal bewusst durch, schauen Sie die Kommission und Ihren Lehrer oder Ihre Lehrerin grüßend an und nehmen Sie auch während des Fortgangs der Prüfung immer wieder Blickkontakt auf. Man wird Ihnen wohlgesonnen sein: Es befreit, das zu bemerken.
- Legen Sie Ihre Uhr auf den Tisch und stellen Sie die Zeiger auf 12: So fällt es bei aller Aufregung am leichtesten, die Zeit zu kontrollieren.
- Teilen Sie einleitend knapp mit, worin Ihre Aufgabe bestand/besteht und wie Sie vorzugehen gedenken. Lesen Sie aber nicht die Aufgabenstellung vor, sondern kommen Sie rasch zu Ihrem Einleitungssatz und anschließend zur möglichst frei vorgetragenen Inhaltsübersicht und zur Darstellung Ihrer aufgabenbezogenen Beobachtungen, Erkenntnisse und weiterführender Einsichten oder Hypothesen.
- Die Textanalyse oder Textinterpretation muss durch Zitate belegt werden. Wenn Sie nicht sofort die benötigte Textstelle finden, so hat die Kommission Verständnis dafür, wenn Sie einen Augenblick lang suchen müssen. Kommentieren Sie Ihr Suchen (etwa: „Entschuldigung, ich finde gerade die Stelle nicht, aber es muss hier im letzten Drittel sein, sinngemäß steht da … – hier ist es wörtlich: …“).
- Sprechen Sie immer wieder mit erhobenem Kopf klar und deutlich und nicht zu schnell. Auch hier gilt: Hetzen Sie nicht. Machen Sie sich Ihren Zuhörern in gutem (elaboriertem) Deutsch verständlich und sprechen Sie so, dass Sie selber mitkommen (mitdenken können!). Greifen Sie auf Fachbegriffe zurück, durch die sich weitschweifige Erklärungen oft erübrigen. Sprechen Sie immer wieder begründend statt additiv in Satzreihen („Und dann … Und dann …“). Sie haben Zeit, gleichsam laut nachzudenken. Gerade das ist es, was die Kommission hoch bewertet: dass der Prüfling auf der Grundlage seines Wissens selbstständig denken und urteilen kann. Am deutlichsten stellt sich im Prüfungsgespräch heraus, wie gut er das kann.

2.3 Das Prüfungsgespräch

- Der zweite Teil der mündlichen Prüfung soll die Form des Gesprächs haben. Ein Gespräch ist kein Ping-Pong zwischen Frage und Kurzantwort und kein Abgefragtwerden. Schießen Sie also nicht knappe Lösungssätze, isolierte Begriffe oder Ja-nein-Antworten ab; antworten Sie stattdessen in vollständigen Sätzen, nehmen Sie die gestellten Fragen auf und gehen Sie umsichtig erläuternd und themenbezogen darauf ein. Bevor man das zu Sagende ausführt, empfiehlt es sich bei etwas komplizierteren oder komplexeren Fragen, zunächst zu formulieren, wie man die Frage verstanden hat („Sie fragen also danach, ob …/wie …?“). Treten Sie in einen kommunikativen Zusammenhang ein.
- Haben Sie eine Frage einmal nicht verstanden, so wird Ihr Blick den Prüfer dazu veranlassen, seine Frage neu zu formulieren.
- Auch der Prüfer geht in dem von ihm vorbereiteten Gespräch in der Regel vom Einfachen zum Schwierigeren und vom konkreten Beispiel zum Allgemeineren. Er wird über den gegebenen Text hinaus nach Vergleichbarem, Entgegengesetztem

und seiner möglichen Einordnung in einen größeren Zusammenhang fragen. Wenn Ihnen selbst passende literarische oder theoretische Bezüge einfallen, so bringen Sie sie aktiv (von sich aus) ein. Je proaktiver Sie Ihre Prüfung angehen, desto mehr haben Sie die Kontrolle selbst in der Hand und überzeugen die Kommission zudem von Ihrem selbstständigen Denken.

- Wenn Sie Zweifel an einer Zuordnung oder Setzung haben oder wenn Ihnen eine Interpretation zu glatt oder aber verrenkt erscheint, so artikulieren Sie Ihre Bedenken: Unterdrücken Sie Problembewusstsein nicht, wenn es denn echt ist.
- Manchmal unterbricht ein Prüfer. Der Grund dafür kann sein, dass er Sie von einem Nebenweg zurückholen will oder dass er abkürzt, weil er Ihnen Gelegenheit geben will, sich noch zu einem wichtigen Punkt zu äußern, dass er Ihnen also noch mehr zutraut. Meist drängt nur schlicht die Zeit.
- Eine Abiturprüfung ist eine Veranstaltung mit offiziellem Charakter. Es muss Sie also nicht irritieren, wenn Ihr Prüfer Ihnen ein wenig förmlicher begegnet, als Sie es vom Unterricht her gewohnt sind. Seien Sie überzeugt, auch er will bestehen: Ihn leitet der Wunsch, dass Sie glänzen – und so ein helles Licht auf die Qualität seines Unterrichts werfen.

ÜBUNGSAUFGABEN

MEHR SCHEIN ALS SEIN?

Erlaubte Hilfsmittel

- E.T.A. Hoffmann: *Der Sandmann*
- Juli Zeh: *Corpus Delicti. Ein Prozess*
- ein Wörterbuch zur deutschen Rechtschreibung

Aufgabenstellung

1 Interpretieren Sie den Auszug aus E.T.A. Hoffmanns Kunstmärchen *Klein Zaches genannt Zinnober* unter Berücksichtigung von inhaltlichen und sprachlich-formalen Aspekten. (40 BE)

2 Vergleichen Sie das Motiv der Verblendung in E.T.A. Hoffmanns Erzählung *Der Sandmann* mit der Darstellung des Themas in *Klein Zaches*. (30 BE)

3 Diskutieren Sie, inwieweit man Formen von Verblendung in Juli Zehs Roman *Corpus Delicti* finden kann. Berücksichtigen Sie dabei das politische System und Mias persönliche Entwicklung. (30 BE)

Material E.T.A. Hoffmann: Klein Zaches genannt Zinnober (1819)

Bei Klein Zaches handelt es sich um einen missgestalteten, dummen und bösartigen Zwerg, den eine Fee aus Mitleid mit einem wundersamen Zauber belegt. Daraufhin werden Zaches alle positiven Leistungen zugeschrieben, die andere in seiner Umgebung vollbringen. Unter dem Nachnamen Zinnober beginnt er ein Jurastudium und wird vom Physikprofessor Mosch Terpin zu dessen Teegesellschaft eingeladen. Ebenfalls zu Gast sind ein Professor der Ästhetik, der Student Balthasar und dessen Freund Fabian.

[...] Balthasar, Fabian, der Professor der Ästhetik, mehrere junge Leute setzten sich zu den Frauen. Herr Zinnober hatte sich indessen eine Fußbank herangerückt und war mittelst derselben auf den Sofa gestiegen, wo er nun in der Mitte zwischen zwei Frauen saß und stolze funkelnde Blicke um sich warf.

Balthasar glaubte, daß der rechte Augenblick gekommen, mit seinem Gedicht von der Liebe der Nachtigall zur Purpurrose hervorzurücken. Er äußerte daher mit der gehörigen Verschämtheit, wie sie bei jungen Dichtern im Brauch ist, daß er, dürfe er nicht fürchten, Überdruß und Langeweile zu erregen, dürfe er auf gütige Nachsicht der verehrten Versammlung hoffen, es wagen wolle, ein Gedicht, das jüngste Erzeugnis seiner Muse, vorzulesen.

Da die Frauen schon hinlänglich über alles verhandelt, was sich Neues in der Stadt zugetragen, da die Mädchen den letzten Ball bei dem Präsidenten gehörig durchgesprochen und sogar über die Normalform der neuesten Hüte einig worden, da die Männer unter zwei Stunden nicht auf weitere Speis und Tränkung rechnen durften, so wurde Balthasar einstimmig aufgefordert, der Gesellschaft ja den herrlichen Genuß nicht vorzuenthalten.

Balthasar zog das sauber geschriebene Manuskript hervor und las.

Sein eignes Werk, das in der Tat aus wahrhaftem Dichtergemüt mit voller Kraft, mit regem Leben hervorgeströmt, begeisterte ihn mehr und mehr. Sein Vortrag, immer leidenschaftlicher steigend, verriet die innere Glut des liebenden Herzens. Er bebte vor Entzücken, als leise Seufzer – manches leise Ach – der Frauen, mancher Ausruf der Männer: „Herrlich – vortrefflich – göttlich!“ ihn überzeugten, daß sein Gedicht alle hinriß.

Endlich hatte er geendet. Da riefen alle: „Welch ein Gedicht! – welche Gedanken – welche Phantasie – was für schöne Verse – welcher Wohlklang – Dank – Dank Ihnen, bester Herr Zinnober, für den göttlichen Genuß“ –

„Was? wie?“ rief Balthasar; aber niemand achtete auf ihn, sondern stürzte auf Zinnober zu, der sich auf dem Sofa blähte wie ein kleiner Puter[1] und mit widriger Stimme schnarchte: „Bitte recht sehr – bitte recht sehr – müssen so vorlieb nehmen! – ist eine Kleinigkeit, die ich erst vorige Nacht aufschrieb in aller Eil'!“ – Aber der Professor der Ästhetik schrie: „Vortrefflicher – göttlicher Zinnober! – Herzensfreund, außer mir bist du der erste Dichter, den es jetzt gibt auf Erden! – Komm an meine Brust, schöne Seele!“ – Damit riß er den Kleinen vom Sofa auf in die Höhe und herzte und küßte ihn. Zinnober betrug sich dabei sehr ungebärdig. Er arbeitete mit den kleinen Beinchen auf des Professors dickem Bauch herum und quäkte: „Laß mich los – laß mich los – es tut mir weh – weh – weh – ich kratz' dir die Augen aus – ich beiß' dir die Nase entzwei!" – „Nein," rief der Professor, indem er den Kleinen niedersetzte auf den Sofa, „nein, holder Freund, keine zu weit getriebene Bescheidenheit!" – Mosch Terpin war nun auch vom Spieltisch herangetreten, der nahm Zinnobers Händchen, drückte es und sprach sehr ernst: „Vortrefflich, junger Mann! – nicht zuviel, nein, nicht genug sprach man mir von dem hohen Genius[2], der Sie beseelt." – „Wer ist's," rief nun wieder der Professor der Ästhetik in voller Begeisterung aus, „wer ist's von euch Jungfrauen, der dem herrlichen Zinnober sein Gedicht, das das innigste Gefühl der reinsten Liebe ausspricht, lohnt durch einen Kuß?"

Da stand Candida auf, nahete sich, volle Glut auf den Wangen, dem Kleinen, kniete nieder und küßte ihn auf den garstigen Mund mit blauen Lippen. „Ja," schrie nun Balthasar, wie vom Wahnsinn plötzlich erfaßt, „ja, Zinnober – göttlicher Zinnober, du hast das tiefsinnige Gedicht gemacht von der Nachtigall und der Purpurrose, dir gebührt der herrliche Lohn, den du erhalten!" –

Und damit riß er den Fabian ins Nebenzimmer hinein und sprach: „Tu mir den Gefallen und schaue mich recht fest an und dann sage mir offen und ehrlich, ob ich der Student Balthasar bin oder nicht, ob du wirklich Fabian bist, ob wir in Mosch Terpins Hause sind, ob wir im Traume liegen – ob wir närrisch sind – zupfe mich an der Nase oder rüttle mich zusammen, damit ich nur erwache aus diesem verfluchten Spuk!" –

„Wie magst," erwiderte Fabian, „wie magst du dich denn nur so toll gebärden aus purer heller Eifersucht, weil Candida den Kleinen küßte. Gestehen mußt du doch selbst, daß das Gedicht, welches der Kleine vorlas, in der Tat vortrefflich war." – „Fabian," rief Balthasar mit dem Ausdruck des tiefsten Erstaunens, „was sprichst du denn?" „Nun ja," fuhr Fabian fort, „nun ja, das Gedicht des Kleinen war vortrefflich, und gegönnt hab' ich ihm Candidas Kuß. – Überhaupt scheint hinter dem seltsamen Männlein allerlei zu stecken, das mehr wert ist als eine schöne Gestalt. Aber was auch selbst seine Figur betrifft, so kommt er mir jetzt nichts weniger als so abscheulich vor wie anfangs. Beim Ablesen des Gedichts verschönerte die innere Begeisterung seine Gesichtszüge, so daß er mir oft ein anmutiger wohlgewachsener Jüngling zu sein schien, ungeachtet er doch kaum über den Tisch hervorragte. Gib deine unnütze Eifersucht auf, befreunde dich als Dichter mit dem Dichter!"

„Was," schrie Balthasar voll Zorn, „was? – noch befreunden mit dem verfluchten Wechselbalge[3], den ich erwürgen möchte mit diesen Fäusten?"

„So," sprach Fabian, „so verschließest du dich denn aller Vernunft. Doch laß uns in den Saal zurückkehren, wo sich etwas Neues begeben muß, da ich laute Beifallsrufe vernehme."

Mechanisch folgte Balthasar dem Freunde in den Saal.

Als sie eintraten, stand der Professor Mosch Terpin allein in der Mitte, die Instrumente noch in der Hand, womit er irgendein physikalisches Experiment gemacht, starres Staunen im Gesicht. Die ganze Gesellschaft hatte sich um den kleinen Zinnober gesammelt, der, den Stock untergestemmt, auf den Fußspitzen dastand und mit stolzem Blick den Beifall einnahm, der ihm von allen Seiten zuströmte. Man wandte sich wieder zum Professor, der ein anderes sehr artiges Kunststückchen machte. Kaum war er fertig, als wiederum alle, den Kleinen umringend, riefen: „Herrlich – vortrefflich, lieber Herr Zinnober!“ –

Endlich sprang auch Mosch Terpin zu dem Kleinen hin und rief zehnmal stärker als die übrigen: „Herrlich – vortrefflich, lieber Herr Zinnober!“ [...]

Aus: E.T.A. Hoffmann: Klein Zaches genannt Zinnober. Ein Märchen. Stuttgart: Reclam 1998.

Anmerkungen

1 Puter: Truthahn
2 Genius: erzeugende Kraft, hier im Sinne von „Genie“
3 Wechselbalg: im Aberglauben ein vom Teufel der Mutter untergeschobenes Kind, das den Menschen schaden soll; hier als Schimpfwort verwendet

TIPP **Bearbeitungshinweise**

Teilaufgabe 1: Lesen Sie den Auszug aus Hoffmanns Märchen, das Ihnen unbekannt sein dürfte, mehrfach genau durch. Teilen Sie ihn in **Sinnabschnitte** ein und überlegen Sie sich treffende Überschriften zu den einzelnen Abschnitten.

Fassen Sie das Geschehen bei der Teegesellschaft in eigenen Worten zusammen. Um Wiederholungen zu vermeiden, empfiehlt es sich, gleich hier **erzählerische und sprachliche Besonderheiten** anzusprechen und deren **Funktion** bzw. Wirkung zu beschreiben. Im Hinblick auf die von der zweiten Teilaufgabe vorgegebenen Aspekte sollten Sie bei der Deutung die **Erscheinungsformen der Verblendung** genau benennen. Wer hat einen falschen Blick auf die Realität? Wer profitiert davon? Wer ist der Leidtragende?

Aufgrund Ihrer unterrichtlichen Auseinandersetzung mit der Romantik kennen Sie wahrscheinlich den Philister als Feindbild jedes wahren Romantikers. Auch im vorliegenden Text finden sich Spitzen gegen das Spießbürgertum. Wenn Sie solche **epochentypischen Besonderheiten** erkennen und die gesellschaftskritischen Seitenhiebe herausarbeiten, wird das die Qualität Ihrer Lösung steigern.

Zur Vorbereitung des **Vergleichs (2. Teilaufgabe)** empfiehlt es sich, auf einem Konzeptpapier die beiden Texte einander **tabellarisch** gegenüberzustellen und Ihre jeweiligen Beobachtungen zu dem Vergleichsaspekt zu notieren. Nehmen Sie sich die Zeit, noch einmal im *Sandmann* nachzuschlagen, um Ihre Ausführungen mit konkreten Beispielen stützen zu können. Rekapitulieren Sie von dieser Erzählung nur so viel Handlung, wie für die Gegenüberstellung nötig ist. Abschließend sollten Sie Ihre Ergebnisse in einem **Fazit** bündeln.

Die **3. Teilaufgabe** ist relativ offen formuliert. Überlegen Sie daher zunächst, was man zu „**Formen der Verblendung**“ zählen könnte. Die Konkretisierungen „politisches System“ sowie „Mias persönliche Entwicklung“ geben Ihnen wichtige Anregungen. Inwiefern kann man das System der METHODE als verblendet auffassen? Wo verkennt Mia die Realität? Ändert sich das im Laufe des Romans? Kann man auch die ideale Geliebte unter dem Aspekt der Verblendung thematisieren? Achten Sie darauf, nicht nur das Geschehen nachzuerzählen, sondern zeigen Sie auch immer auf, inwieweit es sich als Ausdruck der Verblendung deuten lässt.

Lösungsvorschlag

TEILAUFGABE 1

Einleitung: Autor, Titel, Gattung, Jahr, Thema

Als eine Krähe ausgefallene Pfauenfedern findet, nutzt sie diese, um ihr eigenes Federkleid prunkvoller auszustaffieren und sich dann stolz unter andere Pfaue zu mischen. Auf diese antike Fabel geht das Sprichwort „**sich mit fremden Federn schmücken**" zurück. Es trifft auch auf den Protagonisten von E.T.A Hoffmanns 1819 erschienenem Kunstmärchen *Klein Zaches genannt Zinnober* zu: Der bösartige Zwerg wird für Taten gepriesen und gefeiert, die eigentlich andere geleistet haben. Allerdings war es nicht Zaches selbst, der diesen Betrug eingefädelt hat. Er verdankt sich vielmehr dem Zauber einer Fee, die Mitleid mit dem verwachsenen Zwerg hatte.

Aufbau

Der vorliegende Auszug aus dem Märchen schildert die Wirkung dieser magischen Gabe während der **Teegesellschaft** des Physikprofessors Mosch Terpin. Dabei lässt sich der Text in **drei** Handlungsabschnitte untergliedern: Im ersten Abschnitt trägt der Student Balthasar ein romantisches Liebesgedicht vor, muss aber erleben, dass die begeisterte Reaktion des Publikums nicht ihm, sondern Zinnober gilt (Z. 1–49). Daraufhin versucht er im **zweiten Abschnitt** mit seinem Freund Fabian über diesen rätselhaften Sachverhalt zu sprechen, doch hält auch Fabian Zinnober für den Urheber des Gedichts (Z. 50–72). Der **dritte Abschnitt** variiert Balthasars Erfahrung: Zinnober wird für physikalische Experimente beklatscht, die eigentlich Professor Terpin vorgeführt hat (Z. 73–82).

abschnittsweise Interpretation

1. Sinnabschnitt: Gedichtvortrag bei Teegesellschaft

kritische Darstellung der Gesellschaft

Von Abschnitt zu Abschnitt **steigert sich die Erregung der Teegesellschaft** bzw. Balthasars. Anfangs herrscht eine Atmosphäre gepflegter **Langeweile**. Mit viel Ironie gibt der Erzähler zu verstehen, dass erst, als die Damen allen Klatsch und Tratsch abgehandelt und Modefragen ausdiskutiert haben und erst, als die Herren sich bis zur nächsten Mahlzeit gedulden müssen, alle einwilligen, Balthasars Gedichtvortrag zu lauschen. Die aneinandergereihten kausalen Nebensätze („Da die Frauen […], da die Mädchen […], da die Männer […]", Z. 11 ff.) entlarven die **Oberflächlichkeit der Gesellschaft**, für die **Lyrik** allenfalls **als Pausenfüller** infrage kommt. Zwar drängen sie darauf, ihnen „ja den herrlichen Genuß nicht vorzuenthalten" (Z. 15 f.), doch wird deutlich, dass sie für die Kunst nur bereit sind, falls sich nichts Besseres findet.

Stereotyp des romantischen Dichters

Es ist Balthasar somit gelungen, den „rechte[n] Augenblick" (Z. 5) abzupassen, als er schüchtern vorschlägt, sein „**Gedicht** von der Liebe der Nachtigall zur Purpurrose" (Z. 5 f.) zu **rezitieren**. Ein hypotaktisch verschachtelter Satz zeichnet sein unterwürfiges **Werben**

um die Gunst der Zuhörerschaft nach, die wie eine Captatio benevolentiae wirkt. Sein Gedicht nennt er durchaus selbstbewusst „das jüngste Erzeugnis seiner Muse" (Z. 9 f.) und will sich mit dieser metaphorischen Umschreibung als inspirierter Dichter darstellen. Auch der Erzählerkommentar, Balthasar lege eine „Verschämtheit" an den Tag, „wie sie bei jungen Dichtern im Brauch ist" (Z. 7), verleiht seinem Auftritt etwas Einstudiertes. Der Gedichttitel lässt eine **Häufung romantischer Klischees** erwarten: die Verherrlichung der Liebe sowie der Einheit der Natur. Ein junger Dichter produziert sich vor einer gesättigten Teegesellschaft. Die ganze Veranstaltung erscheint **philisterhaft**. Als Philister bezeichneten die wahren romantischen Dichter all diejenigen, die der Kunst nur die Funktion der Berieselung zugestanden und ansonsten lieber ein überraschungsfreies, beschauliches Leben führen wollten.

Täuschung des Publikums

Doch werden alle Erwartungen über den Haufen geworfen. Das **Publikum** nimmt den Vortrag **enthusiastisch** auf, ist regelrecht entfesselt. Schon während der Rezitation, in die er sich mehr und mehr hineinsteigert, registriert Balthasar die verzückten Reaktionen der Zuhörerschaft und fühlt sich bestätigt. Der Gedichttext wird nicht wiedergegeben, allerdings bescheinigt der Erzähler, dass er „aus wahrhaftem Dichtergemüt" (Z. 18) hervorgegangen sei und „die innere Glut des liebenden Herzens" (Z. 20) widerspiegle. Mit einer Vielzahl an Ausrufen, die fast alle anaphorisch mit dem Fragepronomen „welch(e)" einsetzen (vgl. Z. 24 f.), preist die Runde den Kunstgenuss und übersteigert mit einer Klimax das Gehörte als „[h]errlich – vortrefflich – göttlich" (Z. 22). Wie eine kalte Dusche muss auf Balthasar nach diesem Beifallsturm der letzte Ausruf wirken, der nicht ihm, sondern Herrn **Zinnober** „für den göttlichen Genuß" (Z. 26) **dankt**. Die Alliteration betont die überzogene Euphorie. Vor allem der **Professor für Ästhetik**, aufgrund seines Berufs ein Experte für alle Fragen des Schönen und der Kunst, kann sich gar nicht fassen vor Begeisterung, schreit sie gleichsam heraus und überhäuft den vermeintlichen Dichter Zinnober mit Komplimenten. Komik erzeugt seine Einschränkung: Zuerst komme er, danach sei Zinnober „der erste Dichter, den es jetzt gibt auf Erden" (Z. 32). In seinem Überschwang packt er den Zwerg, drückt und küsst ihn, was erneut das **Missverhältnis zwischen Begeisterung und Ursache**, aber auch das Ausmaß der allgemeinen Verblendung offenbart.

tatsächliches Wesen Zinnobers

Denn niemand scheint das wahre Wesen Zinnobers zu erkennen. Schon die anfängliche Beschreibung, wie er mit einem Hilfsmittel das Sofa erklimmt, um dann „stolze funkelnde Blicke" (Z. 4) um sich zu werden, zeigt die große **Kluft zwischen Schein und Sein**. Wie selbstverständlich maßt er sich die Autorschaft für das Gedicht an, wobei die Wortwahl und ein Vergleich ihn **abstoßend zeichnen:**

Er wird in seiner unangebrachten Eitelkeit mit einem Truthahn gleichgesetzt, die Stimme klingt „widri[g]“ und „schnarch[t]“ (Z. 28 f.), erinnert also eher an ein gurgelndes Geräusch. Gegen die Umarmungen des Professors setzt er sich zur Wehr, droht ihm mit Gewalt, wird aber nicht gehört. Wie ein Schoßhund oder ein Kleinkind strampelt er, der zugleich als großer Künstler gefeiert wird (vgl. Z. 34 ff.).

ein Kuss für Zinnober

Als der begeisterte Professor fordert, das Liebesgedicht durch den **Kuss einer Jungfrau** zu belohnen, gehorcht **Candida**, deren Name an Zucker erinnert und einen süßen Liebreiz verspricht. Ihre Gesichtsfarbe verrät ihre Erregung, die metaphorische „Glut auf den Wangen“ (Z. 45) ihre zärtlichen Gefühle. Dabei kontrastiert ihre Röte mit Zinnobers blauen Lippen, auf die sie den Kuss drückt (vgl. Z. 46). Auch sie bemerkt weder die hässliche Gestalt noch das garstige Wesen des Zwergs. Diese **öffentliche Liebesbekundung** ist für den fassungslosen Balthasar zu viel: Wie wahnsinnig stimmt er in den allgemeinen Jubel für Zinnober ein und wiederholt die hochtrabenden Adjektive – „göttlich“, „herrlich“ (vgl. Z. 47 f.) –, mit denen der Zwerg Zaches gepriesen wurde.

2. Sinnabschnitt: Gespräch von Balthasar und Fabian

Verzweiflung Balthasars

Im **zweiten Handlungsabschnitt** versucht Balthasar sich **seiner selbst zu vergewissern** und beschwört im Nebenzimmer Fabian mit einer Reihe von „ob“-Fragesätzen (vgl. Z. 51 ff.), ihm zu bestätigen, dass er nicht den Verstand verloren hat, bzw. ihn aus dem Alptraum zu wecken, der ihm als „verfluchte[r] Spuk“ (Z. 54) erscheint. Doch **erliegt auch Fabian dem Zauber**, der Zinnober als Inbegriff der Vortrefflichkeit erscheinen lässt. So wirft er Balthasar vor, den Zwerg um Candidas Kuss zu beneiden. Seine Charakterisierung Zinnobers spiegelt die eigene **allmähliche Verblendung** wider: Fand er Zinnobers Figur anfangs noch „abscheulich“ (Z. 62), verändert sich seine Perspektive und er verklärt die Gestalt des Zwergs: „Beim Ablesen des Gedichts verschönerte die innere Begeisterung seine Gesichtszüge, so daß er mir oft ein anmutiger wohlgewachsener Jüngling zu sein schien, ungeachtet er doch kaum über den Tisch hervorragte.“ (Z. 63 ff.) So ergibt sich ein **paradoxer Zustand**, bei dem Zinnober zugleich kleinwüchsig sowie wohlgewachsen erscheint. Balthasars Wutausbruch und Beschimpfung Zinnobers als „Wechselbal[g]“ (Z. 68) ist für Fabian unvernünftig. Er nimmt den **Augenschein als Grundlage für sein Urteil**. Dass er einer Täuschung aufsitzt, kann er nicht erkennen.

3. Sinnabschnitt: Terpins Experimente

Im Saal wiederholt sich derweil das Phänomen, dass **Zinnober Ruhm** und Anerkennung für etwas **einheimst**, das ein anderer vollbracht hat. Diesmal wird er für physikalische Experimente bejubelt, die Professor Terpin zur allgemeinen Unterhaltung durchgeführt hat. Mit „starre[m] Staunen“ (Z. 74 f.) erlebt der Professor, wie sich die

Menge ihm zuwendet, um die Versuche zu beobachten, sich danach aber zu Zinnober umdreht, um ihn dafür zu beklatschen. Die **Wahrnehmung** ist **eine verdrehte**. Doch anders als Balthasar erliegt auch Terpin der Täuschung und stimmt in den Jubel für Zinnober ein, der wieder einmal alles „[h]errlich – vortrefflich“ (Z. 79) findet.

erzählerische Gestaltung

Der Auszug ist **aus Balthasars Sicht** geschildert, die den geistigen Diebstahl Zinnobers auch als solchen erkennt. Die **Verstörung** des Studenten über die unerklärlichen Reaktionen der Teegesellschaft wird dadurch greifbar, während der Leser **keinen Einblick in das Innenleben der anderen Figuren** erhält und allein aufgrund ihrer Handlungen und Äußerungen ihre Wahrnehmung erschließen kann. Die vielen Dialoge und das **szenische Erzählen** nach der Gedichtrezitation spitzen das Geschehen dramatisch zu: Während Balthasar sich immer mehr in seine Verzweiflung hineinsteigert, taumelt die bürgerliche Runde in einen rauschhaften Zustand der Verzückung.

Fazit: unfähiger Zwerg als Mittelpunkt

Der einzige Ruhepol, der „mit stolzem Blick“ (Z. 76 f.) die Huldigungen empfängt, ist der eitle, garstige Zwerg Zinnober. Bereits sein **sprechender Name** ist ein Synonym für die Ereignisse: Es herrscht viel Lärm um nichts. Unter den Pfauenfedern steckt nur eine Krähe.

TEILAUFGABE 2

Vergleich mit *Der Sandmann*

Eine verzerrte Perspektive auf die Realität führt zu nicht nachvollziehbaren Reaktionen, sodass sich **zwei Wahrnehmungswelten** gegenüberstehen: auf der einen Seite Balthasar, der sich betrogen und verkannt fühlt, auf der anderen Seite die komplette Teegesellschaft, die in Zinnober ein Genie und eine Schönheit erblickt.

anderes Mengenverhältnis bei Verblendung

Auch E.T.A. Hoffmanns Erzählung *Der Sandmann* handelt von einer verrückten Wahrnehmung, jedoch ist dort das **Verhältnis genau andersherum:** Während Balthasar als Einziger den klaren Blick behält, ist es im *Sandmann* **nur eine Figur**, nämlich der Student Nathanael, der Dinge und Personen nicht mehr richtig einordnen kann.

Ursache für Verblendung – psychisch

Anders als in *Klein Zaches* hat kein übersinnlicher **Feenzauber** die Perspektiven verwirrt. Nathanael wird von einem **kindlichen Trauma** eingeholt und beginnt, im Alltag Bedrohungen und Gefahren zu befürchten. Den zwielichtigen Advokaten **Coppelius**, einen Bekannten seines Vaters, hielt der kleine Nathanael für den bösartigen **Sandmann**, der Kindern die Augen raube. Als dann auch noch der Vater bei einem alchemistischen Versuch starb, den er zusammen mit Coppelius durchführte, wurde der Advokat für den Jungen zum personifizierten Unheil. Im Erwachsenenalter meint er nun Coppelius im Wetterglashändler **Coppola** wiederzubegegnen und ist vom

Grauen gepackt. Seine Verlobte Clara, die seine Ängste als Hirngespinste und psychische Projektionen erklären will, dringt nicht zu ihm durch. Da sie nicht auf seine düsteren Ahnungen eingeht, beschimpft er sie als „Automate“, also als emotionslose Maschine. Es wird nie aufgelöst, ob Coppelius und Coppola tatsächlich identisch sind oder ob Nathanael sich die Gefahr nur einbildet, ob also das **schlimme Kindheitserlebnis seine Wahrnehmung verzerrt**.

– Perspektiv, das Wahrnehmung verfälscht

Hinzu kommt die Verzerrung von Nathanaels **buchstäblicher Sicht**, die durch ein technisches Hilfsmittel ausgelöst wird. Coppola hat ihm ein **Fernglas** aufgeschwatzt, das in der Folge Nathanaels Blick verfälscht. Durch dieses Perspektiv gesehen, erscheint ihm die Tochter des Physikprofessors Spalanzani wie ein reizvolles Mädchen, das auf seine Gefühlswallungen und Dichtungen aufgeschlossen reagiert.

Auswirkungen der Verblendung

In beiden Erzählungen Hoffmanns **trügt der Augenschein**, entspricht das Wahrgenommene nicht der Realität. **Nathanael kann nicht zwischen Mensch und Maschine unterscheiden**. Olimpias abgezirkelter Gesang erscheint ihm seelenvoll. Er gesteht ihr seine Liebe und verbringt viel Zeit mit ihr, ohne wahrzunehmen, dass **Olimpia eine mechanische Puppe** ist, die Spalanzani mit der Hilfe von Coppola konstruiert hat. Nathanael ist völlig verblendet: Während er die reale Frau Clara für leblos hält, erblickt er im Automaten Olimpia einen liebenden Menschen. Die Erkenntnis seines Irrtums führt zuerst zu einem **psychischen Zusammenbruch** und dann zu seinem **Selbstmord**. Die **Teegesellschaft** von Mosch Terpin erkennt den korrekten **Zusammenhang zwischen Werk und Urheber** nicht mehr, sie schreibt alle Leistungen dem minderbemittelten Zwerg zu.

Motive für Täuschung

Diese Täuschung geht auf unterschiedliche Motive zurück. Die **Fee** handelte aus **Mitgefühl**, während **Zaches** die Auswirkungen des Zaubers ohne Skrupel genießt und **selbstgefällig** den Applaus annimmt. Die Beweggründe von **Spalanzani und Copolla** liegen im Dunklen, vermutlich paart sich **Forscherdrang** mit dem Versuch, die **Gesellschaft hinters Licht zu führen**. Bezeichnenderweise wird nach Olimpias Zerstörung eine Kriminaluntersuchung gegen Spalanzani angestrengt.

Gesellschaftskritik

Beiden Texten wohnt eine **gesellschaftskritische Stoßrichtung** inne: Die **bürgerlich-philisterhafte Teegesellschaft** in *Klein Zaches* betrachtet Lyrik nur als Zeitvertreib zwischen den Mahlzeiten, verfällt dann aber in einen völlig undifferenzierten, übertriebenen Jubelrausch, der alles „göttlich“ findet und einem unfähigen, gemeinen Zwerg gilt. Im *Sandmann* wirkt die Tatsache, dass eine Puppe unbemerkt in Teezirkeln sitzen konnte, entlarvend: Die **Gesellschaft**, namentlich die Frauen, agiert so **mechanisch**, dass es gar nicht auffällt, wenn sich unter ihnen eine Maschine befindet. Mit Ironie berichtet der Erzähler von den Folgen, die die Enthüllung von Olimpias wahrer Identität für die Gesellschaft hat: „Um nun ganz überzeugt zu werden, daß man keine Holzpuppe liebe, wurde von mehrern Liebhabern verlangt, daß die Geliebte etwas taktlos singe und tanze". Unvollkommenheit wird zum Zeichen von Authentizität.

Komik vs. Tragik

Sowohl *Klein Zaches* als auch *Der Sandmann* erzählen von einer **verzerrten Wahrnehmung der Realität**. Einmal fällt diese Schilderung **komisch-satirisch** aus, wenn das Publikum stets dem Falschen applaudiert, im anderen Fall nimmt die Verblendung ein **tragisches Ende**, da es Nathanael nicht gelingt, sein Trauma und seinen Realitätsverlust zu überwinden. Der einzig vernünftige Besucher bei Professor Terpin, Balthasar, droht nur wahnsinnig zu werden, Nathanael wird es dagegen wirklich.

TEILAUFGABE 3

Verblendung in *Corpus Delicti*

Man dürfe sich nicht der Vernunft verschließen, sagt Fabian und meint damit, dass man sich auf den Augenschein verlassen müsse (vgl. Z. 69). Nathanael muss erfahren, dass der eigene Blick trügerisch sein kann. Und auch in Juli Zehs dystopischem Roman *Corpus Delicti* sind vermeintlich eindeutige Fakten nicht so eindeutig, wie es den Anschein hat.

verblendete Staatsform

Das Staatssystem der METHODE hat die Gesundheit als Ziel allen staatlichen und persönlichen Handelns vorgegeben. Auf der Basis medizinischer Untersuchungen und wissenschaftlicher Erhebungen sollen alle Risikofaktoren ausgeschaltet und die gesellschaftliche Wohlfahrt befördert werden. Der Chefideologe Kramer preist die METHODE als bestmögliche Regierungsform und verschleiert dabei, dass es sich um eine **Gesundheitsdiktatur** handelt, die die **persönlichen Freiheiten** der Bürgerinnen und Bürger massiv **beschneidet**. Man kann es als **Verblendung einer Staatsform** auffassen, dass man die Menschen bewusst **der Natur entfremdet**, um ein möglichst steriles, keimfreies Leben zu erreichen. Besuche im Wald gelten sogar als rebellische Aktionen. Statt Liebe zählt bei der Partnerwahl die immunologische Kompatibilität. **Gesundheit** wird **mit Normalität gleichgesetzt**.

Mias anfängliche Einstellung

Die Biologin **Mia Holl** ist anfangs fest von der Unfehlbarkeit und wissenschaftlichen Fundierung der METHODE überzeugt. Ihr Weltbild gerät jedoch ins Wanken, als ihr geliebter Bruder Moritz der Vergewaltigung und der Ermordung einer Frau angeklagt wird. Denn Moritz streitet seine Schuld ab, während DNA-Spuren an der Leiche ihn als Mörder ausweisen. Nach seiner Verurteilung erhängt er sich in der Haft. Mia zerbricht beinahe an dem **Dilemma**, dass sie einerseits die **METHODE für alternativlos**, da rational hält und andererseits ihrem **Bruder glauben will**. Es zeigt sich schließlich, dass der **vermeintlich unfehlbare DNA-Test angreifbar** ist: Als Moritz in seiner Jugend an Leukämie erkrankt war, konnte er durch eine Knochenmarkspende gerettet werden, hat aber damit auch die DNA des Spenders übernommen. Jener Spender ist der eigentliche Mörder. **Falsche Denkvoraussetzungen** sorgen in diesem Fall für eine falsche Wahrnehmung bzw. verstellen den Blick für die Wahrheit. **Wissenschaft** erweist sich als menschengemacht und damit **als unvollkommen**. Diese Erkenntnis muss unterdrückt werden, da sie die Legitimation des ganzen METHODE-Staats untergräbt.

Justizirrtum aufgrund falsch gedeuteter Fakten

Dabei schaltet Kramer gezielt die **Presse** ein, die mit **Falschmeldungen** und einer **verzerrten Berichterstattung** die Öffentlichkeit hinters Licht führt. So wird die erfundene Behauptung verbreitet, Moritz sei der Anführer einer Untergrundorganisation namens „Die Schnecken" gewesen und sei extra gestorben, um mit einem konstruierten Justizirrtum den Staat zu Fall zu bringen. Die METHODE nutzt **Mittel der Verblendung und Manipulation**, um von ihren eigenen Fehlern abzulenken und um Kritiker mundtot zu machen.

Presse als Instrument der Täuschung

Doch nicht nur eine falsche Deutung der Fakten kann die Weltsicht beeinflussen, auch **psychische Vorgänge** spielen eine Rolle. So wie Nathanael sein Kindheitstrauma mit sich herumträgt, wird Mia durch die **Stimme des Gewissens** begleitet. Diese tritt in Gestalt der **idealen Geliebten** auf. Ihr Bruder hat diese Fantasiegestalt erfunden, um die Einsamkeit im Gefängnis zu ertragen, und überträgt sie vor seinem Suizid auf Mia. Die ideale Geliebte fungiert so für Mia als **Stellvertreterin des toten Bruders** und schürt die Zweifel am System. Zudem kann man sie als **Mias verdrängte rebellische Seite** deuten, die sich mehr und mehr Gehör verschafft. Nur Mia sieht sie und kommuniziert mit ihr, was bei Außenstehenden – wie etwa Kramer – für Irritationen sorgt. Da Mia mit einer unsichtbaren Person spricht, wirkt sie erst recht psychisch instabil. Doch ist es gerade diese **objektiv gesehen verzerrte Wahrnehmung**, die Mia die Augen öffnet für die wahren Werte und die Machenschaften Kramers. Was von außen wie ein Hirngespinst und eine Verblendung erscheint, hilft Mia dabei, die Faktenfixierung des Systems als Irrtum zu durchschauen. Sie **überwindet** ihre **eigene Verblendung**, den Glauben an die METHODE, gibt ihr konformistisches Verhalten auf und wird zuletzt zur **Widerstandskämpferin**.

Entwicklung Mias unter dem Einfluss der idealen Geliebten

In unterschiedlichen Ausprägungen bestimmt das Motiv der Verblendung die Romanhandlung: Während Mia auf **persönlicher Ebene** ihre Begeisterung für das System ablegt, behauptet sich auf der **politischen Ebene** die verblendete, da entfremdete Herrschaftsform.

Fazit

DAS MOTIV DES ABENDS IM SPIEGEL DER LYRIK

Erlaubte Hilfsmittel
ein Wörterbuch der deutschen Rechtschreibung

Aufgabenstellung

1 Interpretieren Sie das Gedicht *Blauer Abend in Berlin* von Oskar Loerke. (35 BE)

2 Vergleichen Sie, ausgehend von einer Interpretation des Gedichts *Der Abend* von Joseph von Eichendorff, die motivgleichen Gedichte. Arbeiten Sie dabei heraus, wie die Schriftsteller das Thema *Abend* jeweils aufgefasst und dichterisch gestaltet haben. (35 BE)

3 Ordnen Sie die Gedichte und das sich in ihnen ausdrückende Lebensgefühl literarischen Epochen zu und begründen Sie Ihre Entscheidung. (20 BE)

Material 1 Oskar Loerke: Blauer Abend in Berlin (1911)

Der Himmel fließt in steinernen Kanälen;
Denn zu Kanälen steilrecht ausgehauen
Sind alle Straßen, voll vom Himmelblauen;
Und Kuppeln gleichen Bojen, Schlote Pfählen
Im Wasser. Schwarze Essendämpfe[1] schwelen
Und sind wie Wasserpflanzen anzuschauen.
Die Leben, die sich ganz am Grunde stauen,
Beginnen sacht vom Himmel zu erzählen,

Gemengt, entwirrt nach blauen Melodien.
Wie eines Wassers Bodensatz und Tand[2]
Regt sie des Wassers Wille und Verstand

Im Dünen, Kommen, Gehen, Gleiten, Ziehen.
Die Menschen sind wie grober bunter Sand
Im linden Spiel der großen Wellenhand.

Aus: Waltraut Wende (Hrsg.): Großstadtlyrik.
Stuttgart: Reclam Verlag 1999, S. 81 f.

Anmerkungen
1 Essen: Schornsteine von Industrieanlagen
2 Tand: wertloses Zeug

Material 2 Joseph von Eichendorff: Der Abend (1826)

Schweigt der Menschen laute Lust:
Rauscht die Erde wie in Träumen
Wunderbar mit allen Bäumen,
Was dem Herzen kaum bewußt,
Alte Zeiten, linde Trauer,
Und es schweifen leise Schauer
Wetterleuchtend durch die Brust.

Aus: Joseph von Eichendorff: Aus dem Leben eines Taugenichts.
In: Joseph von Eichendorff: Werke in einem Band. Herausgegeben von Wolfdietrich Rasch. München und Wien: Carl Hanser Verlag 1984 (3. Auflage), S. 33 und 825

TIPP **Bearbeitungshinweise**

Verlangt ist, zwei motivgleiche Gedichte zu interpretieren, miteinander zu vergleichen und literarischen Epochen zuzuordnen. – Die **erste Teilaufgabe** erfordert eine umfassende Erschließung und Deutung des Gedichts nach Form, Inhalt und sprachlicher Gestaltung (vgl. Teilaufgabe 1, zweiter Abschnitt). Die Arbeitsanweisung nennt keinen besonderen Schwerpunkt, der die Perspektive der Untersuchung verengt. Da in die schriftliche Gedichtinterpretation nicht alles aufgenommen werden kann, was man erkannt hat, ist es sinnvoll, sich von dem vorgegebenen Thema, das sich auch in den Überschriften beider Gedichte widerspiegelt, leiten zu lassen. Die **zweite Teilaufgabe** enthält zwei Arbeitsschritte: Zunächst sollen Sie das zweite Gedicht textimmanent interpretieren und in einem zweiten Zugriff auf den Vergleichsaspekt „Abend" hin untersuchen. Es ist hilfreich, erkannte Zusammenhänge, Bezüge, Gemeinsamkeiten und Unterschiede in unterschiedlichen Farben auf dem Textblatt zu markieren und zu notieren. Die **dritte Teilaufgabe** verlangt von Ihnen eine Einordnung der Gedichte in die Epoche ihrer Entstehung und eine Begründung für diese Zuordnung. Dabei müssen Sie das jeweils Typische betonen und vom anderen Gedicht absetzen.
Die Interpretation des Gedichts kann mit der inhaltlichen und formalen Gliederung anfangen oder mit Beobachtungen zur Perspektive, zur Bildhaftigkeit oder Stimmung. Es ist aber darauf zu achten, dass in der Deutung die verschiedenen Merkmale und Facetten zu einem Verständnisentwurf zusammenwachsen.

Lösungsvorschlag

TEILAUFGABE 1

Oskar Loerkes Gedicht *Blauer Abend in Berlin* aus dem Jahr 1911 gibt ein Bild von der Hauptstadt des Expressionismus in der Abenddämmerung. Es ist in der klassischen **Form des Sonetts** geschrieben: Auf zwei Quartette folgen zwei durch den Reim eng verschränkte Terzette.

Einleitung: Autor, Titel, Jahr, Thema, Gattung

In Loerkes Gedicht *Blauer Abend in Berlin* findet sich kein lyrisches Ich, wohl aber ein Blick von sehr hoch oben auf die konkret benannte Stadt. Aus dieser **Vogelperspektive** verschieben sich alle Maßstäbe. Straßenschluchten, Fabrikanlagen mit ihren Schornsteinen oder die großen Kuppeln der Berliner Paläste und Kirchen werden so klein, dass die „Kuppeln" wie „Bojen" und die „Schlote" wie „Pfähle" (V. 4) aussehen. Beherrschend ist die starke Bildhaftigkeit und durchgängige **Wassermetaphorik** in diesem Gedicht. Die Großstadtstraßen sind als „steilrecht ausgehauen[e]" Kanäle (V. 2) aufgefasst. Bojen und Pfähle gehören zu dieser Wasserlandschaft, wie sich

Perspektive

aus der zweiten Strophe ergibt (V. 5). Der Rauch aus den Essen (Industrieschornsteinen) sieht von oben aus wie das Geschlinger von „Wasserpflanzen“ (V. 6).

Position der Menschen

Es zeigt sich, dass der Blick von höchster Warte bis auf den Grund dieses Wassers reicht. Ganz unten auf diesem Grund sind die Menschen. Sie „stauen“ sich dort (V. 7), sie werden dem „Bodensatz und Tand“ (V. 10) des Wassers verglichen und „wie grober bunter Sand“ (V. 13) gesehen. Dass wirklich die „Menschen“ gemeint sind, ergibt sich deutlich erst aus der vorletzten Zeile. Vorher heißt es stattdessen: „Die Leben, die …“ (V. 7). Eigenschaften wie Wille und Verstand, die nach allgemeiner Auffassung zum Menschen gehören, gehören hier dem Wasser. Subjekt ist der „Wille und Verstand“ des Wassers (V. 11); die Menschen, die Leben also, sind lediglich dessen Objekt. Nicht die Menschen bestimmen ihren Weg, sondern Wille und Verstand des Wassers „regt“ (bewegt) sie (V. 11). Nicht die Menschen nehmen ihr Leben in die Hand, sondern die große „Wellenhand“ spielt mit ihnen (V. 14).

Fließen als inhaltliches und strukturelles Prinzip

Eine Stadt, erbaut aus Steinen, könnte man für hart und starr halten, aber entsprechend der Wassermetaphorik ist in Loekes Großstadtgedicht alles **in fließender Bewegung**. Inhaltlich sprechen besonders die substantivierten Verben der zwölften Verszeile von der sachten, gleichmäßigen, wellenförmigen Bewegung, die keinem Ziel entgegenströmt, sondern sich „Im Dünen, Kommen, Gehen, Gleiten, Ziehen“ eher wie Ebbe und Flut verhält.

Klanglich unterstützt das **Enjambement**, das von Strophe 1 zu Strophe 2 führt, besonders aber das, das die beiden Terzette miteinander verbindet (V. 11 zu 12), den Eindruck des Fließens.

Es fließt aber nicht nur das Wasser und zieht die Menschen wie Sand hin und her: „Der Himmel fließt“ (V. 1) durch diese Straßenkanäle, sodass sich eine Beziehung und **Korrespondenz zwischen dem Oben und Unten**, dem hohen Himmel und dem Bodensatz am Grunde ergibt. Während der Widerschein des Abendhimmels die Straßen füllt, sodass sie „voll vom Himmelblauen“ (V. 3) sind, beginnen die Leben ganz unten „vom Himmel zu erzählen“ (V. 8). Man kann an dieser Stelle grammatisch nicht genau zuordnen, ob die Leben (V. 7) oder ihr Erzählen „nach blauen Melodien“ gemengt und „entwirrt“ (V. 8) sind, aber das Blau dieses Abends gehört dem Himmel und zugleich den Melodien derer, die von ihm erzählen. Die **Tageszeit** in Loerkes Gedicht ist die immer als etwas geheimnisvoll empfundene „**blaue Stunde**“, die Dämmerungstunde zwischen Tag und Nacht; aber die Farbe verweist nicht nur auf eine Tageszeit, sondern erinnert auch an die deutsche Romantik, in der die blaue Blume (aus Novalis' Roman *Heinrich von Ofterdingen*) zum Symbol einer ganzen Epoche wurde und als Ausdruck der nie ans Ziel kommenden Sehnsucht des Menschen interpretiert werden kann.

Aufbau des Sonetts

In den beiden ersten Strophen (den Quartetten) wird vor allem das Bild der von oben aus großer Distanz gesehenen Stadt entwickelt und ab Vers 7 zu den Terzetten (den Strophen 3 und 4) übergeleitet, die den Menschen dieser Stadt gelten. Auch **klanglich** stehen die **Quartette** für sich. Mit ihren gleichlautenden inneren Paarreimen („-hauen", „-blauen"; „-schauen", „stauen") und dem ebenfalls gleichen umarmenden Reim (V. 1 und 4 sowie 5 und 8) wirken sie wie zwei Klangquader verfugt, während die Terzette durch Syntax, Enjambement und Reimform (abb–abb) ineinander zu gleiten scheinen. Dennoch lässt sich das letzte Verspaar wie eine Sentenz und wie das Ergebnis aller Erfahrung vom Gedicht ablösen.

Darstellung der Großstadt

Loerkes Gedicht zeigt Großstadt nicht unkritisch: „steinern", „ausgehauen", „schwelend" (vgl. V. 1, 2 und 5) und die Farbe „Schwarz" (V. 5) verweisen auf bedrohliche und **hässliche Folgen der Industrialisierung**. Das Verb „stauen" (V. 7) verweist zudem auf die hohe Anzahl der in der Großstadt zusammengedrängten Menschen. Aber zu dieser Stunde dominieren das Blau (Titel, V. 3 und 9) und ein Abendfrieden, dessen Stimmung die Adjektive „sacht" (V. 8) und „lind" (V. 14) vermitteln. Es gibt gleichsam keinerlei Geräusch außer der sanften Dünung und dem sachten Erzählen der Menschen.

Auch die Menschen sind nicht unkritisch gesehen. Der **Einzelne** ist **ein Nichts**, ein Sandkorn unter vielen. Das Adjektiv „bunt" (V. 13) deutet an, dass sich die Menschen äußerlich durchaus voneinander unterscheiden, aber alle sind sie „grob" (V. 13), alle zusammen sind sie „Tand" (V. 10), nutz- und wertloser „Bodensatz" (V. 10) des Daseins und in ihrer ganzen Geschäftigkeit doch nichts als Spielfiguren, die ein fremder Wille lenkt.

Ton und Aussage des Gedichts

Dennoch kommt in Loerkes Gedicht keine Bitterkeit über das Los der Menschen auf. Im Unterschied zu den expressionistischen Dichtern formuliert Loerke **keine Anklage**. Das Gedicht bleibt in einer gleichsam schwebenden, ein wenig melancholischen Stimmung. Trotz seiner Anonymität ist – so könnte man das abschließende Verspaar verstehen – der Mensch in einer gütigen Hand geborgen. Sicher ist das bei Loerke nicht die Hand eines persönlichen Gottes, aber vielleicht gibt es so etwas wie eine zuverlässige Naturgesetzlichkeit oder eine Art kosmischer Aufgehobenheit, von der die „blauen Melodien" wissen und die im gleichbleibenden Spiel von Sand und Welle wirkt.

TEILAUFGABE 2

Kontext und Thema von Eichendorffs Gedicht

Auch in **Joseph von Eichendorffs** kleinem Gedicht, das dem als Maler Guido verkleideten jungen Fräulein in der Erzählung *Aus dem Leben eines Taugenichts* (1826) in den Mund gelegt ist, kommen die Menschen nach ihren Alltagsverpflichtungen, ihrem geschäftigen Treiben oder ihrem Feiern abends zur Ruhe, zur Einkehr und zum inneren Frieden. Das **Liedchen** setzt mit einem verkürzten Konditionalsatz ein; für alles, was nach dem Doppelpunkt folgt und wichtig ist, wird als Bedingung genannt, dass es still sein muss: W e n n „der Menschen laute Lust" schweigt, d a n n … (V. 1).

Abend als Zeitpunkt, an dem sich Natur und Unterbewusstes erschließen

Wenn also der laute Tag verstummt, ist anderes zu empfinden und zu hören: Das lyrische Ich erfährt dann das **Sprechen der Erde** im Rauschen aller Bäume „wie in Träumen" (V. 2 f.), das heißt ohne eine Begrenzung durch Zeit und Raum. Aber zum **Erlebnisraum** wird nicht nur die Natur, die Erde mit all ihren Bäumen, sondern ein innerer Raum tut sich auf: der des Herzens (V. 4) und – was letztlich dasselbe besagen will – der eigenen Brust (V. 7). Es offenbart sich dem Ich die **beseelte, sprechende Natur** und gleichzeitig scheint das Rauschen, die geheimnisvolle Melodie des Abends, den Zugang zum ‚Kaum-Bewussten' (vgl. V. 4) im eigenen Innern zu öffnen. Nicht Gegenwart regiert mehr, sondern aus tieferen Schichten der Seele steigt Vergangenes („Alte Zeiten", V. 4) und schwermütiges Erinnern, „linde Trauer" (V. 4). Das Wetterleuchten (vgl. V. 7) wird zur Metapher für Irritationen und ängstigende oder nicht recht deutbare Ahnungen in der Tiefe der Seele.

syntaktische und sprachliche Besonderheiten

Eichendorff gestaltet das kleine Gedicht so, dass sich die **syntaktischen Beziehungen** nach dem Doppelpunkt verwischen. Er setzt keine Punkte, sodass „Was dem Herzen kaum bewußt" (Z. 4) als Akkusativ zum Prädikat rauschen (V. 2) aufgefasst werden kann. Ebenso kann „Alte Zeiten, linde Trauer" (V. 5) noch an das Rauschen angeschlossen gedacht sein oder als nachgestelltes Subjekt zum Nebensatz „Was dem Herzen kaum bewußt." Die Leistung dieser poetischen Syntax ist es, die **Grenzen zwischen Außen und Innen** aufzuheben und wie im Traum zu einem Erlebnisraum zu verbinden. Es gibt nach dem Doppelpunkt nur diese beiden Prädikate: rauschen und schweifen. Darin gleiten auch die Sinneswahrnehmungen ineinander, denn das akustische Rauschen ist zugleich etwas unbestimmt Dynamisches; „leise Schauer" (V. 6) sind eine kleine Bewegung, aber auch ein akustischer Gegenklang zu „laute Lust" (V. 1), und das ferne Zucken eines Wetterleuchtens ist ein ebenso optisches wie dynamisches Phänomen (V. 7). In der **Synästhesie**, dem Ineinanderspielen verschiedener Sinneswahrnehmungen, heben sich also ebenso die definitiven Grenzen auf wie in der Syntax und im inhaltlichen Erleben, das dem Träumen gleicht („wie in Träumen“, V. 2); und auch der **Kettenreim** „Lust [...] bewußt [...] Brust“ (V. 1, 4, 7) trägt zu dem Ineinandergreifen kaum noch unterscheidbarer Bereiche bei. Klanglich wirkt „rauschen“ **lautmalerisch** (man könnte das Wort mit Handbewegungen begleiten), und es knüpft sich ein **Klanggewebe** aus Vokalen und dem Klang von *sch* und *schw,* in dem „schweifen“ auf „schweigen“ und „Schauer“ auf „rauschen“ antworten.

Merkmale der Romantik

Insgesamt, so könnte man zusammenfassen, ist die Erfahrung der abendlichen Natur für den romantischen Menschen eine Möglichkeit, die Grenzen seines irdischen Seins zu transzendieren (zu übersteigen) und in Augenblicken eines ozeanischen Gefühls von **Allverbundenheit** zu sich selbst zu kommen.

Gedichtvergleich

Oskar **Loerkes** *Blauer Abend in Berlin* ist ein Abendgedicht und zugleich ein **Stadtgedicht**. Loerke wählt als Ort die künstliche und naturferne Großstadt und zeigt die Geringfügigkeit des Menschen darin. **Eichendorff** dagegen stellt seinen Menschen in die **freie Natur** und betont die Bedeutung des von ihr ergriffenen Individuums. Obwohl Topos (der Ort) und Menschenbild bei Eichendorff und Loerke verschieden sind, gibt es Gemeinsamkeiten in der Gestaltung und Auffassung des **Abend-Motivs:** Erst zu dieser Tageszeit kommen die Menschen zur Ruhe und erleben Momente der Besinnung. Der Abend weckt ihre Sehnsucht nach einer Dimension, die größer ist als sie selbst. Beide Gedichte sind **still**; das Wort „lind“ („linde Trauer“; „im linden Spiel der [...] Wellenhand“) kommt sogar in beiden Gedichten vor. Im romantischen Gedicht ist der Abend mit Entgrenzung, mit der Erfahrung der Natur und dem Einblick in die eigene Seele verbunden. Voraussetzung dafür ist bei Eichendorff das einsame Individuum, während Loerke mit dem Erzählen der Menschen etwas Dialogisches andeutet.

Bezug zur jeweiligen Entstehungszeit

Das **Menschenbild** selbst hat sich radikal geändert. Auch wenn bei Eichendorff die erste Person Singular, das Ich, nicht vorkommt, spricht hier ein Ich, denn das Herz, von dem die Rede ist, und die Brust gehören einem sehr individuell Erlebenden. Das Ich kann sich, sofern es nur seine Sinne aufschließt, gleichsam zum All erweitern und das Rauschen der Erde in sich aufnehmen; es kann aktiv erleben und ist fähig, sich ergreifen zu lassen und darin das Umfassende zu fassen. So erlebend, wird es zu einem volleren, reicheren Menschen. – Nicht einmal hundert Jahre später ist Loerkes Mensch diese Fähigkeit abhandengekommen. Er hat nicht einmal mehr eine individuelle Gestalt. Er hat keinen Willen, sondern ist Objekt der Natur.

TEILAUFGABE 3

Oskar Loerkes Gedichtband, in dem er *Blauer Abend in Berlin* veröffentlichte, erschien im selben Jahr 1911, in dem erste expressionistische Gedichte Furore machten, aber seine Lyrik kommt aus anderen weltanschaulichen Wurzeln als der Expressionismus. Dennoch ähnelt manches in seinem Text dem neuen Stil. Wie zum Beispiel Georg Heym oder Paul Zech reagiert auch er auf die veränderte Stellung des Menschen am Beginn der modernen Massengesellschaft und der städtischen Ballungsräume in Deutschland. Wie Heym *(Der Gott der Stadt)*, Zech *(Fabrikstraße tags)* oder Alfred Wolfenstein *(Städter)* gestaltet er das **Motiv der Stadt** und zeigt sie in ihrer modernen Künstlichkeit. Auch bei ihm sind die Städter als Masse und Gewimmel wahrgenommen und haben ihre Individualität, ihre Autonomie und Selbstbestimmung eingebüßt.

Bezüge des Loerke-Gedichts zum Expressionismus:
– Motivik

Die **stilistische Nähe Loerkes zu den Expressionisten** zeigt sich besonders darin, dass die Verhältnisse zwischen Dinglichem und Menschlichem paradox verkehrt erscheinen. Zwar geht Loerke nicht über **Vergleiche** hinaus: Die Menschen sind „wie grober bunter Sand" (V. 13), „wie […] Bodensatz und Tand" (V. 10), und dennoch erscheinen sie nicht nur **entpersonalisiert** und immer nur als Plural genannt (die Leben, die Menschen), sondern auch **verdinglicht**, während die Dinge – das Wasser, die Welle – handeln und dadurch vermenschlicht erscheinen. Während aber etwa im Georg Heyms groteskem Gedicht *Der Gott der Stadt* die „Millionen" vom bösen Dämon der Stadt hingerissen sind, scheint bei Loerke die Stadt eher in die Natur zurückgeholt zu sein, da der Himmel wie Wasser in ihr spielt.

– Sprache

Man könnte auf den Gedanken kommen, dass Loerke mit seinem Gedicht eine ironische Antwort auf Größenwahn und Allmachtsträume des modernen Menschen gibt, denn Deutschland um 1911, nicht mehr weit weg vom Ersten Weltkrieg, ist eine vor Selbstbewusstsein strotzende Großmacht und Berlin ihre stolze Kapitale, die Macht und Glanz der Wilhelminischen Gesellschaft demonstriert. Loerkes Gedicht aber lässt den Leser beides, die stolze Stadt und die stolzen Menschen, als klein und gering erleben. Der Blick von oben aus großer Distanz zeigt die Stadt gleichsam *sub specie aeternitatis*, also aus der Perspektive der Ewigkeit, in der der Herr der Welt sich als ebenso ameisenklein und unbedeutend ausnimmt wie sein Werk.

Nicht ohne Weiteres vereinbar mit einer solchen Deutung will aber die gar nicht ironische, sondern eher **versöhnliche Stimmung** und Stille des Gedichts erscheinen. Expressionismus ist oft Schrei und Aufbegehren. Loerkes Menschen, denen die Terzette gelten, wissen

Merkmale, die für Expressionismus untypisch sind

davon nichts, sie sind wohl weder Opfer noch Täter, sondern – auch sie selbst – nur wasserpflanzenhafte Wesen, zugehörig zum universalen Sein. Versöhnlich wirkt, dass in ihre Enge und Gefangenheit der Himmel dringt, der in „blauen Melodien“ (V. 9) wiederklingt, sodass Mensch und All miteinander verbunden sind. Zweifellos zeigt Loerke einerseits, wie klein der Mensch samt seiner Stadt unter dem Himmel ist, aber er ist ein Dichter und weiß, dass die Menschen Melodien haben, dass sie singen können und damit an blauen Abenden an den Himmel rühren.

romantische Merkmale von Eichendorffs Gedicht

In **Eichendorffs** Gedicht verweisen der Abend als Tageszeit, die Poetisierung und Personifikation der Natur, das wunderbare Rauschen der Erde als Chiffre der Entgrenzung, das Motiv des Traumes und das Gefühl, zu einer Welt jenseits unserer Welt zu gehören, auf die Epoche der **Romantik**. Ebenso wie die Fantasie eine andere Dimension eröffnet als der Verstand, öffnen sich am Abend oder in der Nacht die Sinne für einen Erlebnisraum, der jenseits der realen, täglichen und unbefriedigenden Zustände liegt. Zumindest ahnungsweise und im Konjunktiv kann dann die Seele ihre Flügel ausbreiten wie in Eichendorffs *Mondnacht,* dem Gedicht, in dem am vollkommensten magische Entgrenzung und die vom Menschen ersehnte Vereinigung mit dem Göttlichen zum Ausdruck gebracht ist.

DÄMMERSTUNDEN

Erlaubte Hilfsmittel
ein Wörterbuch der deutschen Rechtschreibung

Aufgabenstellung

1 Interpretieren Sie das Gedicht *Im Dämmer* von Paul Zech. (60 BE)

2 Vergleichen Sie die inhaltliche und sprachlich-formale Gestaltung des Motivs der Dämmerung in den Gedichten *Im Dämmer* von Paul Zech und *In der Dämmerung* von Rainer Maria Rilke. (40 BE)

Material 1 Paul Zech (1881–1946): Im Dämmer (1911)

Im schwarzen Spiegel der Kanäle zuckt
die bunte Lichterkette der Fabriken.
Die niedren Straßen sind bis zum Ersticken
mit Rauch geschwängert, den ein Windstoß niederduckt.

Ein Menschentrupp, vom Frohndienst[1] abgehärmt,
schwankt schweigsam in die ärmlichen Kabinen;
indes sich in den qualmigen Kantinen
die tolle[2] Jugend fuselselig lärmt.

Nocheinmal wirft der Drahtseilzug mit Kreischen
Den Schlackenschutt hinunter in die flachen
Gelände, drin der Schwefelsumpf erlischt.

Fern aber gähnen schon, vom Dampf umzischt,
des Walzwerks[3] zwiegespaltne Feuerrachen –
und harrn des Winks den Himmel zu zerfleischen.

Aus: „Der Sturm", 11. November 1911, S. 677.

Anmerkungen

1 Frohndienst (eigentlich: Frondienst): körperliche Arbeiten, die Bauern im Feudalsystem unentgeltlich für ihre Leib- und Grundherren erbringen mussten
2 toll: hier im Sinne von: wild, verrückt, ausgelassen
3 Walzwerk: Fabrik zur Verarbeitung von Stahl

Material 2 Rainer Maria Rilke (1875–1926): In der Dämmerung (1898)

Und einmal lös ich in der Dämmerung
der Pinien von Schulter und vom Schoß
mein dunkles Kleid wie eine Lüge los
und tauche in die Sonne bleich und bloß
und zeige meinem Meere: ich bin jung.

Dann wird die Brandung sein wie ein Empfang,
den mir die Wogen festlich vorbereiten.
Und eine jede zittert nach der zweiten, –
wie soll ich ganz allein entgegenschreiten:
das macht mich bang …
Ich weiß: die hellgesellten Wellen weben
mir einen Wind;
und der erst beginnt,
so wird er wieder meine Arme heben –

Aus: Rainer Maria Rilke: Die Gedichte. Frankfurt a. M.: Suhrkamp 2010.

TIPP Bearbeitungshinweise

Die **vergleichende Gedichtinterpretation** steht im Kontext des **Themenfelds** „Epochenumbruch 19./20. Jahrhundert", das Sie im Unterricht erarbeitet haben. Die vorliegende Aufgabe gliedert sich in zwei Teile:

1. die **Interpretation** des Gedichts *Im Dämmer* von Paul Zech und
2. den **Vergleich** mit dem Gedicht *In der Dämmerung* von Rainer Maria Rilke unter einem bestimmten **Aspekt: Gestaltung des Motivs der Dämmerung**. Dabei sind inhaltliche, sprachliche und formale Elemente zu berücksichtigen.

Ihr Wissen über das Themenfeld müssen Sie an geeigneten Stellen des Aufsatzes einarbeiten. Eine rein textimmanente Deutung genügt deshalb nicht.

Teilaufgabe 1: Wie bei allen Gedichtinterpretationen gilt: Eine mehrmalige **sorgfältige Lektüre** mit Stift und Textmarker ist der erste Schritt, für den Sie ausreichend Zeit einplanen sollten. Denn durch Ihre Bearbeitung mit **Unterstreichungen** (Linien, Schlangenlinien usw.), **Markierungen** (verschiedene Farben und Stifte), Hervorhebungen (durch Einkreisung u. Ä.), **Randbemerkungen** (z. B. zur Form, zu Schlüsselwörtern usw.) und Zeichen (Fragezeichen, Ausrufezeichen, Symbole usw.), Pfeilen und Verbindungslinien wird das Textblatt zu einer Art Landkarte, die Ihnen beim Schreiben der Interpretation als Navigator dient. Aktivieren Sie auch Ihr Wissen über die Literatur der Jahrhundertwende, also z. B. über Epochen und Stilrichtungen, aber auch über historische Ereignisse.

Teilaufgabe 2: In Gedichtvergleichen bietet es sich an, zunächst Autor, Textsorte, Entstehungszeit und Titel zu betrachten. Formulieren Sie dann eine erste **Deutungshypothese**, indem Sie die Fragestellung der Aufgabe beantworten. Auf diese Weise gelangen Sie zur **Kernaussage** der Gedichte, die Sie nun Schritt für Schritt analysieren: Thema, inhaltliche Aspekte, formaler Aufbau, Gestaltungsmittel im Hinblick auf ihre Funktion für die Aussage, Sprecher (z. B. lyrisches Ich).

Der **Aufbau** Ihres Aufsatzes orientiert sich an der Aufgabenstruktur:

- Einleitung mit Vorstellung des ersten Gedichts (*Im Dämmer*)
- Interpretation des ersten Gedichts
- Überleitung mit Vorstellung des zweiten Gedichts (*In der Dämmerung*)
- Gedichtvergleich im Hinblick auf die Gestaltung des Motivs der Dämmerung
- Schluss

Wichtig: Die **zweite Teilaufgabe** fließt nur zu 40 % in die Bewertung Ihrer Arbeit ein und sollte dem im Umfang ungefähr entsprechen. Für das zweite Gedicht wird folglich **keine ebenso differenzierte Interpretation** verlangt wie für das erste. Hier müssen Sie vor allem die Aspekte herausgreifen, die für den Vergleich mit dem ersten Gedicht ergiebig sind.

Ihre Kenntnisse zum Themenfeld, die Sie in die Deutung integriert haben, können Sie am Ende des Aufsatzes in einem **Fazit** bündeln. Begründen Sie hier auch die **Zuordnung** der Texte zu einer literarischen Strömung um 1900. Während das Sonett von Paul Zech unverkennbar ein Text des Expressionismus ist, lässt sich das Rilke-Gedicht durchaus in unterschiedlichen Strömungen verorten.

Lösungsvorschlag

TEILAUFGABE 1

Einleitung
Assoziationen zum Motiv der Dämmerung

Im Dämmer – der Titel des Gedichts von Paul Zech öffnet einen weiten Raum für **Assoziationen**: Dämmer, laut Duden das gehobene Wort für Dämmerung, bezeichnet die Phase kurz vor Untergang oder Aufgang der Sonne. Beim Leser wird die Vorstellung einer harmonischen Landschaft im gedämpften Licht geweckt, in dem der Mensch zur Ruhe kommt und nicht mehr hellwach sein muss, aber noch nicht schlafen geht. In seinem *Abendlied*, das vielen Kindern als Gute-Nacht-Lied bekannt ist, drückte der Dichter Matthias Claudius die Atmosphäre der Dämmerung so aus: „Wie ist die Welt so stille, / und in der Dämmrung Hülle / so traulich und so hold. / Als eine stille Kammer, / Wo ihr des Tages Jammer / Verschlafen und vergessen sollt."

Interpretation von *Im Dämmer*
Basisinformationen

In Paul Zechs expressionistischem Gedicht (1911) ist von dieser tröstlichen Botschaft nichts zu spüren. Es führt uns die **bedrohliche, geradezu dämonische Welt einer Industrieanlage** zu Beginn des 20. Jahrhunderts vor Augen, wo die Menschen nicht zur Ruhe kommen dürfen, sondern Tag und Nacht gefährliche Schwerarbeit verrichten müssen.

formale Gestaltung

Formal besteht das **Sonett** aus vier Strophen: zwei Quartette und zwei Terzette, die ein **fünfhebiges jambisches Metrum** aufweisen. Lediglich Vers 4 weicht mit sechs Hebungen davon ab. Die **umarmenden Reime** (abba/cddc) der beiden **Quartette** erwecken den Eindruck von Abgeschlossenheit. Sie beginnen und enden mit männlichen Kadenzen (a, c), die die weiblichen (b, d) umschließen. Die Terzette folgen einem anderen Schema. Durch eine Art **spiegelbildliche Reimfolge** (efg/gfe) sind sie miteinander verschränkt und entfalten eine gewisse Dynamik. Es überwiegen weibliche Kadenzen (e, f; f, e), nur der letzte Vers im ersten und der erste Vers im zweiten Terzett enden männlich (g, g). Die meisten Verse sind durch Enjambements verbunden, manchmal reißt der Endreim eine syntaktische Einheit förmlich auseinander (z. B. V. 12/13: „umzischt, / des Walzwerks").

Inhaltsangabe

Nicht nur formal, auch inhaltlich lässt sich eine **Gliederung in zwei Teile** erkennen: In den Quartetten wird der **Schauplatz**, ein Industriegebiet zur Zeit der Dämmerung, mit den dort arbeitenden Menschen geschildert. In den Terzetten stehen die **technischen Abläufe** der industriellen Produktion im Mittelpunkt.

Bereits im **ersten** Quartett wird deutlich, dass in der modernen Industrielandschaft die **Natur nur noch in Schwundstufen** vorkommt. Nicht die untergehende Sonne oder der aufgehende Mond, sondern die **künstlichen Lampen** der Fabrik spenden Licht in der Dämmerung. Sie spiegeln sich nicht im natürlichen Gewässer eines Flusses oder Sees, sondern „zuck[en]“ (V. 1) in den dunklen Wasserstraßen, die der Mensch zum ökonomischen Nutzen angelegt hat. Der Wind bringt keinen erfrischenden Abendhauch, sondern drückt die **Abgase** aus den hohen Schornsteinen in die Straßen hinunter und bewirkt, dass die Luft zum Atmen vergiftet wird. Der **naturferne und lebensfeindliche Charakter der Industrielandschaft** wird durch Adjektive und Verben betont: Das Schwarz des Kanals steht im Kontrast zur „bunte[n] Lichterkette der Fabriken“ (V. 2), deren hohe Gebäude sich von den „niedren Straßen“ (V. 3) abheben. Die **depressive Stimmung** wird explizit im Prädikat „niederduckt“ (V. 4) benannt, beim Zucken der Lichterkette (vgl. V. 1 f.) denkt man an ein verwundetes Lebewesen, beim Verb „schwängern“ (vgl. V. 4) schwingt die Assoziation einer Vergewaltigung mit, aus der kein neues Leben entsteht.

Detailanalyse
1. Quartett

Beschreibung der Industrielandschaft

Im **zweiten Quartett** ändert sich der Fokus, die in der Fabrik **arbeitenden Menschen** kommen in den Blick. Allerdings geht der Einzelne unter in der **Masse**, die der lyrische Sprecher kollektiv als „Menschentrupp“ (V. 5) bezeichnet. Mit diesem Neologismus bringt er zum Ausdruck, dass das Leben der Arbeiter von strengen Regeln und Normen wie beim Militär bestimmt wird. Die Metapher vom „Frohndienst“ (V. 5), ein Begriff aus dem mittelalterlichen Feudalsystem, verweist zudem darauf, dass die Arbeit in der Fabrik nicht selbstbestimmt ist, sondern eine **auferlegte Mühsal und Plage**, die die Menschen so erschöpft, dass sie nur noch schwankend und schweigend (vgl. V. 6) in ihre armselige beengte Unterkunft gehen können. Ihre „ärmlichen Kabinen“ (V. 6) stehen, wohl auch wegen des Reims, im Kontrast zu den „qualmigen Kantinen“ (V. 7), in denen sich die jüngeren Arbeiter wild und lautstark vergnügen (vgl. V. 8: „tolle Jugend“, „lärmt“). Seligkeit versprechen sie sich nicht von einem besseren Jenseits, sondern von **diesseitigen Vergnügungen**. Zigaretten und billiger Alkohol bescheren ihnen ein kurzfristiges Glück, für das der lyrische Sprecher das Adjektiv „fuselselig“ (V. 8) erfindet. Der Leser ahnt indes, dass auf die jungen Menschen in ein paar Jahren das gleiche Schicksal, eine trostlose, „abgehärmt[e]“ (V. 5) Existenz, wartet.

2. Quartett: Ausbeutung der Arbeiterschaft

Die beiden nun folgenden **Terzette** des Sonetts rücken die **Maschinen** in den Mittelpunkt. Sie werden mit menschlichen Eigenschaften ausgestattet und nehmen grammatisch die Rolle handelnder Subjekte ein: Durch Verben, die eigentlich menschliche Verhaltensweisen

Terzette: Darstellung der Maschinen

bezeichnen (z. B. „Kreischen", V. 9; „gähnen", V. 12), werden die **Maschinen personifiziert**, aber auch dämonisiert (z. B. „zerfleischen", V. 14). Beide Terzette bestehen aus jeweils **einem Satz**, der sich über die drei Verse erstreckt. Das **Sprechtempo erhöht sich**, der Text wird dynamischer. Durch die überwiegend negativ konnotierten Verben („kreischen", „gähnen", „umzischen", „ausharren", „zerfleischen") sowie die Komposita „Schwefelsumpf" (V. 11) und „Feuerrachen" (V. 13) entsteht eine **Atmosphäre von Gewalt und Aggression**, die klanglich durch die zahlreichen Zischlaute intensiviert wird (s. o. sowie V. 10: „Schlackenschutt"; V. 11: „erlischt").

1. Terzett: Konkretisierung des Orts

Das erste Terzett beginnt mit dem Temporaladverb „[n]ocheinmal" (V. 9), das aufzeigt, dass sich die folgenden **Vorgänge stetig wiederholen**. Der lyrische Sprecher schildert die unermüdliche Arbeit der Maschinen und benennt zum ersten Mal, um welche Art von Fabrik es sich handelt: ein **Walzwerk**, d. h. eine Produktionsstätte, in der Stahl verarbeitet wird, beispielsweise zu Blechen, Rohren oder Schienen. Der „Drahtseilzug" (V. 9) steht dabei als Pars pro toto für die gesamte Produktionsanlage, in der große Mengen von **Abfällen** („Schlackenschutt", V. 10) und ungesunde stinkende **Dämpfe** („Schwefelsumpf", V. 11) entstehen, die für den Menschen eine Gefährdung darstellen.

2. Terzett: mythische Überhöhung

Während im ersten Terzett die technischen Abläufe unter Verwendung von Fachbegriffen beschrieben werden, führt das zweite Terzett in den **Bereich des Mythos**. Im Motiv des feuerspeienden **Drachens** erreicht die Schilderung der **Eigendynamik** des Walzwerks ihren Höhepunkt. Es wird klar, dass sich die Fabrikarbeiter nicht nur in einer armseligen Lebenssituation befinden, sondern **existenziell bedroht** sind: Die beiden Produktionsstraßen der Fabrik werden im apokalyptischen Bild der „zwiegespaltne[n] Feuerrachen" (V. 13) visualisiert. Sie „gähnen schon" (V. 12), um auf ein Zeichen, einen „Win[k]" hin „den Himmel zu zerfleischen" (V. 14) – ein rätselhaftes Bild, denn beim Verb „zerfleischen" assoziiert man eher Lebewesen als den Himmel. Die Botschaft ist dennoch klar: Nicht nur die Arbeitswelt des Menschen nimmt der Sprecher des Gedichts als hoffnungslos und zerstörerisch wahr, auch die **göttliche Sphäre des Himmels sieht er in Gefahr**, denn Schwefeldämpfe und Feuer spuckende Drachen sind klassische Attribute des Satans und der **Hölle**.

Einordnung in geistesgeschichtlichen Kontext

Wer den zeitlichen Kontext des Sonetts kennt, denkt unwillkürlich an das Erscheinen des Halley'schen Kometen im Mai 1910, der vielfach als **Ankündigung des Weltuntergangs** und Vorbote eines großen Kriegs gedeutet wurde. Tatsächlich war die Produktion von Waffen für einen potenziellen großen Krieg damals schon lang in Gang. So gelesen, verweist *Im Dämmer* weniger auf eine Phase des

Tages als auf einen **Zustand der Welt**: In der von den Expressionisten beschworenen *Menschheitsdämmerung*, so der Titel der berühmten Anthologie (1920) von Kurt Pinthus, droht der **Untergang der Menschheit**. Von der damit verbundenen Hoffnung auf die Morgendämmerung des neuen Menschen ist in Zechs Gedicht nichts zu spüren.

TEILAUFGABE 2

Überleitung

In starkem Kontrast zur Endzeitstimmung bei Zech steht die festliche Atmosphäre des Aufbruchs in Rainer Maria Rilkes *In der Dämmerung* von 1898. Das Gedicht ist 13 Jahre älter als *Im Dämmer*, das 1911 erschien. Der noch junge Dichter Rilke ist offensichtlich mehr am eigenen **Seelenleben** als an der Außenwelt interessiert, die um die Jahrhundertwende von gesellschaftlichen Umbrüchen bestimmt wird. Die zunehmende Technisierung und Industrialisierung erzeugen Zukunftsangst und Fortschrittsglauben gleichermaßen. Doch nichts davon findet sich in Rilkes *In der Dämmerung*.

Vergleich der Gestaltung des Motivs der Dämmerung bei Zech und Rilke

formale Gestaltung

Das Gedicht verzichtet auf klassische Formen. Es besteht aus **zwei Strophen**, die sich nicht nur in der Länge, sondern auch im Aufbau unterscheiden. Die Verse 1 bis 5 (erste Strophe) sowie 6 bis 10 (Beginn der zweiten Strophe) **reimen** sich in einer **Variation des umarmenden Schemas** (abbba, cdddc), das regelgerechte Schema (effe) setzt in den letzten vier Versen ein. Während die erste Strophe die regelmäßige Struktur eines fünfhebigen Jambus aufweist, zeigt die zweite Strophe ein eher ungeordnetes Bild: In den unterschiedlich langen Versen 10 bis 14 gibt es kein einheitliches Metrum, die Einleitung des Relativsatzes mit der Konjunktion „und“ (V. 13) ist zumindest ungewöhnlich, ebenso die Verwendung der Partikel „so“ im letzten Vers. Auch die Interpunktion ist auffällig. An drei Stellen des Gedichts steht ein Doppelpunkt, dem jeweils eine Art Ich-Botschaft des lyrischen Ichs folgt (vgl. V. 5, 9 und 11). Von der **strophischen Form** her stellt Rilkes **Gedicht** also einen **Gegensatz** zum streng komponierten **Sonett** des Expressionisten Paul Zech dar. Die formalen Vorgaben der traditionellen Gedichtform geben dem beunruhigenden Geschehen in der modernen Arbeitswelt einerseits **Halt und Struktur**. Ihre Regelmäßigkeit entspricht andererseits der mechanischen Dynamik, mit der die industrielle Produktion abläuft. Bei **Rilke** hingegen spiegelt sich die **Selbstfindung** eines lyrischen Ichs in einer **freien Strophengestaltung**, die sich an keinem bekannten Muster orientiert.

Masse Mensch vs. Individuum (lyrisches Ich)

Paul Zechs ***Im Dämmer*** gleicht einem **expressionistischen Gemälde**, in dem die starken Farben aggressiv wirken, die verschiedenen Wirklichkeitselemente der Industrielandschaft ins **Hässliche** verzerrt sind und eine einheitliche Perspektive durch ein sinngebendes Ich fehlt, wohingegen der Leser bei **Rilkes Gedicht** eher an **impressionistische Malerei** mit sanften Farben und **ohne klare Konturen** denkt. Bei Zech werden die Menschen (vgl. Strophe 2) unpersönlich in der **Masse** wahrgenommen, als „Menschentrupp" und „tolle Jugend" zu Kollektiven vereinheitlicht. Bei Rilke hingegen spricht ein individuelles **lyrisches Ich**. Es stellt sich vor, wie es „einmal" (M 2, V. 1) die Dämmerung intensiv erleben wird, fernab der Zivilisation.

Stadt vs. Natur

Somit ist das **Setting** beider Gedichte genau gegensätzlich: Typisch für den Expressionismus beschwört Zechs Gedicht die dämonische Atmosphäre einer **Industrieanlage** am Rand der **Großstadt**, in der die Natur keine Rolle mehr spielt. Bei Rilke befindet sich das lyrische Ich dagegen mitten in einem lebendigen **Naturszenario** aus Meer, Brandung, Wogen und Wind. Dieses wirkt wie ein Gegenbild zu Zechs Industrielandschaft, in der das Fließen des verschmutzten Kanalwassers mechanisch geregelt wird und wo die zerstörerischen **Feuer** des Walzwerks an die Stelle der lebensspendenden **Sonne** treten.

Ich-Zentrierung und Harmonie bei Rilke vs. Entfremdung und Ausbeutung bei Zech

Die Natur scheint in Rilkes lyrischem Ich eine **Initiation** zu bewirken, die es ganz **zu sich selbst finden** lässt. Dabei kommt ihm sein „dunkles Kleid wie eine Lüge" (M 2, V. 3) vor, ein Vergleich, der darauf hinweist, dass es sich von gesellschaftlichen Konventionen loslösen will. Indem das lyrische Ich dieses Kleid abstreift und „bleich und bloß" (M 2, V. 4) in die Sonne „tauch[t]" (ebd.), konzentriert es sich auf sich selbst und seinen Körper. „[Ich] zeige meinem Meere: ich bin jung" (M 2, V. 5) ist das Fazit der ersten Strophe. Die **Egozentrik** des lyrischen Ichs lässt sich in der zweiten Strophe durch die Häufung von Personal- und Possessivpronomina der ersten Person Singular ablesen (vgl. M 2, V. 7, 9 f., 11 f., 14). Auch wenn nirgends andere Menschen zu sehen sind, fühlt sich das Ich nicht allein. Es steht in engem **Kontakt zur Natur**, bezieht diese ganz auf sich und eignet sie sich sogar an („meinem Meere", M 2, V. 5). Der Eindruck von **Harmonie** zwischen Mensch und Natur wird dabei auch sprachlich verstärkt, etwa durch auffallend viele Alliterationen, die sogar über die Versgrenze hinausreichen (M 2, V. 11 ff.: Wellen – weben – Wind – wird – wieder). Während die Natur in Zechs Gedicht keine Rolle für die „nieder[ge]duckt[en]" (M 1, V. 4) Arbeiter spielt, erlebt sie der Mensch in Rilkes Gedicht als elementare Kraft, die ihm Zukunftsoptimismus verleiht („so wird er wieder meine Arme heben –", M 2, V. 14). Das dargestellte **Erwachen der Jugend** wirkt selbstverliebt und lebensbejahend. An eine solch **genussvoll und bewusst gelebte Individualität** ist für die **Arbeiter** aus Zechs Gedicht nicht zu denken. Sie werden als **entfremdete** Proletarier ohne Individualität gezeichnet.

Kurzzeitigen Genuss findet die Arbeiterjugend nur im **kollektiven Alkoholkonsum** (vgl. M 1, V. 8), der zur Betäubung führt. Dieser **Rauschzustand** ist aber etwas völlig anderes als die **Selbstberauschung**, mit der Rilkes lyrisches Ich das Leben feiert. Zentrales Motiv der zweiten Strophe ist der „Empfang" (M 2, V. 6), den die Natur in Gestalt der Brandung mit ihren personifizierten zitternden Wogen dem lyrischen Ich „festlich vorbereiten" (M 2, V. 7) wird. Das lyrische Ich könnte hier verschlüsselt von ersten **sexuellen Erfahrungen** sprechen, denen es erwartungsvoll und furchtsam („bang", M 2, V. 10) zugleich entgegensieht, für die es sich zuvor seiner Kleider entledigt und seiner Jugend vergewissert hat. Gestützt wird diese Deutung auch vom dritten Vers der zweiten Strophe: „Und eine jede zittert nach der zweiten, – ". Das lyrische Ich, dessen Geschlecht wir nirgends erfahren, beobachtet, wie die Wellen paarweise auftreten und eine beim Anblick der anderen in Erregung gerät, es fragt sich, wie es selbst „ganz allein entgegenschreiten" (M 2, V. 9) soll, und lässt offen, wem oder was es sich auf diese feierliche Weise (schreitend) nähern will.

Alkohol vs. sexueller Genuss

Trotz solcher Unsicherheiten blickt es voller Zuversicht in die Zukunft. Es vertraut darauf, dass es von der **paradiesischen Natur** getragen wird; das Spiel von Wellen und Wind in der Morgendämmerung wird ihm „wieder [s]eine Arme heben –" (M 2, V. 14). Auf zu neuen Ufern! Diese Botschaft vermittelt das Gedicht von Rainer Maria Rilke. Die Dämmerung kündigt dem jungen lyrischen Ich eine helle Zukunft an, die erst beginnt. Paul Zechs Sonett zeichnet hingegen eine düstere Welt, in der die Menschen dem **Untergang** entgegendämmern.

konträres Welt- und Menschenbild

Die Bedeutung der Begriffe „Dämmerung" und „Dämmer" erweist sich damit als unterschiedlich: **Zech** beschreibt in bedrückenden Bildern den **Übergang vom Tag zur dunklen Nacht**, wohingegen **Rilke** die belebende **Morgenstimmung** des anbrechenden Tages schildert, die dem jungen lyrischen Ich eine helle Zukunft ankündigt.

Bezug zu den Titeln

Die beiden Gedichte gehören zwei um 1900 in Kunst und Literatur konkurrierenden Stilrichtungen an, die jeweils unterschiedliche Aspekte der Moderne betonen. Mit der symbolischen Inszenierung von jugendlicher Selbstgewissheit lässt sich Rilkes Gedicht dem **Symbolismus** oder der Strömung des **Jugendstils** zuordnen. Es handelt sich um eine Feier von Leben und Genuss, der sich nur privilegierte Menschen oder Künstler hingeben konnten. Zechs **expressionistisches** Gedicht beleuchtet dagegen die Unterschicht: die getriebene Masse der Armen und Ausgebeuteten, die unter dem Diktat einer schweren körperlichen Arbeit standen. Die Gegenüberstellung der beiden Gedichte offenbart damit nicht nur die **künstlerischen**, sondern auch die **sozialen Widersprüche der Jahrhundertwende**.

literaturhistorische Einordnung (Bezug zum Themenfeld)

DIE SPRACHE DER POLITIK

Erlaubte Hilfsmittel
ein Wörterbuch der deutschen Rechtschreibung

Aufgabenstellung

1 Stellen Sie den Argumentationsgang von Andreas Öhlers Artikel *Wumms, ruckel, ruckel, wumms* dar und erläutern Sie die Intention des Textes. (30 BE)

2 Erörtern Sie mit Bezug auf Öhlers Artikel, ob der von ihm kritisierte Sprachgebrauch von Politikern und Politikerinnen ein Problem darstellt. (70 BE)

Material Andreas Öhler: Wumms, ruckel, ruckel, wumms (2022)

Die politische Sprache in der Krise klingt wie aus dem Comic. Das könnte sich rächen.

Eigentlich wollte ich mir für diese Altmänner-Kolumne jegliches Geraune über einen drohenden Kulturverfall verkneifen. Die ewige Klage, dass die geistige Verblödung mit jeder Generation zunimmt, sollten nicht ausgerechnet die Leute anstimmen, die mit jedem Jahr etwas vergesslicher werden, bis sie womöglich die Schwelle zur völligen Verkalkung übertreten haben.

Deshalb möchte ich mich hier nicht über irgendeinen generellen Niedergang beklagen. Ich mokiere mich nur. Und zwar über die infantile[1] Sprache, mit der uns die Eliten ihre Maßnahmen zur Krisenlösung nahebringen wollen. Im Politikersprech ist von Bazookas, Abwehrschirmen und Paketen die Rede, die auf den Weg gebracht werden. Noch als Finanzminister kündigte Olaf Scholz 2020 den „Wumms“ an. Jetzt als Kanzler muss es ein „Doppelwumms“ sein, über den sich schon so gut wie jeder Comedian in dieser Republik ausgelassen hat. Wenn der Dissens[2] in der Ampelregierung nicht mehr gedeckelt werden kann wie der Gaspreis, heißt es, dass es zwischen den Parteien gerade ein wenig ruckelt.

Wir Wähler werden behandelt wie angeschickerte Touristen im Ferienflieger. Der Pilot will uns nicht die Partylaune verderben, während er eine Schlechtwetterfront durchquert. Mir ist keine andere Regierung in Europa bekannt, die so zu ihrem Volk spricht.

Offenbar fühlen sich die Mächtigen dieses Staates nicht mächtig genug, um uns wie Autokraten einfach so mit ihrer Politik zu düpieren[3]. Sie sind Demokraten, die erstens wiedergewählt werden wollen, zweitens aber – und das ist das Entscheidende – ihren Eid geschworen haben, Schaden vom Volk abzuwenden. Aber das darf doch nicht bedeuten, uns wie entmündigte Schutzbefohlene zu behandeln, denen man nicht zutraut, komplexere politische Zusammenhänge zwischen Ursache und Wirkung geistig zu durchdringen.

Die Gefahr besteht, dass, wenn man die Verkümmerung der politischen Rhetorik zu weit treibt, immer mehr Menschen den politischen Diskursen nicht mehr folgen. Sie hören etwas, aber sie verstehen es nicht.

Wann hat dieser unselige Trend angefangen? Unter dem Kanzler Helmut Schmidt[4] wäre ein so regredierter[5] Redestil nicht denkbar gewesen. Nun war Volksnähe nicht seine hervorstechendste Qualität, aber er sprach in allen seinen Reden und Beiträgen die Menschen als Volljährige an. Ein Blick zurück in die Bonner Republik: Was immer man von Politikern wie Herbert Wehner[6] und seinem konservativen Gegenspieler Franz Josef Strauß[7] politisch gehalten haben mag, sie waren brillante Vermittler ihrer politischen Agenda. Man wusste, woran man mit ihnen war. Allenfalls bei den Bundespräsidenten hat sich das hohe Niveau der politischen Redekultur noch erhalten. Aber ich weiß nicht, ob sich eine Regierung glücklich schätzen kann, wenn alle reflektierenden Reden ins weihevolle Ambiente des Schloss Bellevue ausgelagert werden.

Einen Knacks bekam die politische Sprache mit Helmut Kohl[8]. In einer Pressekonferenz 1984 prägte er den Satz: „Entscheidend ist, was hinten rauskommt.“ Diese politische Stilblüte aus dem Gebiet Darmheilkunde kennzeichnete lange Kohls Amtszeit.

Seitdem ist Schnoddrigkeit Leitprinzip. Keine Analysen mehr, wie sie noch der legendäre SPD-Politiker und Kommunikationswissenschaftler Peter Glotz ablieferte. Damals wurden offenbar noch Redenschreiber engagiert, die nicht aus der Werbebranche kamen, sondern ein Politikseminar an der Universität besucht hatten.

Als Gerhard Schröder Kanzler wurde, prägte er den Satz: „Zum Regieren brauche ich ‚Bild', ‚BamS'[9] und Glotze." Allzu forsche Reformen bremste der Kanzler 2001 mit dem Satz aus: „Was jetzt wichtig ist, ist eine Politik der ruhigen Hand." Das war in Wahrheit politische Rhetorik aus der hohlen Hand. Statt Analysen bot Schröder das: „Man kann es so oder so machen. Ich bin für so." Das war sein pointierter Beitrag zur Steuerreform 2003. Und fortan wurde zur Frage über alle politischen Aufsteiger: „Kann er Kanzler?"

Angela Merkel[10] hat in ihren 16 Jahren auch eher Beruhigungspillen verteilt. Besonders 2015 mit ihrem „Wir schaffen das". Auf die Frage der verdutzten Deutschen, wie, hat sie eher geschwiegen. Olaf Scholz tut ihr das nach. Wenn er eine Botschaft setzen muss, orientiert er sich sprachlich eher an Schröder. Er – oder seine Berater – denken wohl, dass Kanzler kann, wer Comic kann.

Schwächen werden kaschiert[11] und in Comic-Sprache verniedlicht. Den Donaldisten[12] unter den Intellektuellen mag das zusagen. Die Schriftstellerin Ulrike Draesner meint zu den Zisch-zack-krawumm-Ausdrücken: „Sie rufen Bilder hervor und sie appellieren an Emotionen – man fühlt etwas, weil das Ohr mimetisch[13] ganz dabei ist", sagte Draesner kürzlich im Deutschlandfunk Kultur. Beim „Wumms" funktioniere das besonders gut: „Ich höre sozusagen wirklich den Krach." Sie nehme aber an, im Ausschuss sei nicht auf der Wumms-Ebene diskutiert worden.

Ich bin anderer Meinung. Man kann eine Republik nicht regieren wie Entenhausen[14]. Es wäre wahrscheinlich ein bisschen zu weit gegriffen, zu behaupten, dass ein Teil der Politikverdrossenheit aus genau diesem Schwund der politischen Rhetorik herrührt. Denn diejenigen, die die hohlen Phrasen von Rechtspopulisten gut finden, konnten mit tiefer gehenden Krisenanalysen sowieso nie etwas anfangen. Aber es kann sich zum Problem auswachsen, wenn sich eine Regierung nur noch als Rettungsschirmherrin feiert. Damit wird uns suggeriert: Flugs werden Erschütterungen mit Ausschüttungen abgefedert, egal ob Bankenkrise, Corona oder nun die Preisexplosionen im Energiesektor. Das alles in eingängige Sprache verpackt – und wumms, ruckel, ruckel, wumms ist die Krise gelöst und zerplatzt wie ihre Sprechblase.

Was psychologisch nett gedacht sein mag, ist politisch falsch. Am Ende kann nur Enttäuschung stehen, wenn die Krisenpolitik scheitert. Stellen sich die Verwerfungen nämlich als gravierender heraus, wird das Publikum tatsächlich das erzeugen, was in jedem Comic stattfindet: Krach.

Quelle: Andreas Öhler: Wumms, ruckel, ruckel, wumms, DIE ZEIT 44/2022.

Anmerkungen

1 infantil: unreif, kindisch
2 Dissens: Uneinigkeit, Meinungsverschiedenheit
3 düpieren: vor den Kopf stoßen
4 Der SPD-Politiker Helmut Schmidt (1918–2015) war deutscher Bundeskanzler von 1974 bis 1982.

5 regrediert: zurückgeblieben
6 Herbert Wehner (1906–1990) war ein SPD-Bundespolitiker, der in seinen Reden im Bundestag immer wieder durch eine deutliche und auch provokante Sprache auffiel.
7 Franz Josef Strauß (1915–1988) war ein Politiker der CSU, der er von 1961 bis 1988 auch vorsaß. Im Bundestag kam es zwischen ihm und Herbert Wehner wiederholt zu heftigen Rededuellen.
8 Helmut Kohl (1930–2017) war ein CDU-Politiker und von 1982 bis 1998 deutscher Bundeskanzler.
9 BamS: „Bild am Sonntag", am Sonntag erscheinende Boulevardzeitung
10 Angela Merkel (geb. 1954), CDU-Politikerin, war von 2005 bis 2021 deutsche Bundeskanzlerin.
11 kaschieren: verdecken, Mängel nicht als solche erscheinen lassen
12 Donaldisten: Kenner der Comic-Welt um Donald Duck
13 mimetisch: hier etwa im Sinne von nachempfindend – die Worte bezeichnen nicht nur, sondern ahmen im Lautlichen das Gemeinte nach.
14 Entenhausen: fiktive Heimatstadt der Hauptfiguren in den Donald-Duck-Comics

Andreas Öhler ist Journalist bei „DIE ZEIT Christ und Welt".

TIPP **Bearbeitungshinweise**

Teilaufgabe 1 läuft auf eine strukturierte Zusammenfassung des pragmatischen Textes hinaus. Der Operator „Darstellen" gibt Ihnen zu verstehen, dass keine umfassende Analyse von Ihnen verlangt wird, Sie also die sprachliche Ebene oder auch die Leserlenkung nicht untersuchen müssen. Stattdessen teilt Ihnen die Arbeitsanweisung mit, auf welche beiden Aspekte Sie sich konzentrieren sollen: Es gilt den Argumentationsgang des Textes herauszuarbeiten, also darzulegen, was er sagt (Wiedergabe der zentralen Aussagen) und wie er seine Ausführungen aufbaut (Argumentationsstruktur). Außerdem sollen Sie seine Intention ableiten.
Lesen Sie den Artikel **mehrfach und aktiv**, d. h., nutzen Sie Stifte und Textmarker, mit denen Sie **wesentliche Punkte** hervorheben und am **Rand kommentieren** können. Notieren Sie neben jedem Abschnitt knapp dessen **zentrale Aussage und Funktion** für das Textganze: Handelt es sich um eine Überleitung, um eine These, eine Erläuterung, ein Beispiel oder etwa um das Anführen eines Gegenarguments? Mithilfe dieser Strukturbegriffe gelingt es Ihnen, den **Gedankengang** von Andreas Öhler transparent zu machen. Achten Sie darauf, über all den angeführten Beispielen für Politiker und Politikersprech nicht den Überblick zu verlieren. Wichtig für Ihre Erschließung ist die jeweilige Aussage, die Öhler mit den Beispielen und Belegen veranschaulicht.
Stellen Sie in einem Basissatz den Text knapp vor, indem Sie seine **wesentlichen Informationen** nennen (Autor, Titel, Publikationsjahr und -ort, Thema). In der Folge empfiehlt es sich, **Inhalt und Argumentation** chronologisch, also entsprechend dem Textgang, darzustellen. Auf diese Weise können Sie auch den **Aufbau** von Öhlers Artikel deutlich machen. Im Anschluss sollten Sie in einem eigenen Abschnitt die **Position des Verfassers** resümieren. Achten Sie darauf, sich nicht zu wiederholen und nicht noch einmal einzelne Aussagen Öhlers wiederzugeben. Hier geht es vielmehr darum, auf einer übergeordneten Ebene die Absicht abzuleiten, die der Verfasser mit seinem Text verfolgt.

Teilaufgabe 2 baut auf der von Ihnen geleisteten Texterschließung auf. Sie sollen erörtern, ob die von Öhler kritisierte Redeweise der politischen Elite problematisch ist. Die Konjunktion „ob“ weist Sie darauf hin, dass eine **dialektisch abwägende Auseinandersetzung** erwartet wird und Sie sowohl zustimmende als auch ablehnende Argumente anführen müssen. Zudem sollte immer wieder der **Ausgangstext** einbezogen werden.

Notieren Sie sich zunächst knapp die wesentlichen Kritikpunkte, die Öhler vorbringt. Lassen Sie sich nicht vom Lead des Artikels irritieren: Der Verfasser setzt sich nicht nur mit der Verwendung von Comicausdrücken auseinander, sondern attackiert im Folgenden auch nichtssagende Phrasen, fehlende Differenzierung und beschönigende Wendungen.

Sammeln Sie dann auf einem Konzeptblatt Punkte, bei denen Sie sich Öhlers Meinung **anschließen** können, sowie Aspekte, mit denen Sie ihm **widersprechen** möchten. Es ist naheliegend, Argumente aufzugreifen und weiterzuführen, die der Verfasser anspricht, so z. B. die Überlegung, ob der nachlässige Sprachgebrauch zur Politikverdrossenheit beiträgt.
Zu Beginn sollten Sie noch einmal die Stoßrichtung von Öhlers Artikel auf den Punkt bringen, um dann die zu erörternde Fragestellung zu nennen. Beim Aufbau der Erörterung haben Sie die Möglichkeit, **blockweise** vorzugehen, d. h. erst alle Argumente der einen Seite, dann die der anderen anzuführen. Sie können aber auch flexibler **zwischen den beiden Seiten** wechseln. Der folgende Lösungsvorschlag führt vor, wie sich einzelne Argumente relativieren oder differenzieren lassen. Der von der Aufgabe geforderte Textbezug legt es nahe, auch Öhlers Argumentationsweise kritisch in den Blick zu nehmen. So lässt sich seine Meinung hinterfragen, eine Pflege der Redekunst gehe mit einem demokratischen Führungsstil einher. Ziehen Sie am Schluss Ihrer Ausführungen ein **Fazit**: Dabei müssen Sie sich nicht für die Pro- oder Kontra-Position entscheiden, sondern können gewichten, indem Sie zeigen, wo Sie die sprachliche Entwicklung problematisch finden und wo Sie ihr positive Seiten abgewinnen können

Lösungsvorschlag

TEILAUFGABE 1

Einleitung
Informationen zur Textgrundlage

Wumms, ruckel, ruckel, wumms – Bereits mit dem lautmalerischen Titel führt Andreas Öhler vor, was er in seinem 2022 in der ZEIT erschienenen Artikel polemisch kritisiert: eine comicartige und infantilisierende Politikersprache, die seiner Meinung nach der Krisenlage nicht angemessen ist.

Hauptteil
Erschließen des Gedankengangs
Kritik am Sprachgebrauch von Politikern

Öhlers Kolumne beginnt mit einer Entschuldigung dafür, dass er entgegen seinen Vorsätzen eine **kulturkritische Klage** anstimme. Indem er sich dabei als alter vergesslicher Mann charakterisiert, der eigentlich nicht zu einem solchen Gejammer berechtigt sei, wirbt er um die Sympathie der Leserschaft (vgl. Z. 1 ff.). Zudem relativiert er gleich darauf die anfängliche Ankündigung: Er werde mit seiner Kritik nur die **Sprache des politischen Leitungspersonals** ins Visier nehmen (vgl. Z. 7 f.). Eine Häufung von Beispielen für diese sorgt einerseits für Anschaulichkeit und anderseits für Komik, da sie die Lächerlichkeit der Phrasen herausstellen (vgl. Z. 8–14). Öhler kritisiert, dass der Politikersprech die (Krisen-)Realität beschönige, und unterstreicht seine Wertung mit dem Hinweis, Deutschlands politische Führung sei mit dieser Redeweise in Europa allein.

Ursachen für rhetorischen Niedergang

Nachdem das Problem benannt worden ist, fragt der Verfasser nach den **Ursachen:** Zum einen vermutet er, dass sich – anders als Autokraten – demokratisch legitimierte Regierende „nicht mächtig genug" (Z. 18) fühlen, um die Bevölkerung mit den harten Tatsachen zu konfrontieren. Immerhin würden sie den Machterhalt, d. h. ihre **Wiederwahl im Auge** behalten. Zum anderen würden sie aus ihrem Amtseid das Recht ableiten, das **Volk**, für das sie die Verantwortung übernommen haben, zu **entmündigen** (vgl. Z. 20 ff.). Öhler wirft den Politikerinnen und Politikern vor, die **intellektuellen Kapazitäten der Bevölkerung geringzuschätzen**, indem sie sich auf ein niedriges sprachliches Niveau begeben. Vor den Folgen dieser „Verkümmerung der politischen Rhetorik" (Z. 25) **warnt** er eindringlich: Die Politik werde die Menschen verlieren, wenn diese mit der Kommunikationsweise nichts anzufangen wüssten.

Entwicklung der Rhetorik in der BRD: Beispiele für Redekunst

Um den bedauernswerten aktuellen Stand der Politikerrede zu **veranschaulichen**, holt der Autor zu einem umfassenden **historischen Rückblick** aus: Dabei bescheinigt er den früheren bundesrepublikanischen Politikern Schmidt, Strauß und Wehner beachtliches rhetorisches Talent. Ihnen sei es gelungen, ihre jeweiligen Programme ohne sprachliche Versimpelung darzulegen und so die Wählerschaft für voll zu nehmen (vgl. Z. 28–34). Dass heute nur noch die Bundespräsidenten, aber nicht mehr die eigentlich Regierenden eine solche Redekultur pflegen würden, hält Öhler für problematisch.

Nach dem Lobpreis der rhetorischen Blütezeit zeichnet er den **sprachlichen Niedergang in der Politikersprache** nach, der mit Bundeskanzler Kohl begonnen habe. Dessen unfreiwillig komisches Statement „Entscheidend ist, was hinten rauskommt" (Z. 39) markiert für Öhler den Einzug einer flapsigen, schiefen Ausdrucksweise in die politische Kommunikation. Einen Teil der Verantwortung sieht er bei den Redenschreibern, die heute aus der Werbebranche stammen und nicht über eine politische Vorbildung verfügen würden (vgl. Z. 43 f.).

sprachliche Verkümmerung ab Ära Kohl

Zahlreiche Beispiele für hohle Phrasen und schnoddrige Floskeln aus der Amtszeit von Bundeskanzler Schröder dienen Öhler dazu, seine kritische Perspektive zu rechtfertigen. Während er Schröder vorwirft, **wenig durchdachte, unzureichend fundierte Aussagen** von sich gegeben zu haben (vgl. Z. 45–50), kritisiert er die **einschläfernde Wirkung** seiner Nachfolgerin Merkel, die sprachliche „Beruhigungspillen verteilt" (Z. 52) habe. Antworten sei sie schuldig geblieben – wie nun auch wiederum ihr Nachfolger Olaf Scholz. Damit beendet der Verfasser den Rückblick und führt seine Politikerschelte in die Gegenwart. Zugespitzt formuliert er seinen zentralen Kritikpunkt: Scholz denke, „dass Kanzler kann, wer Comic kann" (Z. 56). Die **Comicsprache** „verniedlicht" (Z. 57) für Öhler Probleme, beschönige sie also und spiele sie herunter.

Beispiele für schlechte Rhetorik in Kanzlerschaften von Schröder und Merkel

Um auch eine andere Sichtweise zu Wort kommen zu lassen, zitiert Öhler die **Schriftstellerin** Ulrike Draesner, die die **lautliche Qualität sowie die emotionalisierende Wirkung von Comicausdrücken** wie „Zisch-zack-krawumm" (Z. 59) erkennt.

Gegenstimme: positive Seite von Comicsprache

Dieser relativierenden Einschätzung widerspricht Öhler aber bestimmt (vgl. Z. 64). Er räumt zwar ein, keinen Kausalzusammenhang zwischen dem rhetorischen Abstieg und zunehmender **Politikverdrossenheit** herstellen zu wollen (vgl. Z. 65 ff.), weil die Menschen, die populistischen Slogans folgen, ohnehin nicht mit ausgefeilter und differenzierter Redekultur erreichbar seien. Aber durch die Erwähnung legt er indirekt trotzdem nahe, dass es hier eine Beziehung geben könnte. Öhler betont zum Schluss seines Artikels die Gefahr, die eine comicartige Sprache in der Krisenkommunikation mit sich bringe: Mit der schlichten Rhetorik werde der **falsche Eindruck** geweckt, alle **Probleme** – sei es bei der Bewältigung der Pandemie oder der Inflation oder der Energiekrise – könnten **rasch und einfach gelöst** werden. Diese **Verzerrung der Wirklichkeit**

mögliche problematische Auswirkungen von Comicsprache

sei politisch anfechtbar. Werde die Wählerschaft mit einer verharmlosenden Sprechweise getäuscht, sei die **Desillusionierung** umso größer, wenn sich die Krisen als hartnäckiger erweisen. Öhler prophezeit für diesen Fall eine wachsende Unzufriedenheit und ein Aufbegehren der Bevölkerung, letztlich also politische Spannungen.

Schluss
Intention des Textes

Andreas Öhler formuliert eine harsche **Kritik an dem Sprachgebrauch heutiger Politikerinnen und Politiker**, da dieser darauf verzichte, komplexe Zusammenhänge zu durchdringen, sondern die tatsächliche Lage überdecke, indem er sie durch eine flapsige Ausdrucksweise verharmlose. Im Lead des Textes wird angekündigt, dass die „politische Sprache in der Krise" (Lead) beleuchtet werde, letztlich ist die aktuelle Krisenkommunikation aber nur der Aufhänger, um generell mit der fehlenden Redekultur in der Politik abzurechnen. Diese Sprachkritik ist auch **Kulturkritik**. Öhler legt nahe, dass der Verzicht auf eine differenzierte politische Rhetorik den **offenen Diskurs über Probleme verhindere**. Und so lässt sich sein Artikel als dringende **Warnung** verstehen, dass eine **nachlässig-falsche Sprache** auch die **demokratische Kultur beschädigen** wird.

TEILAUFGABE 2

Überleitung
Fragestellung

Streng geht Andreas Öhler mit dem Sprachgebrauch unserer Volksvertreterinnen und Volksvertreter ins Gericht. Doch ist diese Kritik berechtigt? Ist die heutige politische Rhetorik tatsächlich ein **Problem**, das man mit Sorge betrachten muss?

Hauptteil
Erörterung Argumente gegen laxen Sprachgebrauch: Lächerlichkeit von Sprache und Sprechenden

Tatsächlich wirken die zahlreichen im Artikel zitierten Beispiele einer infantilen oder nichtssagenden Politikersprache („Wumms", „Doppelwumms", „Pakete [...], die auf den Weg gebracht werden", Z. 10 f.; „Man kann es so oder so machen. Ich bin für so.", Z. 49) **lächerlich und albern**. Es besteht die Gefahr, dass **Politikerinnen und Politiker**, die sich so phrasenhaft und lautmalerisch ausdrücken, selbst **als Witzfiguren** erscheinen, die unfähig sind, sich entsprechend der Würde ihres Amtes auszudrücken. Dies könnte dann nicht nur die jeweiligen Sprecher, sondern das ganze von ihnen repräsentierte **politische System in Misskredit** bringen.

Entstehen von Missverständnissen zwischen Politikern und Bevölkerung (Kommunikationsquadrat von Schulz von Thun)

Eine ungenaue, schnoddrige Ausdrucksweise ist zudem oft **Quelle von Missverständnissen**. Zum besseren Verständnis kann hier das **Kommunikationsquadrat** von Schulz von Thun dienen, das von vier Seiten einer Botschaft ausgeht: Sachinformation, Selbstkundgabe, Beziehungshinweis und Appell. Allerdings stimmen die vier Botschaften, die ein Sender mit jeder Äußerung schickt, oft nicht mit den vier Botschaften überein, die beim Empfänger ankommen. So mag ein Redner, der die Anstrengungen zur Krisenbewältigung mit einem „Doppelwumms“ umschreibt, durch die Lautmalerei Nähe zur Zuhörerschaft herstellen wollen (Beziehungshinweis). Diese könnte aber dagegen heraushören, dass der Sprecher sie „für dumm verkaufen“ will. Während der Redner seine zupackende, kompetente Herangehensweise deutlich machen möchte (Selbstkundgabe), versteht der Empfänger möglicherweise, dass der Politiker auf eine Weise agiert, die nicht dem Ernst der Lage entspricht. Die Botschaft, die bei den Wählerinnen und Wählern ankommt, wäre dann das Gegenteil von dem, was der Redner eigentlich erreichen wollte.

Entmündigung durch unterkomplexe Sprache

Öhler wirft der politischen Elite vor, dass sie „uns wie **entmündigte** Schutzbefohlene [behandelt], denen man nicht zutraut, komplexere politische Zusammenhänge zwischen Ursache und Wirkung geistig zu durchdringen“ (Z. 22 ff.). Die **unterkomplexe Redeweise** könnte bei der Zuhörerschaft den Verdacht wecken, **von oben herab behandelt** und **nicht ernst genommen** zu werden. Allerdings hat das Volk, das in einer Demokratie den Souverän des Staates darstellt, das Recht, vonseiten der Politik mit **Achtung und auf Augenhöhe** behandelt zu werden.

Unangemessenheit bei Darstellung von Krisen

Zudem muss die Redeweise nicht nur dem Publikum, sondern auch dem behandelten Gegenstand gerecht werden. Eine kindliche Sprache mit Vereinfachungen, Lautmalereien oder Inflektiven, wie sie aus dem Comic bekannt sind („ruckel, ruckel, wumms“), ist wenig geeignet, um eine Krise zu erklären. Vielmehr müssen **komplexe Sachverhalte auch entsprechend differenziert und vertieft dargelegt** werden. Wie Öhler ausführt, drohen **Politikverdrossenheit** und **Zweifel an der Demokratie**, wenn die Bürgerinnen und Bürger erkennen müssen, dass eine verfehlte Krisenkommunikation bei ihnen falsche Erwartungen erzeugt hat (vgl. Z. 74 ff.).

Relativierung: Defizite bei Rhetorik kein neues Phänomen

Jedoch muss man **relativierend** einwenden, dass die **Phrasenhaftigkeit der Politikerrede** schon weitaus **länger existiert** als von Öhler behauptet. Auch in der von ihm verklärten Vergangenheit (vgl. Z. 31 ff.) wurde der nichtssagende Redestil von Politikern karikiert, etwa durch den Humoristen Loriot. Zudem lässt sich auf YouTube nachhören, wie sich damals die Herren Strauß oder Wehner im Parlament attackierten und dabei auch nicht vor persönlichen Beleidigungen zurückschreckten. Die politische Rhetorik war früher anders, aber war sie auch besser?

Relativierung: politische Rhetorik als Instrument zur Beeinflussung

Darüber hinaus ist es ein Trugschluss, von Politikern stets eine differenzierte, umfassende Darlegung erwarten zu können, schließlich vertreten diese die **Agenda ihrer jeweiligen Partei**, reden und handeln also **interessegeleitet**. Es gilt als Merkmal politischer Rhetorik, dass man das Gegenüber überzeugen will. Daher werden oft nur die

Argumente präsentiert, die die eigene Position stützen, wohingegen die Gegenseite und Bedenken gerne verschwiegen werden. Die **Vielgestaltigkeit einer Krise** muss in der politischen **Debatte unter Vertretern unterschiedlicher Parteien** deutlich werden. Daneben kommt der Wissenschaft, etwa der Geschichtswissenschaft oder der Politologie, die Aufgabe zu, für einen ausgewogenen, objektiven Blick auf Krisen zu sorgen und Hintergründe zu erläutern.

Relativierung: Gefahren von rhetorischer Brillanz

Rhetorische Meisterschaft kann sich zudem als zweischneidig erweisen. Brillante Rhetoriker, wie z. B. der frühere britische Premier Boris Johnson, verstehen es, mit ihrer Sprachgewalt andere zu **manipulieren** und die eigenen machtpolitischen Ziele durchzusetzen. Eine ausgeklügelte **Redekunst** ist **somit keine Garantie für eine umsichtige**, dem Allgemeinwohl dienende **Politik**.

Argumente pro laxen Sprachgebrauch: Emotionalisierung

Politiker und Politikerinnen müssen also nicht zwangsweise differenziert sprechen. Doch sollten Wendungen aus der **Comicsprache** einen Platz in der politischen Rhetorik haben? Eine solche Sprache wird ebenso konträre Reaktionen hervorrufen wie die von der Politik ersonnenen sprechenden Benennungen „Gute-Kita-Gesetz" oder „Respekt-Rente". Die einen halten solche Wendungen für banalisierend und kindlich, die anderen erkennen ihre Qualitäten: So betont Ulrike Draesner, dass Lautmalereien „an Emotionen [appellieren]" (Z. 60), also die **Zuhörerschaft auf eine sinnliche Weise packen** können. Plakative Comicwendungen stellen einen bewussten Stilbruch in den ansonsten oft trockenen und theoretischen Ausführungen dar und vermögen es, stärker zu begeistern.

Erreichen vieler Menschen als Aufgabe der Demokratie

In einer Republik ist es die Pflicht der Regierenden, die **Bevölkerung sprachlich zu erreichen**, sie gleichsam mitzunehmen und für ihr Programm zu begeistern sowie zum bürgerschaftlichen Engagement anzuspornen. Eine bewusst **volksnahe und griffige Sprache** lässt sich auch als Versuch werten, alle anzusprechen, da sie **keine elitäre Distanz** aufbaut. Sie ist – das zeigt das Beispiel vom wieder und wieder zitierten und verspotteten „Doppelwumms" – **einprägsam** und weckt **Aufmerksamkeit**, kann also dazu beitragen, die Bevölkerung zum Hinhören und Mitdiskutieren zu bewegen. Gerade **jüngere Wählerinnen und Wähler**, die für Politik und Demokratie begeistert werden sollen, fühlen sich möglicherweise eher von einer saloppen Ausdruckweise angesprochen.

Schluss

differenzierte Abwägung und Plädoyer für maßvollen Einsatz von salopper Rhetorik

Meistens entscheidet das **rechte Maß** über den Erfolg. Dies gilt auch für die politische Rhetorik. Sprachliche Verfremdungseffekte wie die comicartigen Inflektive sind durchaus geeignet, um Botschaften zu transportieren. Allerdings ist es ratsam, sie **gezielt und nur vereinzelt zu nutzen** und sie **keinesfalls als Ersatz** für eine sachliche

Analyse zu betrachten. Mit seiner Sorge, dass verniedlichende Wendungen zum Niedergang des politischen Stils und sogar der Demokratie beitragen könnten, schießt Andreas Öhler aber über das Ziel hinaus. Seiner Argumentation kann man den gleichen Vorwurf machen, den er gegenüber der Politik erhebt: Sie ist undifferenziert und pauschal.

Gerade in **Krisenzeiten** ist eine beunruhigte **Bevölkerung auf wahrheitsgemäße Erklärungen und auf Anleitung angewiesen**. Es wird für Politiker und Politikerinnen eine **Gratwanderung** bleiben, eine Sprache zu finden, die **unserer komplexen Welt gerecht** wird und zugleich für die Bürgerinnen und Bürger **verständlich** ist. Generell wären eine klare Redeweise und ein zupackender Vortragsstil wünschenswert – so verhindert man, dass die Adressaten weghören oder umschalten. Politik ist spannend und betrifft uns alle. Das sollte sich auch in der Kommunikation niederschlagen.

ENDE DER DEBATTE?

Erlaubte Hilfsmittel
ein Wörterbuch der deutschen Rechtschreibung

Aufgabenstellung

Eine regionale Tageszeitung hat im Rahmen der Themenwoche „Demokratie und Medienwandel“ ihre Leserinnen und Leser dazu aufgerufen, Kommentare zu dem Thema „Die sozialen Medien – eine Gefahr für unsere öffentliche Debattenkultur?“ einzureichen.

Verfassen Sie einen solchen Kommentar. Setzen Sie sich darin argumentierend mit den Gefahren und Chancen auseinander, die die sozialen Medien für die gesellschaftlich-politische Kommunikation mit sich bringen.

Nutzen Sie dafür die folgenden Materialen M 1 bis M 6 und beziehen Sie Ihre Unterrichtskenntnisse und eigenes Wissen mit ein.

Formulieren Sie eine geeignete Überschrift.

Verweise auf die Materialien erfolgen unter Angabe des Namens der Autorin bzw. des Autors und ggf. des Titels.

Ihr Kommentar sollte etwa 1 000 Wörter umfassen.

Material 1 Andrea Römmele: Demokratie braucht Streit (2019, Auszug)

Beleidigungen, Hass und Hetze, Aufrufe zur Gewalt – Robert Habeck hat Anfang des Jahres daraus seine Konsequenzen gezogen. Twitter sei ein „Instrument der Spaltung" und „kein Medium des echten Dialogs", erklärte der Vorsitzende der Grünen und löschte seinen Account. Auch von Facebook verabschiedete er sich. Den Eindruck, dass die sozialen Medien gesellschaftliche Debatten eher verhindern als fördern, konnte auch gewinnen, wer zum Jahresbeginn 2019 den digitalen Shitstorm verfolgte, mit dem die ZDF-Reporterin Nicole Diekmann attackiert wurde. Sie hatte auf Twitter die zwei Worte „Nazis raus" gepostet. Auch sie ist nur eine Betroffene von vielen.

Müssen wir also dem Beispiel Robert Habecks folgen und den digitalen Raum verlassen, um der gesellschaftlichen Spaltung entgegenzuwirken und um wieder gesellschaftliche Debatten führen zu können? Das wird nicht ausreichen. Schließlich mangelt es an demokratischer Streitkultur auch in der analogen Welt. Es gibt nicht zu viele, sondern zu wenige Debatten und Diskussionen in Politik und Gesellschaft. So widersprüchlich es zunächst scheinen mag, es ist der politische Streit, der die Spaltung der Gesellschaft verhindert. Verlieren wir die Fähigkeit, inhaltlich zu streiten, ist Demokratie nicht mehr denkbar. Denn die politische Debatte erfüllt drei Funktionen, die für ein demokratisches Miteinander unerlässlich sind.

Erstens

Debatten bilden Meinungen. Die Komplexität der Themen in der politischen Arena macht sie für Nichtexperten kaum begreifbar. Ihre politische Einordnung wird immer schwieriger. Debatten erlauben es der Öffentlichkeit, verschiedene Perspektiven auf ein Thema kennenzulernen und sich derjenigen anzunähern, die den eigenen Vorstellungen am nächsten kommt.

Zweitens

Debatten inspirieren. In jeder Auseinandersetzung müssen alle Beteiligten das Thema zwangsläufig in seinen politischen oder gesellschaftlichen Kontext stellen, um ihre eigene Position zu schärfen und ihre Lösungsvorschläge zu konkretisieren. Nur so können sie sich mit ihren Argumenten gegen Alternativen erfolgreich durchsetzen. So gut wie nie passiert es, dass die Streitenden mit exakt der gleichen Position aus einem Streit herauskommen, mit der sie ihn begonnen haben. Wenn der eigene Vorschlag kritisiert wird, setzt man sich selbst noch intensiver damit auseinander, hinterfragt Altbewährtes und wagt sich auf neue Pfade.

Drittens

Debatten verbinden. Für den Einzelnen erscheint ein Streit meist negativ. Er impliziert, wie beim sportlichen Wettstreit, immer die Möglichkeit des Verlierens, und er fokussiert das Trennende. Erst durch eine Reaktion auf die Vorhaben, Ideen und Ansprüche unserer Gegner stellen wir trotz der politischen Differenzen die Basis für gesellschaftlichen Zusammenhalt her: indem wir zeigen, dass wir bereit sind, uns miteinander auseinanderzusetzen. Wir können dabei akzeptieren, dass wir uns nicht einigen können – agree to disagree; den Gegner zum Schweigen bringen dürfen wir aber nicht. Jede Debatte macht die unterschiedlichen Standpunkte der beteiligten Akteure sichtbar.

Gleichzeitig vereint sie die verschiedenen gesellschaftlichen Strömungen. Nur wer sich im Diskurs gehört fühlt, kann später einen Kompromiss akzeptieren.

Quelle: Römmele, Andrea: Demokratie braucht Streit, In: Cicero. Magazin für politische Kultur vom 21. 02. 2019, Online unter: https://www.cicero.de/innenpolitik/debattenkultur-demokratie-streit-streitkultur-widerspruch-filterblasen/plus.

Material 2 Margarete Stokowski: Schlimm, oder? (2021, Auszug)

[...] Das Problem mit der Kritik an einer angeblich immer schlimmer werdenden Debattenkultur fängt schon mit dem Begriff „Debattenkultur" an. [...] „Debattenkultur" enthält „Debatte" und „Kultur", und da geht es schon los. Vieles von dem, was als verkommene Debattenkultur bezeichnet wird, ist eigentlich weder Debatte noch Kultur.

Denn meist geht es dabei um Internetkommentare, die irgendwie lausig sind, die man aber überhaupt erst mal als Debattenbeiträge anerkennen muss, um sie dann als Verrohung zu diagnostizieren. Früher hätte man bei den meisten dieser Beiträge „lästern" oder „mobben" oder „Scheiße labern" gesagt, und es hätte gereicht. Ja, Hass und digitale Gewalt sind ein Problem, ein richtig großes: aber man braucht sie nicht zu „Debatte" und „Kultur" zu adeln, im Gegenteil, man sollte sie benennen, um sie nicht zu normalisieren. Wer Gewalt meint, soll „Gewalt" sagen.

Das zweite Problem mit der angeblich immer schlimmer werdenden Debatten-kultur ist das „immer schlimmer werden": Wie sicher sind wir uns da? Wann soll diese Zeit gewesen sein, in der es eine richtig gute Debattenkultur gab? Als es noch Duelle gab? Als im Bundestag noch gewettet wurde, ob eine bestimmte Politikerin einen BH trägt oder nicht? Als Nikel Pallat[1] in einer Talksendung eine Axt rausholte, um einen Tisch zu zerschlagen, oder als Joschka Fischer[2] erklärte: „Mit Verlaub, Herr Präsident, Sie sind ein Arschloch!" – oder wann genau? War diese gute Zeit zufällig in der Studienzeit der Leute, die sich heute danach zurücksehnen?

Als Beispiel für die schrottige Debattenkultur müssen oft Talkshows herhalten [...]. Es stimmt, dass Talkshows oft mehr Show als Talk sind, aber: Man muss die nicht gucken. Talkshows leben davon, dass Leute sich über sie aufregen. An einem Tag, an dem man sich im Internet über das sinkende Niveau von Talksendungen beschwert, könnte man auch ein zweistündiges Interviewformat im Deutschlandfunk hören oder sich in einen Online-Lesekreis einloggen, aber das ist dann wieder zu viel verlangt.

Quelle: Margarete Stokowski, DER SPIEGEL, 02. 11. 2021. https://www.spiegel.de/kultur/margarete-stokowski-ueber-debattenkultur-schlimm-oder-a-ffd085e6-f10d-4c1b-b86f-c65ebdf50aa5

Anmerkungen

1 Der Sänger Nikel Pallat sorgte 1971 für einen Eklat in einer WDR-Sendung, als er mit einem Beil den Tisch zertrümmern wollte, um den die Gäste herumsaßen. Diese symbolische Aktion richtete sich gegen das „Fernsehen" als „Unterdrückungsinstrument" in der „Massengesellschaft" (Pallat).

2 Joschka Fischer (*1948) war ein Bundestagsmitglied der Grünen und beschimpfte 1984 den Bundestagsvizepräsidenten Richard Stücklein als „Arschloch", als dieser ihn wegen seines Verhaltens von einer Bundestagssitzung ausschließen wollte. Von 1998 bis 2005 war Fischer Außenminister.

Material 3 **Nina Schick: Wie viel Empörung verträgt die demokratische Debatte? (2022, Auszug)**

„Die Öffentlichkeit", das ist längst nicht mehr das, was der Begriff vor 20 Jahren bezeichnete. Das Internet hat die redaktionelle Gesellschaft geschaffen. Alle, die mitmachen wollen, können nicht nur Nachrichten empfangen, sondern auch selbst senden. Auch Menschen, die keine klassischen Medien mehr konsumieren, können sich informiert fühlen. Doch es geht nicht nur um Information. Die sozialen Netzwerke verknüpfen die Akteurinnen und Akteure. Ihr Geschäftsmodell ist die Emotionalisierung: Wer polarisiert, erregt Aufmerksamkeit, und Aufmerksamkeit ist die Währung der Internet-Ökonomie. Die Algorithmen der Tech-Unternehmen befeuern die Erregung. Der Mensch lebt mit dem Smartphone in der Hand, am Puls der Zeit, am Puls der Entrüstung. Der Tübinger Medienwissenschaftler Bernhard Pörksen spricht deshalb von einer „Empörungsdemokratie".

„Die sozialen Medien sind keine Kommunikationsräume, die für eine rationale Debatte designt wurden", sagt Tobias Rothmund, Professor für Kommunikationspsychologie an der Universität Jena. Wer besonnen und ausgewogen argumentiert, bekommt weniger Likes. Dabei sind Likes, die Beifallsbekundungen, das Wesen der sozialen Netzwerke: Die Teilnehmenden buhlen um soziale Unterstützung, Zustimmung schafft Hochstimmung – und Verbindung. Menschen finden zusammen, können Interessen gemeinsam artikulieren, auch gesellschaftlichen Wandel voranbringen. „Soziale Bewegungen speisen sich aus Empörung und sozialer Identität. Beides wird durch Social Media verstärkt. So sind viele soziale Bewegungen in Schwung gekommen, etwa *Fridays for Future*. Wir sehen also auch Dinge, die für die Demokratie sinnvoll und konstruktiv sind", sagt Rothmund. Die unmittelbare Öffentlichkeit des Internets, sie kann ein Korrektiv sein, der Macht und den Mächtigen gegenüber. Marginalisierte Gruppen, die sich früher kein Gehör verschaffen konnten, finden im Netz Plattformen und Gleichgesinnte. Normverletzungen, Grenzüberschreitungen, Respektlosigkeiten, die noch vor zwei Jahrzehnten – wenn von privilegierten Personen geäußert – keinerlei Aufsehen erregt hätten, werden nun sofort, laut und oft zu Recht kritisiert.

Aber auch viel von dem Hass, der sich tatsächlich gewaltsam entlädt, wird im Netz vorbereitet. An Schreibtischen, auf Sofas, in der U-Bahn. Mit einem Laptop auf dem Schoß oder dem Handy in der Hand.

Quelle: Nina Schick: Wie viel Empörung verträgt die demokratische Debatte? Perspektiven. Ausgabe 01/2022. Link: https://www.bwstiftung.de/fileadmin/bw-stiftung/Publikationen/Perspektive/Perspektive 1_2022/BWS_Magazin_2022_1_Recht_3.5.pdf.

Material 4 Broschüre der AJS und der Landesanstalt für Medien NRW (2019, Auszug)

Hate Speech – Hass im Netz

Ein respektvolles Miteinander ist auch im Internet unverzichtbar. Zu beobachten ist aber gegenwärtig, dass dort Hetze, Hass und Diskriminierung immer mehr Verbreitung finden – besonders in Sozialen Netzwerken, Foren und Kommentarspalten. [...] Für das Phänomen der Verbreitung von Hassbotschaften im Internet hat sich auch im deutschen Sprachgebrauch der Begriff Hate Speech (englisch für „Hassrede“) durchgesetzt. Er beschreibt abwertende, menschenverachtende und volksverhetzende Sprache und Inhalte, durch die die Grenzen der Meinungsfreiheit überschritten werden. Denn, so Artikel 1 des Grundgesetzes, „die Würde des Menschen ist unantastbar“. Das gilt auch im Internet. [...]

Hate Speech ist kein reines Netzphänomen

Hass im Netz existiert nicht losgelöst vom analogen Leben, sondern greift reale Macht- und Diskriminierungsstrukturen auf, aus denen er sich speist. Zusätzlich lässt sich im Internet eine Art Enthemmungseffekt beobachten. Meinungen, die im realen Leben oft nur von einer Minderheit offen vertreten werden, sind mit wenigen Klicks veröffentlicht und finden im Internet eine große Bühne. Dahinter stehen nicht selten rechtsextreme Gruppen und Personen, die die Möglichkeiten des Internets für ihre Propaganda nutzen. Das fehlende direkte Gegenüber, die Möglichkeit, anonym zu bleiben, und das Wissen, kaum zur Rechenschaft gezogen zu werden, tragen weiter zur Enthemmung bei. Dabei wird nicht nur anonym gehetzt, sondern häufig auch ganz offen mit Klarnamen.

Quelle: Matthias Felling/Nora Fritzsche/Silke Knabenschuh: Hate Speech – Hass im Netz. Informationen für Lehrkräfte und Eltern. Hrsg. v. d. Arbeitsgemeinschaft Kinder- und Jugendschutz und von der Landesanstalt für Medien NRW, 5. Aufl., 2019 (https://ajs.nrw/wp-content/uploads/2019/10/Hate_Speech_AJS_LFM_2018.pdf).

Material 5 Interview mit Henning Lobin – Medienrevolution und Sprache (2019, Auszug)

Es scheint schlimm zu stehen um den Sprachgebrauch, besonders den politischen, wenn sich Lehrerverbände, Schriftsteller und selbst der Bundespräsident besorgt äußern. Von „Sprachverrohung“ ist allenthalben die Rede. Inwieweit ist diese Besorgnis durch die Forschung gedeckt?

Henning Lobin: Die internetbasierten Medien lassen erstmals fassbar werden, was zuvor zumindest wissenschaftlich nicht wahrgenommen werden konnte: die Art und Weise, wie sich Menschen spontan zu bestimmten Themen austauschen. Dieser Austausch findet in Gesprächen, etwa am viel zitierten Stammtisch, seit jeher statt. Aber erst unter den neuen Kommunikationsbedingungen besteht die Möglichkeit, dabei gewissermaßen mitzuhören. Insofern gibt es bei der Frage, ob Tendenzen einer sogenannten „Sprachverrohung“ erkennbar sind, das methodische Problem einer fehlenden Vergleichsgröße.

„Hate Speech" wäre demnach möglicherweise gar nichts Neues?

Henning Lobin: „Hate Speech" hat es schon immer gegeben. Aber ihre Wahrnehmbarkeit ist heute eine andere. Mit den vernetzten digitalen Medien ist es möglich, sich mit anderen, die ähnliche Meinungen vertreten, zu verbinden und Gruppeneffekte zu erzeugen. So werden ganze kommunikative Lawinen ausgelöst.

Würden Sie Durs Grünbein[1] widersprechen, der eine „ganz klare Radikalisierung" erkennt?

Henning Lobin: Was die mediale Seite betrifft, würde ich keine klare Radikalisierung sehen. Mit Blick auf parlamentarische Debatten ist aber durchaus nachweisbar, dass sehr polarisierende Äußerungen viel häufiger getätigt werden und mit dem Instrument der Provokationen gearbeitet wird. Auch das hat es schon früher gegeben, wenn Sie etwa an Herbert Wehner, Franz Josef Strauß oder Joschka Fischer denken. Aber es verband sich mit bestimmten Persönlichkeiten. Heute ist es oftmals bereits auf der mittleren politischen Ebene eine Methode der Positionierung und des Sammelns der eigenen Truppen, der Konfrontation mit dem Gegner.

Bei all den Schmähungen und Beleidigungen in den Sozialen Medien liegt der Eindruck einer Radikalisierung doch nahe. Deshalb die Nachfrage: Ist das Netz nicht doch weit mehr als ein Ventil altbekannter Wut und Aggression – ist es nicht eher ein Katalysator für immer neue Empörungsspiralen?

Henning Lobin: Ich bin keineswegs der Meinung, dass alles schon da gewesen und harmlos ist, was dort passiert. Aber mit den Sozialen Medien gibt es zunächst einmal eine neue Qualität der Kommunikation: nämlich die durchaus positiv zu beurteilende Möglichkeit der Vernetzung, die es beispielsweise erlaubt, einzelnen Äußerungen eine sehr große Reichweite zu verleihen. In Vor-Internetzeiten war es vielleicht Zeitungsjournalisten vorbehalten, ähnliche publizistische Wirkungen zu erzielen. Erst kürzlich konnten wir sehen, was für einen Einfluss ein YouTube-Video[2] auf den Europawahlkampf gewinnen konnte. Für die Linguistik stellt sich dabei die sehr interessante Frage, ob sich Sprachwandelphänomene in solchen vernetzten Gemeinschaften womöglich anders darstellen.

Die Debatten für jeden Einzelnen zu öffnen, klingt demokratisch. Aber eine partikularisierte Öffentlichkeit könnte ja auch den Zerfall derselben bedeuten. Was bleibt am Ende, wenn die strukturierende, qualitätssichernde und somit filternde Funktion beispielsweise des Journalismus entfällt – einer Profession, die man ja nicht grundlos über Jahre erlernen muss? Oder einfacher gefragt: Droht in einer partikularisierten Öffentlichkeit der Verlust der „gemeinsamen Sprache"?

Henning Lobin: Da ist eine aus meiner Sicht naheliegende Veränderung im Gange, nachdem bestimmte „Gatekeeper" die öffentliche Kommunikation lange geprägt haben. Die „gemeinsame Sprache" fehlt doch schon heute, denn wir haben es mit einer Reihe von Teilöffentlichkeiten zu tun, die ihre eigenen Kommunikationsformen entwickelt haben. Was sich an Rezos Video sehr gut beobachten lässt, ist, dass eine neue Art der Sprache in die politische Kommunikation Einzug hält. Das irritiert manchen, weil wir sehr stark dadurch geprägt sind, wie öffentlich-rechtliche Medienangebote und große, renommierte Tageszeitungen über Politik berichten. Rezo spricht seine

Zuhörer mit „Du“ an und bringt Wertungen so zum Ausdruck, dass sie die Zuhörer tangieren: Von „krassen Problemen“ ist die Rede, und er macht deutlich, welchen Einfluss bestimmte politische Themen auf die unmittelbare Lebenswelt haben. Abstrakte Begriffe wie „soziale Gerechtigkeit“ übersetzt er griffig: „Wenn du aus einer ärmeren Familie kommst, dann solltest du doch genau die gleichen Chancen haben wie jemand, der reiche Eltern hat.“ Insofern sehe ich vor allem die Möglichkeiten – auch für eine große Volkspartei, die über neue Kanäle mit einer anderen Sprache auch andere Wählergruppen ansprechen kann. Doch ist das eine langfristige Aufgabe, denn es müsste eine Plattform geschaffen werden, in der sich die authentische Vermittlung eigener Themen entwickeln kann. […]

Aus: Die Politische Meinung. Konrad Adenauer Stiftung. 20. 05. 2019. Das Interview führte Bernd Löhmann. https://www.kas.de/de/web/die-politische-meinung/artikel/detail/-/content/interview-medienrevolution-und-sprache

Anmerkungen

1 Durs Grünbein (*1962) ist ein deutscher Schriftsteller.
2 Im Vorfeld der Europawahl 2019 veröffentlichte der Youtuber Rezo das Video „Die Zerstörung der CDU“, das immense Klickzahlen erhielt und Teil der landesweiten politischen Debatte wurde.

Henning Lobin: Professor für Germanistische Linguistik an der Universität Mannheim, Direktor des Leibniz-Instituts für Deutsche Sprache

Material 6 Jan Rieckhoff: Karikatur „Shitstorm“ (2020)

© Jan Rieckhoff/toonpool

TIPP **Bearbeitungshinweise**

Ihre Aufgabe besteht darin, einen **Kommentar** zu verfassen. Es wird dafür ein **fiktiver Schreibanlass** vorgegeben, und zwar der Aufruf einer regionalen **Tageszeitung**, Kommentare einzureichen. Es werden Ihnen drei Bezugspunkte gegeben, die die **thematische Ausrichtung** des Kommentars bestimmen:

- das **Thema** des einzureichenden Kommentars: **„Die sozialen Medien – eine Gefahr für unsere öffentliche Debattenkultur?"**,
- der Kontext, in dem der Kommentar veröffentlicht werden soll, d. h. die Themenwoche **„Demokratie und Medienwandel"**,
- die Aufforderung, sich in dem Kommentar **argumentierend** mit den **Gefahren und Chancen** auseinanderzusetzen, die die **sozialen Medien** für die **gesellschaftlich-politische Kommunikation** mit sich bringen.

Es geht also um den Einfluss, den die sozialen Medien auf die Art und Weise haben, wie wir im öffentlichen Raum über gesellschaftlich-politische Themen diskutieren, und dabei insbesondere um die Frage, ob dies ein positiver oder ein negativer Einfluss ist. Da die Berücksichtigung von Chancen und Gefahren verlangt ist, sind neben Argumenten für Ihre Position auch Argumente gegen Ihre Position zu formulieren.

Ihre Ausführungen sollten dabei auch in **Form und Stil** der **meinungsbildenden Zieltextsorte** des Kommentars gerecht werden. Machen Sie sich also bewusst, welche Anforderungen damit verbunden sind. So ist im Kommentar (z. B. im Unterschied zur Erörterung) durchaus eine **ausdrucksvolle Rhetorik** angebracht, die den Leser packt und die eigene Meinung klar herausstellt.

Die Aufgabe fordert, dass Sie für Ihre Ausarbeitung die beigegebene **Materialsammlung** sowie Ihre Unterrichtskenntnisse und darüber hinausgehendes eigenes Wissen nutzen. Da keine Analyse der Materialien gefordert ist, sondern nur deren Nutzung für den eigenen Zieltext, lesen Sie die Materialen mit dem **Fokus auf Informationen, Argumente und Zitate**, die Sie in Ihrem Kommentar verwenden könnten. Markieren Sie diese, um sie schneller wiederfinden zu können. Anschließend fertigen Sie auf dieser Grundlage – z. B. in Form einer Mindmap – eine **Stoffsammlung** an, in die Sie auch Unterrichtswissen und weitere Kenntnisse einfließen lassen. Um den Aufbau des Aufsatzes zu planen, können Sie dann die einzelnen Punkte in der Stoffsammlung nummerieren.

Wie die Aufgabenstellung deutlich macht, steht am Anfang Ihres Textes eine **Überschrift**. Diese sollte zum Lesen anregen und darf daher ruhig etwas überspitzt sein. In Zeitungskommentaren ist es dann oft üblich, einen kurzen **Vorspann** (= Lead) zu formulieren, der knapp die Ausrichtung des Kommentars beschreibt. Der vorliegende Musteraufsatz enthält einen solchen, verpflichtend ist er nicht. In einer **Einleitung** sollten Sie dann zum Thema hinführen. Auch hier gilt es, die Leserinnen und Leser zur Lektüre des gesamten Textes zu animieren.

Im **Hauptteil** folgt die Auseinandersetzung mit dem Thema des Kommentars. Hier müssen Sie entscheiden, ob Sie Pro- und Kontra-Argumente eher im Wechsel oder blockbildend nacheinander anführen wollen (der vorliegende Aufsatz verfährt blockbildend). Am Schluss Ihres Kommentars sollte ein **Fazit** stehen, in dem Sie Ihre Meinung klar benennen.

Lösungsvorschlag

STIRBT DER ÖFFENTLICHE DISKURS DEN DIGITALEN TOD? NEIN!

Titel

Das Image der sozialen Medien als Ort des politischen Gesprächs ist schlecht. Warum sie trotzdem ein Teil unserer Debattenkultur sein sollten.

Lead/Vorspann

In einer Karikatur von Jan Rieckhoff steht ein armer Mensch auf dem Marktplatz am Pranger und wird vom Publikum mit Gemüse und Eiern beworfen. Da kommt einer der Wächter begeistert mit einem Laptop herbeigelaufen, auf dem das Facebook-Logo zu sehen ist, und ruft seinem danebenstehenden Kollegen zu: „Vergiss das alte Ding, Wentzel, ich hab hier was Besseres." Mit dem „alten Ding" ist der Pranger gemeint, mit dem „Besseren" die sozialen Medien. Die Karikatur trägt den Titel „Shitstorm" und will uns sagen, dass die sozialen Medien ein äußerst „effektives" Mittel sind, wenn es um die **öffentliche Anprangerung** von Personen geht – und dass sie die gleichen Gelüste der Masse nach **Empörung** bedienen wie im Mittelalter der Pranger. Mit dem Siegeszug der Moderne und der Herausbildung der Demokratie glaubten wir das Mittelalter überwunden zu haben – kehrt jetzt mit den sozialen Medien etwas davon zurück? **Gefährden** sie gar unsere **demokratische, an Vernunft und Argument orientierte Debattenkultur**?

Einleitung
der Shitstorm als Form der Anprangerung
(Bezug zu M 6)

Hinleitung zum Thema

Schon vor einigen Jahren hat Bernhard Pörksen mit dem Begriff „**Empörungsdemokratie**" eine Gegenwartsdiagnose formuliert, die als zentrale Merkmale öffentlicher Diskurse eine „große Gereiztheit" und „kollektive Erregung" identifiziert und dafür das Internet und insbesondere die sozialen Medien verantwortlich macht. Verbringt man auch nur kurze Zeit damit, in die (Un-)Tiefen von Twitter, Facebook oder Telegram (oder anderen Diensten) einzutauchen, so zeigt sich schnell, was der Medienwissenschaftler damit meint. Statt abwägenden, wohlformulierten Argumentationen beherrschen hitzige, ja überhitzte Beiträge den (man will ihn eigentlich gar nicht so nennen) „Austausch" – bis hin zur Hatespeech.

Hauptteil
Gefährdung der Debattenkultur
Empörung und Aufregung
(Rückgriff auf Unterrichtswissen und Bezug zu M 3)

Hassrede und grobe Sprüche sind sicherlich kein reines Internetphänomen, aber die **Reichweite** ist hier und heute einfach eine andere: Man äußert sich nicht mehr im kleinen Kreis der meist gleichgesinnten Stammtischler, sondern – zumindest potenziell – im großen Kreis der Weltöffentlichkeit. In einer Broschüre der AJS und der Landesanstalt für Medien NRW zum Thema „Hatespeech" werden die Gründe dafür beschrieben, warum Hasskommentare im Internet so häufig sind: „Das fehlende direkte Gegenüber, die Möglichkeit, anonym zu bleiben, und das Wissen, kaum zur Rechenschaft gezogen zu werden", sorgen für einen „**Enthemmungseffekt**". Diese Tendenz zur Enthemmung gilt indes sicherlich nicht nur für Hassrede, sondern insgesamt für die Kommunikation im Internet: Sie befördert eine Gesprächskultur, die weniger auf Verständigung und Ausgleich, sondern mehr auf **Konfrontation und Polarisierung** angelegt ist.

(Bezug zu M 5)

(Bezug zu M 4)

Die **Niedrigschwelligkeit** der sozialen Medien tut ihr Übriges: Wollte sich der Normalbürger in der „alten Mediendemokratie" öffentlich äußern, musste er es irgendwie in die Zeitung schaffen – heute genügt es, auf dem Smartphone ein paar Worte (oder auch nur ein Emoji) einzutippen. Das verführt zu **unüberlegten**, vielleicht **übertriebenen Äußerungen**, die dann aber oft den Ärger anderer auf sich ziehen – eine Empörungsspirale kommt in Gang, die die **Polarisierung** der Positionen vorantreibt. Und auch ein weiteres strukturelles Merkmal der sozialen Medien trägt zur Polarisierung bei: Was man hier zu sehen bekommt, wird von **Algorithmen** gesteuert, die aus dem bisherigen Klickverhalten Leseinteressen ableiten. Das Resultat sind Filterblasen, in denen andere Meinungen wenig vorkommen und die **eigene Meinung verstärkt** wird.

Polarisierung durch Niedrigschwelligkeit und Algorithmen

Mit dem Bedeutungsverlust der „alten Medien", die als Gatekeeper mit journalistischen Grundsätzen die Wahrheit des Berichteten garantieren sollten, und dem Aufstieg der sozialen Medien wurden zudem den **Fake News** Tür und Tor geöffnet. Diese können sich rasant verbreiten und sind in der Regel auf „**Stimmungsmache**" angelegt. Wie Nina Schick in ihrem Artikel „Wie viel Empörung verträgt die demokratische Debatte?" ganz richtig bemerkt, ist zudem „Aufmerksamkeit [...] die Währung der Internet-Ökonomie" – und Aufmerksamkeit wird wiederum insbesondere durch **polarisierende und emotionalisierende Beiträge** erregt.

Fake News und Aufmerksamkeitskonkurrenz

(Bezug zu M 5)

(Bezug zu M 3)

Diese Überlegungen malen ein düsteres Bild von der Kommunikation in den sozialen Medien und mögen dazu verführen, in die Warnrufe einzustimmen, dass der Debattenkultur der Niedergang drohe. Und doch ist das nicht die ganze Wahrheit:

Überleitung

Denn in dem Siegeszug der sozialen Medien liegt ein großes Potenzial zur **Demokratisierung** der öffentlichen Kommunikation. Pörksen nennt die digital vernetzte Öffentlichkeit gar die „fünfte Gewalt" im Staat. Wenn sich jeder Mensch öffentlich äußern kann, dann wird dadurch die hierarchische Medienstruktur von Sender (Politik und Massenmedium) und Empfänger (Bürger) aufgelöst. Die „unmittelbare Öffentlichkeit des Internets" kann daher – so Nina Schick – ein „Korrektiv" gegenüber der „Macht und den Mächtigen" sein, gerade auch wegen der zuvor ungekannten Möglichkeiten, sich zu **vernetzen**. Ein gutes Beispiel dafür ist die Bewegung „Fridays for Future", wie der Kommunikationspsychologie Tobias Rothmund feststellt. Von den sozialen Medien können also auch Impulse für öffentliche Debatten ausgehen. Das unterstreicht auch der Erfolg von Rezos YouTube-Video „Die Zerstörung der CDU" von 2019, das landesweite Aufmerksamkeit erlangte.

Chancen für die Debattenkultur

Demokratisierung durch Medienwandel

(Rückgriff auf Unterrichtswissen und Bezug zu M 3)

Ein Grund für diesen Erfolg ist nach dem Linguisten Henning Lobin auch eine **andere Sprache und Ansprache** in solchen Videos: Rezo duzt seine Zuschauerinnen und Zuschauer, nutzt umgangssprachliche Wendungen und wählt lebensnahe Beispiele, anstatt mit ebenso abstrakten wie abgenutzten Begriffen zu hantieren. Für den Wissenschaftler Lobin können auf diese Weise über die sozialen Medien **andere Gruppen** angesprochen werden, die bisher nicht erreicht werden konnten – und das darf man sicherlich als eine **Bereicherung der Debattenkultur** werten.

Erreichen bisher unerreichbarer Gruppen

(Bezug zu M 5)

Man darf aber auch fragen, ob denn **früher Debatten** in jedem Falle so viel **kultivierter** geführt worden sind. Margarete Stokowski gibt in ihrem SPIEGEL-Artikel „Schlimm, oder?" Beispiele für eklatante Provokationen wie die von Nikel Pallat, der in einer Talkshow mit einer Axt einen Tisch zerschlagen wollte, und wie die von Joschka Fischer, der den Bundestagsvizepräsidenten als „Arschloch" titulierte. Auch wenn solche Äußerungen eher Ausnahmen gewesen sein mögen, so zeigen sie doch, dass „früher nicht alles besser war". Und dass heute polarisierende oder provokative Beiträge im Parlament zu einer gängigen „Methode der Positionierung" „auf der mittleren politischen Ebene" – so der bereits zitierte Lobin – geworden sind, mag nachdenklich stimmen, kann aber **nicht** so ohne Weiteres als **Folge der sozialen Medien** verbucht werden.

Infragestellung der These, dass früher die Debattenkultur besser war

(Bezug zu M 2)

(Bezug zu M 5)

Daher sollte man die **sozialen Medien als Medium politischer Debatten nicht vorschnell verloren geben** – ohnehin werden sie nicht wieder verschwinden. Ein Rückzug aus den sozialen Medien wie der von Robert Habeck im Jahr 2019 mag persönlich verständlich sein, wird aber keine Lösung sein. Es kommt darauf an, dass wir uns eine verantwortungsvolle Nutzung zu eigen machen. Hält man

Fazit

(Bezug zu M 1)

es mit Bernhard Pörksen, so befindet sich unsere Gesellschaft gerade in der digitalen Pubertät, den erwachsenen Umgang mit den sozialen Medien können wir aber noch lernen. Deren Potenziale für unser demokratisches Miteinander – so dürfen wir hoffen – werden wir dann **ausschöpfen** können. Dann können die drei Funktionen, die Andrea Römmele in ihrem „Cicero"-Artikel „Demokratie braucht Streit" politischen Debatten attestiert, auch in den sozialen Medien zum Tragen kommen: „Debatten bilden Meinung" (da wir verschiedene Perspektiven kennenlernen), „Debatten inspirieren" (weil wir in der Auseinandersetzung mit anderen dazulernen), „Debatten verbinden" (da wir uns zum Gespräch auch mit Andersdenkenden bereit zeigen). Der öffentliche Diskurs ist also noch lange nicht tot! Trotz – oder vielleicht sogar wegen – der sozialen Medien.

(Rückgriff auf Unterrichtswissen)

(Bezug zu M 1)

rahmender Bezug zur Überschrift

PRÜFUNGSAUFGABEN

FRAUEN IN ABHÄNGIGKEITEN

Erlaubte Hilfsmittel
- ein Wörterbuch der deutschen Rechtschreibung
- Textausgaben der Pflichtlektüren ohne Kommentar, ggf. mit Worterklärungen
- eine Liste der fachspezifischen Operatoren

Dieser Vorschlag bezieht sich auf die Pflichtlektüre Johann Wolfgang von Goethe: *Faust I*.

Aufgabenstellung

1 Beschreiben Sie die Situation im Textauszug aus Arthur Schnitzlers Novelle *Fräulein Else*. (Material) (25 BE)

2 Arbeiten Sie heraus, wie sich der Konflikt, in dem sich Else befindet, während des Gesprächs entwickelt. Berücksichtigen Sie dabei auch die erzählerische Gestaltung. (Material) (40 BE)

3 Überprüfen Sie, inwieweit die persönlichen und sozialen Abhängigkeiten der Figur Else (Material) Ähnlichkeiten mit denen von Margarete aus Goethes Drama *Faust I* aufweisen. (35 BE)

Material **Arthur Schnitzler: Fräulein Else (1924)**

Die Handlung der Novelle „Fräulein Else" ist historisch zu Beginn des 20. Jahrhunderts in der alten österreichisch-ungarischen kaiserlich-königlichen Gesellschaft angesiedelt.

Die 19-jährige Else, Tochter eines gut situierten Wiener Rechtsanwalts, macht mit ihrer Tante und ihrem Cousin Paul Ferien in San Martino di Castrozza. Dort erreicht sie ein Eilbrief ihrer Mutter, in dem diese Else darum bittet, von einem Bekannten der Familie, Herrn von Dorsday, eine hohe Summe Geld zu leihen. Diese Situation ist nicht neu, da der Vater sich bereits in der Vergangenheit mehrfach verschuldet hat. Sein Kredit bei den Gläubigern ist erschöpft, es drohen ihm Anklage und Verurteilung und somit die gesellschaftliche Ächtung für ihn und die ganze Familie. Der folgende Text gibt die Situation wieder, nachdem Else Herrn von Dorsday angesprochen hat.

Die Situation ist unmöglich. Ich sitze da wie eine arme Sünderin. Er steht vor mir und bohrt mir das Monokel[1] in die Stirn und schweigt. Ich werde aufstehen, das ist das beste. Ich lasse mich nicht so behandeln. Papa soll sich umbringen. Ich werde mich auch umbringen. Eine Schande, dieses Leben. Am besten wär's, sich dort von dem Felsen hinunterzustürzen und aus wär's. Geschähe euch recht, allen. Ich stehe auf. – *„Fräulein Else"* – „Entschuldigen Sie, Herr von Dorsday, daß ich Sie unter diesen Umständen überhaupt bemüht habe. Ich kann Ihr ablehnendes Verhalten natürlich vollkommen verstehen." – So, aus, ich gehe. – *„Bleiben Sie, Fräulein Else."* – Bleiben Sie, sagt er? Warum soll ich bleiben? Er gibt das Geld her. Ja. Ganz bestimmt. Er muß ja. Aber ich setze mich nicht noch einmal nieder. Ich bleibe stehen, als wär' es nur für eine halbe Sekunde. Ich bin ein bißchen größer als er. – *„Sie haben meine Antwort noch nicht abgewartet, Else. Ich war ja schon einmal, verzeihen Sie, Else, daß ich das in diesem Zusammenhang erwähne"* – Er müßte nicht so oft Else sagen – *„in der Lage, dem Papa aus einer Verlegenheit zu helfen. Allerdings mit einer – noch lächerlicheren Summe als diesmal, und schmeichelte mir keineswegs mit der Hoffnung, diesen Betrag jemals wiedersehen zu dürfen, – und so wäre eigentlich kein Grund vorhanden, meine Hilfe diesmal zu verweigern. Und gar wenn ein junges Mädchen wie Sie, Else, wenn Sie selbst als Fürbitterin vor mich hintreten –"* – Worauf will er hinaus? Seine Stimme ‚klingt' nicht mehr. Oder anders! Wie sieht er mich denn an? Er soll achtgeben!! – *„Also, Else, ich bin bereit – Doktor Fiala[2] soll übermorgen um zwölf Uhr mittags die dreißigtausend Gulden haben – unter einer Bedingung."* – Er soll nicht weiterreden, er soll nicht. „Herr von Dorsday, ich, ich persönlich übernehme die Garantie, daß mein Vater diese Summe zurückerstatten wird, sobald er das Honorar von Erbesheimer[3] erhalten hat. Erbesheimers haben bisher überhaupt noch nichts gezahlt. Noch nicht einmal einen Vorschuß – Mama selbst schreibt mir" – *„Lassen Sie doch, Else, man soll niemals eine Garantie für einen anderen Menschen übernehmen, – nicht einmal für sich selbst."* – Was will er? Seine Stimme klingt schon wieder. Nie hat mich ein Mensch so angeschaut. Ich ahne, wo er hinaus will. Wehe ihm! – *„Hätte ich es vor einer Stunde für möglich gehalten, daß ich in einem solchen Falle überhaupt mir jemals einfallen lassen würde, eine Bedingung zu stellen? Und nun tue ich es doch. Ja, Else, man ist eben nur ein Mann, und es ist nicht meine Schuld, daß Sie so schön sind,*

Else." – Was will er? Was will er –? *„Vielleicht hätte ich heute oder morgen das Gleiche von Ihnen erbeten, was ich jetzt erbitten will, auch wenn Sie nicht eine Million[4], pardon – dreißigtausend Gulden von mir gewünscht hätten. Aber freilich, unter anderen Umständen hätten Sie mir wohl kaum Gelegenheit vergönnt, so lange Zeit unter vier Augen mit Ihnen zu reden."* – „Oh, ich habe Sie wirklich allzu lange in Anspruch genommen, Herr von Dorsday." Das habe ich gut gesagt. Fred[5] wäre zufrieden. Was ist das? Er faßt nach meiner Hand? Was fällt ihm denn ein? – *„Wissen Sie es denn nicht schon lange, Else."* – Er soll meine Hand loslassen! Nun, Gott sei Dank, er läßt sie los. Nicht so nah, nicht so nah. – *„Sie müßten keine Frau sein, Else, wenn Sie es nicht gemerkt hätten. Je vous désire.[6]"* – Er hätte es auch deutsch sagen können, der Herr Vicomte[7]. – *„Muß ich noch mehr sagen?"* – „Sie haben schon zu viel gesagt, Herr Dorsday." Und ich stehe noch da. Warum denn? Ich gehe, ich gehe ohne Gruß. – *„Else! Else!"* – Nun ist er wieder neben mir. – *„Verzeihen Sie mir, Else. Auch ich habe nur einen Scherz gemacht, gerade so wie Sie vorher mit der Million. Auch meine Forderung stelle ich nicht so hoch – als Sie gefürchtet haben, wie ich leider sagen muß, – so daß die geringere Sie vielleicht angenehm überraschen wird. Bitte, bleiben Sie doch stehen, Else."* – Ich bleibe wirklich stehen. Warum denn? Da stehen wir uns gegenüber. Hätte ich ihm nicht einfach ins Gesicht schlagen sollen? Wäre nicht noch jetzt Zeit dazu? Die zwei Engländer kommen vorbei. Jetzt wäre der Moment. Gerade darum. Warum tu' ich es denn nicht? Ich bin feig, ich bin zerbrochen, ich bin erniedrigt. Was wird er nun wollen statt der Million? Einen Kuß vielleicht? Darüber ließe sich reden. Eine Million zu dreißigtausend verhält sich wie – –. Komische Gleichungen gibt es. – *„Wenn Sie wirklich einmal eine Million brauchen sollten, Else, – ich bin zwar kein reicher Mann, dann wollen wir sehen. Aber für diesmal will ich genügsam sein, wie Sie. Und für diesmal will ich nichts anderes, Else, als – Sie sehen."* – Ist er verrückt? Er sieht mich doch. – Ah, so meint er das, so! Warum schlage ich ihm nicht ins Gesicht, dem Schuften! Bin ich rot geworden oder blaß? Nackt willst du mich sehen? Das möchte mancher. Ich bin schön, wenn ich nackt bin. Warum schlage ich ihm nicht ins Gesicht? Riesengroß ist sein Gesicht. Warum so nah, du Schuft? Ich will deinen Atem nicht auf meinen Wangen. Warum lasse ich ihn nicht einfach stehen? Bannt mich sein Blick? Wir schauen uns ins Auge wie Todfeinde. Ich möchte ihm Schuft sagen, aber ich kann nicht. Oder will ich nicht?

Arthur Schnitzler: Fräulein Else, Frankfurt am Main 1987, S. 84–88.

Anmerkungen

1 Monokel: eine Sehhilfe, die im Gegensatz zur heute verwendeten Brille aus nur einem Glas besteht und am Auge eingeklemmt wird
2 Doktor Fiala: Ihm schuldet Elses Vater das Geld.
3 Honorar von Erbesheimer: ausstehende Zahlung eines Klienten
4 eine Million: Else hatte zuvor im Scherz den Betrag von einer Million genannt.
5 Fred: ein Verehrer von Else
6 „Je vous désire.": „Ich begehre Sie."
7 Herr Vicomte: französischer Adelstitel

Hinweis

Arthur Schnitzler (1862–1931), österreichischer Erzähler und Dramatiker.

Rechtschreibung, Zeichensetzung sowie der Kursivdruck entsprechen der Textvorlage.

TIPP **Bearbeitungshinweise**

Grundsätzlich können Sie Ihren Aufsatz zu diesem Vorschlag gut strukturieren, weil jeder Operator jeweils einem Anforderungsbereich zugeordnet werden kann: Sie müssen in Aufgabe 1 reproduzieren, in Aufgabe 2 analytische Kompetenzen anwenden und in Aufgabe 3 eine Transferleistung erbringen. Das sollten Sie sich vor allem vor der Bearbeitung der ersten beiden Aufgaben klarmachen. Denn gerade der Operator der **Aufgabe 1** ist tückisch: Wenn Sie die **Gesprächssituation beschreiben**, kann es schnell passieren, dass Sie bereits kommentierend-analytisch arbeiten. In diesem Fall werden Sie bei der Bearbeitung der Aufgabe 2 mit dem Problem konfrontiert sein, dass Sie sich ständig wiederholen. Um dies zu vermeiden, halten Sie sich beim Schreiben penibel an den Operator: Beschreiben Sie die Gesprächssituation – fast wie in einer klassischen Inhaltswiedergabe. Auch die Verteilung der Bewertungseinheiten signalisiert Ihnen, sich zu fokussieren, denn durch die erste Aufgabe können Sie höchstens ein Viertel aller Bewertungseinheiten erreichen. Beschränken Sie sich zudem auf eine kurze **Einleitung** und einen **Hauptteil**. Einen resümierenden Schluss brauchen Sie nicht zu formulieren, da die zweite Aufgabe an die erste anknüpft.

In **Aufgabe 2** müssen Sie Ihre **Textanalysekompetenzen** unter Beweis stellen. Sie sollen herausarbeiten, wie sich der **Konflikt** im Verlauf des Gesprächs **entwickelt**, und zeigen, wie sich dies in der **erzählerischen Gestaltung** widerspiegelt. Sie können die beiden Aspekte gleichzeitig bearbeiten; einfacher wird es jedoch sein, wenn Sie die Bereiche nacheinander behandeln. Es empfiehlt sich, eine **Hypothese** voranzustellen, der Sie die anschließende Untersuchung unterordnen. Tipp: Wenn Ihnen zunächst keine Hypothese einfällt, lassen Sie einfach ein paar Zeilen frei. Es wird Ihnen, nachdem Sie die Entwicklung des Konflikts herausgearbeitet haben, nicht mehr schwerfallen, eine prägnante Hypothese zu finden. Bearbeiten Sie den Text am besten **chronologisch**, damit Sie nicht durcheinanderkommen; die Handlungsmuster von Else und Dorsday wiederholen sich. Am **Ende** können Sie noch einmal zusammenfassend **auf die Untersuchungshypothese zurückkommen**. Wenn Sie im Anschluss daran die erzählerische Gestaltung untersuchen, können Sie gut auf Ihre vorigen inhaltlichen Analysen Bezug nehmen. Vergessen Sie nicht, am Ende ein kurzes **Fazit** zu formulieren.

Machen Sie sich erst ausführliche Notizen zu **Aufgabe 3**, nachdem Sie die Aufgaben 1 und 2 bearbeitet haben. Else kennen Sie dann so gut, dass Ihnen schnell Parallelen und Unterschiede zu Margarete einfallen. Aber Vorsicht: Beziehen Sie sich lediglich auf die **sozialen und persönlichen Abhängigkeiten**! Am leichtesten wird Ihnen das Schreiben fallen, wenn Sie **aspektorientiert vorgehen**. Denken Sie daran, Ihre einzelnen Thesen inhaltlich und mit Textbelegen nachvollziehbar auszuführen. Schließen Sie Ihren Aufsatz mit einem **Fazit** ab. Vielleicht gelingt es Ihnen, Ihre Ergebnisse in globalere Aussagen zum Themenfeld „Frauen- und Männerbilder“ einzubetten.

Lösungsvorschlag

TEILAUFGABE 1

Der Textausschnitt aus der **1924** erschienenen **Novelle *Fräulein Else*** von **Arthur Schnitzler** zeigt die Protagonistin **in einer schier unlösbaren moralischen Konfliktsituation**. Die junge Else, Tochter eines verschuldeten Rechtsanwalts, ist hin- und hergerissen zwischen den Forderungen ihrer Eltern und ihren eigenen, selbstbestimmten Handlungsmöglichkeiten als Frau: Auf Wunsch ihrer Mutter muss sie einen der Familie bekannten Herrn von Dorsday um einen Kredit bitten und dabei ertragen, dass sich Dorsday ihr gegen ihren Willen körperlich nähert. Der Kredit soll den Bankrott der Familie abwenden.

Einleitung
Autor, Titel, Gattung, Jahr, Thema

Der Auszug setzt ein, nachdem Else Herrn von Dorsday das Anliegen ihrer Eltern vorgebracht hat. In einem Moment des Schweigens erfährt der Leser, **wie Else die Situation wahrnimmt**, denn sie lässt ihren Gedanken freien Lauf: Die Situation sei „**unmöglich**" (Z. 1), sie bereut, die Bitte um den Kredit vorgetragen zu haben, und hält es für besser, ihr Vater und sie begingen Suizid.

Hauptteil
chronologische Vorgehensweise

Elses prekäre Lage

Else **nimmt sich deshalb vor, aufzustehen** und zu gehen. Allerdings wird ihr nun von Dorsday der **Kredit in Aussicht gestellt**, weshalb sie ihren Wunsch zu gehen – wenn auch gegen ihren Willen – zurückstellt (vgl. Z. 10).

erster Fluchtversuch scheitert

Dorsday verspricht zwar, der Familie das Geld zu leihen, knüpft die Übergabe der Geldsumme allerdings an eine **Bedingung**, die er jedoch nicht konkretisiert (vgl. Z. 20 f.). Bereits vorher spielt er allerdings auf die Tatsache an, dass Else als Frau die Bitte des Vaters vorträgt (vgl. Z. 17 f.). Else nimmt die **übergriffige Anspielung** auf ihre Rolle in dieser prekären Vermittlersituation sensibel wahr und verspürt Abneigung (vgl. Z. 18 f.), die sich noch verstärkt, als Dorsday sie nicht nur mit verbalen Anzüglichkeiten bedrängt (vgl. Z. 31), sondern sich der jungen Frau auch **körperlich nähert** (vgl. Z. 38 f.). Else ist empört, bleibt aber höflich und freundlich. Als Dorsday ihr gesteht, dass er sie begehrt (vgl. Z. 41), ahnt sie, dass die Bedingung aus einer körperlichen Gegenleistung bestehen wird (vgl. Z. 42 f.).

Kredit gekoppelt an Bedingung

verbale Anzüglichkeiten, körperliche Übergriffe

Elses Unfähigkeit, sich zu wehren

Else sieht sich in einem Zwiespalt zwischen dem starken **Drang, der Situation zu entfliehen**, und der **Pflicht**, den finanziellen und damit auch gesellschaftlichen Ruin ihrer Familie abzuwenden. Trotzdem startet sie einen **weiteren Versuch zu gehen** (vgl. Z. 43), aber Dorsday schafft es erneut, sie zum Bleiben zu bewegen, indem er sich entschuldigt und seine ursprünglich ins Auge gefasste **Bedingung**

zweiter Fluchtversuch scheitert

Dorsday ändert seine Bedingung

als Scherz verwirft, gleichzeitig aber eine geringere einfordert. Angewidert denkt Else darüber nach, worin ihre Gegenleistung bestehen soll (vgl. Z. 52 f.), die Dorsday im Anschluss konkretisiert: Er **wolle Else sehen**. Sie schlussfolgert, dass Dorsday sie „[n]ackt […] sehen" (Z. 58 f.) will. Ihre Wut und Empörung drückt sie aber auch hier nur gedanklich aus (vgl. Z. 57 ff.). Gleichzeitig fragt sie sich, warum sie sich nicht wehrt.

verschleierter sexueller Übergriff

TEILAUFGABE 2

Der **Konflikt**, in dem sich Else befindet, **spitzt sich** im Laufe des Gesprächs immer weiter **zu**. Seine Sprengkraft wird dabei vor allem im **Spannungsfeld zwischen äußerer und innerer Handlung** deutlich: Denn der eigentliche Konflikt wird im Gespräch selbst nur angedeutet, er eskaliert lediglich in Elses Gedanken.

Untersuchungshypothese
Konflikt spitzt sich zu

Wie Else über die Situation vor dem Gespräch denkt, erfährt der Leser nicht. Zu Beginn des ersten Handlungsabschnitts (Z. 1–11), als sie die Bitte ihrer Eltern gerade an Dorsday herangetragen hat, konstatiert sie allerdings ihre **Situation** in einem nüchternen, kurzen Aussagesatz: Diese sei „unmöglich" (Z. 1) – wobei offenbleibt, ob sie sich damit auf die **Gesamtsituation ihrer Familie** oder auf die **momentane Gesprächssituation** bezieht. Für Letzteres spricht, dass sie sich vor Dorsday sitzen sieht „wie eine arme Sünderin" (Z. 1) – allerdings stellt sie auch fest: „Eine Schande, dieses Leben." (Z. 4) Hier könnte Else auch – wenngleich unbewusst – ihre **Rolle als Frau** in dieser Lage und damit **innerhalb der patriarchalen Gesellschaftsstrukturen** meinen: Sie wird als junge, hübsche Frau instrumentalisiert für die Pläne des Vaters, der wohl ahnt, dass Else bei Herrn von Dorsday mehr bewirken kann als ein Brief von ihm. Dieser Eindruck erhärtet sich, wenn man den Fortgang des Gesprächs verfolgt.

chronologische Vorgehensweise: **erster Handlungsabschnitt**

Elses prekäre Lage

Elses Rolle als Frau

Zunächst versucht Else, ihrer prekären Lage, die sich durch Dorsdays Schweigen und sein herabwürdigendes Mustern noch verschärft (vgl. Z. 2), in Gedanken mit **Trotz und Wut** zu entkommen: „Ich lasse mich nicht so behandeln. Papa soll sich umbringen. Ich werde mich auch umbringen. […] Geschähe euch recht, allen." (Z. 3 ff.) **Entschlossen und resolut** steht sie auf, woraufhin Dorsday reagiert. Doch bevor er sich äußern kann, entschuldigt sich Else für die Unannehmlichkeiten und möchte gehen, ist aber **nicht stark genug**, als Dorsday sie zum Bleiben auffordert. Ihre einzige Rettung aus der Situation ist zumindest eine symbolische: **Sie bleibt stehen** (vgl. Z. 6–11).

Elses Reaktion: Trotz, Wut, Fluchtversuch

Elses Versuch, ihrer Unterlegenheit zu entgehen

Wollte Else im ersten Abschnitt aus Scham das Gespräch sofort wieder beenden, macht ihr **Dorsday** im nächsten Handlungsabschnitt (Z. 11–43) Hoffnung, bringt aber eine **Bedingung** ins Spiel, an die der Kredit geknüpft ist, und **rechtfertigt** diese. Zunächst leitet er die Notwendigkeit einer Bedingung her, indem er erwähnt, dass er Elses Vater schon einmal mit einer Geldsumme geholfen habe (vgl. Z. 12–16); beide Geldsummen bezeichnet er als „lächerlic[h]" (Z. 14). Die miserable finanzielle Situation der Familie wird so kontrastiert mit dem Vermögen Herrn von Dorsdays.

zweiter Handlungsabschnitt
Dorsday baut Machtposition weiter aus

Gleichzeitig nimmt die junge Frau sehr sensibel wahr, dass ihre **Rolle als Frau** in dieser eigentlich nüchternen Geschäftssituation besonders **im Vordergrund** zu stehen scheint: „Er müßte nicht so oft Else sagen" (Z. 13), stellt sie gleich zu Beginn seiner Ausführungen fest. Und als er gesteht, er könne dem Vater die Geldsumme vor allem nicht verweigern, „wenn ein junges Mädchen wie [s]ie […] als Fürbitterin vor [ihn hintritt]", fragt sich Else, „[w]orauf […] er hinaus[will]" und „wie […] er [sie] denn an[sieht]" (Z. 17 ff.). Auch nimmt sie wahr, dass er seine Stimme verändert (vgl. Z. 18 f.). Diese Irritation Elses nutzt Dorsday aus: Er **sagt den Kredit zu** und **knüpft ihn an eine Bedingung**, die er zunächst nicht weiter ausführt, weil Else versucht, sich aus dem so drastisch verdeutlichten **Abhängigkeitsverhältnis herauszuwinden:** Als sie eine unbedingte Rückzahlung garantieren will (vgl. Z. 22–25), erniedrigt sie Dorsday erneut, indem er sie belehrt: „Lassen Sie doch, Else, man soll niemals eine Garantie für einen anderen Menschen übernehmen" (Z. 25 f.). Verzweifelt ahnt Else, dass sie **keine Chance gegen Dorsday** hat: Wenn die Familie ihr gesellschaftliches Ansehen nicht verlieren soll, muss sie, Else, als Frau dafür bezahlen („Was will er? […] Ich ahne, wo er hinaus will. Wehe ihm!", Z. 27 f.). Dorsday nutzt Elses Abhängigkeit schamlos aus – mehr noch: Er **spielt** sogar **mit ihrer Angst**, indem er die an den Kredit geknüpfte Bedingung weiterhin nicht konkretisiert, jedoch aber die **Schuldfrage für die Situation klärt:** Er sei „eben nur ein Mann" und es sei nicht seine Schuld, dass Else „so schön" sei (Z. 31). **Else** gerät in **Panik** und unternimmt einen letzten verbalen Versuch, sich zur Wehr zu setzen: Ihrer Rolle als Tochter aus gutem Hause entsprechend geht sie nicht auf Dorsdays Anspielungen ein, sondern entschuldigt sich lediglich, dass sie ihn bereits „allzu lange in Anspruch genommen" (Z. 36 f.) habe.

Elses Rolle als Frau

Dorsdays Taktik: Bedingung als „Notwendigkeit"

erneute Erniedrigung

Else erkennt Chancenlosigkeit

Dorsdays Taktik: Erniedrigung durch Schuldzuweisung

Elses selbstbewusste Reaktion

Doch ihre Zufriedenheit über diese selbstbewusste Reaktion wird sofort zunichtegemacht: Dorsday ignoriert das Gesagte und wird **körperlich übergriffig**, indem er nach Elses Hand greift. Else, die sich gerade gefangen hat, ist fassungslos (vgl. Z. 37 f.), **bleibt aber passiv** („Er soll meine Hand loslassen! Nun, Gott sei Dank, er läßt

Dorsdays körperlicher Übergriff

Elses Panik und Passivität

sie los", Z. 39 f.). Als Dorsday ihr auf Französisch, also verklausuliert, **seine Begierde gesteht** (vgl. Z. 41 f.), merkt sie selbst, wie **gelähmt** sie ist („Und ich stehe noch da. Warum denn?", Z. 43), und **läuft weg**.

dritter Handlungsabschnitt

Sie kommt allerdings nicht weit: Im letzten Handlungsabschnitt (Z. 44–63) hält Dorsday Else davon ab zu gehen, indem er vorgibt, bezüglich der Bedingung einen Scherz gemacht zu haben, mit dem er sich für Elses vorherigen Scherz revanchiert habe (vgl. Z. 44 f.) – die Schuld weist er so einmal mehr Else zu. In der Konfliktsituation des Gesprächs entpuppt sich diese Aussage allerdings als eine gemeine Lüge: Dorsday rückt nämlich lediglich von seiner ursprünglichen Bedingung – die er bis zum Ende nicht ausspricht – ab (vgl. Z. 45 f.). **„[E]rniedrigt" und „zerbrochen"** (Z. 51 f.) wundert sich Else, dass sie trotzdem stehen bleibt und sich nicht körperlich gegen Dorsday wehrt. Aber die beiden befinden sich in einem öffentlichen Raum mit anderen Menschen und wahrscheinlich hält sich Else gerade deshalb – **„feig"** (Z. 51), wie sie findet – zurück. Sie rätselt weiterhin, worin die Gegenleistung bestehen könnte: Sicher ist sie sich, dass diese **an ihren Körper geknüpft** sein muss („Einen Kuß vielleicht?", Z. 52). Aber Dorsday geht taktisch so klug vor, dass man ihm im Nachhinein nichts vorwerfen kann: „Und für diesmal will ich nichts anderes, Else, als – Sie sehen." (Z. 56) Allerdings deutet er an, dass sie auch bei anderen Gelegenheiten zur Verfügung stehen, sich also prostituieren soll („Aber für diesmal will ich genügsam sein", Z. 55 f.). **Else ist entsetzt: über die Situation, aber auch über ihr eigenes Verhalten.** Am Ende bleibt offen, ob sie ihn nicht zurückweisen kann oder ob sie nicht möchte (vgl. Z. 63).

Dorsday verändert Bedingung

Elses Schockstarre

Dorsdays Andeutung seiner tatsächlichen Wünsche

offenes Ende

Aufgreifen der **Untersuchungshypothese**

Der **Konflikt** entwickelt sich also **stufenweise:** Während Else am Anfang noch selbstbewusst auftritt, dann aber nur noch teilweise Stärke beweist („Das habe ich gut gesagt", Z. 37), führt ihr Dorsday durch geschickte Gesprächsführung vor Augen, dass ihre **Lage aussichtslos** ist und er am längeren Hebel sitzt. Jeden aufkeimenden Einwand entkräftet er und vermittelt Else sogar, dass sie eine **Mitschuld an der Situation** trägt. Während **Dorsday selbstsicher** mit der Situation spielt, wird **Else immer mehr zum Spielball**. Gesellschaftliche Verhaltensetikette und die finanzielle Notsituation ihrer Familie hindern sie daran, aus der Situation auszubrechen. Lediglich **in Gedanken findet Widerstand statt**, den sie aber nicht in die Tat umsetzen kann.

Zusammenfassung der Untersuchungsergebnisse

erzählerische Gestaltung

personale Erzählhaltung

innerer Monolog

Erzähltechnisch auffallend ist der starke Kontrast zwischen der geringen (auch sprachlichen) Handlung und der **inneren Handlung** von Else: Die personale Erzählhaltung wird durch die ungewöhnlich langen **inneren Monologsequenzen** intensiviert. Dorsdays Gedanken dagegen bleiben dem Leser verschlossen. Elses Empfindungen, ihre innere Zerrissenheit und die Einsicht in ihre Unfähigkeit, frei nach ihrem Willen handeln zu können (oder zu wollen), stehen dadurch im Vordergrund des Geschehens. Ihre Ratlosigkeit und Unsicherheit drücken sich in einer Reihe von **Fragen** aus, die sich zum Ende hin vermehren: Die letzten beiden Gedankenblöcke (vgl. Z. 48–54, 56–63) bestehen fast nur noch aus Fragen („Ist er verrückt? [...] Bin ich rot geworden oder blaß? Nackt willst du mich sehen? [...] Warum schlage ich ihm nicht ins Gesicht?", Z. 56–59). Verstärkt wird die Wirkung durch zahlreiche Gedankenstriche und **Wiederholungen** („– Was will er? Was will er –?", Z. 32) sowie **Ellipsen** („Nicht so nah, nicht so nah", Z. 40). Elses Panik und Verzweiflung schlagen sich in **Ausrufen** nieder („Wehe ihm!", Z. 28; „Warum schlage ich ihm nicht ins Gesicht, dem Schuften!", Z. 57 f.).

sprachliche Auffälligkeiten

Die **Machtstrukturen werden** auch **erzählerisch vermittelt**. Elses Versuche, sich nicht erniedrigen zu lassen, scheitern: Zwar **steht sie bewusst auf**, um Kontrolle über die Gesprächssituation zu erlangen, zumal sie etwas größer als Dorsday ist. Doch wird die einseitige Kommunikation zwischen den beiden Gesprächspartnern auch in der **asymmetrischen Verteilung der Redebeiträge** deutlich: Dorsdays Redeanteil dominiert, nur in wenigen Momenten ergreift Else das Wort.

Machtkampf durch Körpersprache

Verhältnis der Redebeiträge

Zwar wird schon zu Beginn deutlich, dass sich Else in einer heiklen Lage befindet, ihre tatsächliche Ausweglosigkeit entpuppt sich allerdings erst im Laufe des Gesprächs. Sie weiß, dass sie Dorsdays **unmoralische Annäherungen und Forderungen erdulden** muss, wenn sie den gesellschaftlichen Stand ihrer Familie retten möchte.

Schluss

TEILAUFGABE 3

Schnitzlers Fräulein Else und Margarete aus Johann Wolfgang von **Goethes 1808 erschienenem Drama *Faust I*** sind beide in sozialen und persönlichen Abhängigkeiten gefangen, die sie in ihrer Handlungsfähigkeit als Frau einschränken. Inwiefern sie sich dabei in ähnlichen oder unterschiedlichen Lagen befinden, soll im Folgenden aspektorientiert untersucht werden.

Überleitung durch Hypothese

Ankündigung der Vorgehensweise

Elses persönliche Freiheit ist stark eingeschränkt durch die **Abhängigkeit von ihrer Familie**: Der Bitte ihrer Mutter kommt sie nach und unterwirft sich der Situation, allerdings sträubt sie sich dagegen: Tatsächlich verspürt sie Abneigung gegen die Familie („Geschähe euch recht, allen", Z. 5).

Aspekt 1 Abhängigkeit von der Familie

Margarete, wesentlich jünger als Else, ist ebenfalls fest in das familiäre Gefüge eingebunden: Sie hat sich um ihr verstorbenes Schwesterchen gekümmert, hilft ihrer Mutter zu Hause und gehorcht ihr (zunächst), als sie das Schmuckgeschenk von Faust und Mephisto der Kirche übergibt (vgl. V. 2813–2827). Als sie sich in Faust verliebt, erkämpft sie sich eine kleine Handlungsnische – die gemeinsame Nacht mit Faust wird allerdings durch den Schlaftrunk ermöglicht, den er ihr für die Mutter gibt und der sich als tödlich erweist. Dass Margarete sich vom Einfluss ihrer Familie nicht befreien kann, zeigt die Situation, in der ihr Bruder Valentin sie öffentlich anklagt und erniedrigt (vgl. Szene „Nacht“, V. 3620–3775).

Beide Frauen müssen ihre **Rolle als gehorsame Töchter** spielen, die den elterlichen Wünschen Folge leisten. Während allerdings von Margarete ein tugendhaftes Leben erwartet wird, nehmen Elses Eltern offenbar in Kauf, dass ihre Tochter notfalls ihren Körper als Kapital einsetzt. Beide Frauen sind letztlich **allein**; Unterstützung von ihrer Familie erhalten sie nicht.

Aspekt 2
Abhängigkeit von der Gesellschaft

Die Abhängigkeit von der Familie ist eng verwoben mit der **gesellschaftlichen Abhängigkeit** der beiden Frauen; sie schaffen es nicht, einen selbstbestimmten Weg zu gehen, sondern bleiben in Konventionen und Denkweisen verhaftet.

Else ist die Tochter eines gut situierten Wiener Rechtsanwalts. Ihrer Rolle als Frau in jenen gesellschaftlichen Schichten ist sie sich bewusst, sie beherrscht Höflichkeits- und Verhaltensformeln, denen sie ihre persönlichen Bedürfnisse selbst in dieser Situation der Erniedrigung unterordnet. Sie weiß, dass vom Erfolg ihres Gesprächs mit Dorsday die gesellschaftliche Position ihrer Familie – und damit auch ihre eigene – abhängt. Diesen gesellschaftlichen Stand scheint Else nicht aufgeben zu wollen.

Die aus dem einfachen Bürgertum stammende Margarete ist kurzzeitig bereit, für Faust alle gesellschaftlichen Konventionen zu durchbrechen. Beeindruckt und verliebt emanzipiert sie sich von ihrer Mutter: Das zweite Schmuckgeschenk bringt sie nicht mehr zur Kirche (vgl. V. 2883–2895), und auch der Schlaftrunk ist schnell überreicht (vgl. V. 3514 f.). Unehelich schwanger muss sie aber im Gespräch mit ihren Freundinnen am Brunnen erkennen, dass ihre Rechnung nicht aufgeht und sie selbst Opfer der gesellschaftlichen Ächtung werden wird (vgl. V. 3577–3586). Von Faust alleingelassen, tötet sie aus Verzweiflung ihr Kind und kann nicht mehr in die alten gesellschaftlichen Strukturen zurückkehren. Die Möglichkeit weiterzuleben lehnt sie aber ab (vgl. Szene „Kerker“) und akzeptiert den Tod als Buße. Ihre Bindung an ihren Glauben hilft ihr, sodass man diese eher als Stütze denn als Abhängigkeit auffassen kann.

Die Handlungsmöglichkeiten beider Frauen werden also stark von ihrer **Angst** beschränkt, **aus der sozialen Ordnung ausgeschlossen zu werden:** Margarete wird angesichts der drohenden Ächtung zur Kindsmörderin, Else soll sich prostituieren, um den sozialen Ruin der Familie zu verhindern.

Aspekt 3
Abhängigkeit vom Geld

Deutlich wird auch die **materielle Abhängigkeit** von Else und Margarete. Der Wunsch nach finanziellem Wohlstand gehört zu den Motiven von beiden. So drängt der drohende finanzielle Ruin des Vaters Else vermutlich zur Prostitution.

Margaretes „Vater hinterließ ein hübsch Vermögen/Ein Häuschen und ein Gärtchen vor der Stadt“ (V. 3117 f.). Aber auch sie erkennt: „Nach Golde drängt/Am Golde hängt/Doch alles“ (V. 2802 ff.). Der Schmuck ist also nicht ganz unschuldig daran, dass sich Margarete in Faust verliebt.

Aspekt 4
Abhängigkeit von Männern

Die **Abhängigkeiten**, in die sich beide Frauen begeben oder begeben müssen, sind – wenngleich sehr unterschiedlich – **von Männern verursacht**; indirekt befinden sich sowohl Else als auch Margarete in einer Abhängigkeit von einem Mann. Elses Erfolg hängt von Dorsdays Wohlwollen ab, das wiederum davon abhängt, inwiefern sich Else an seine Bedingungen hält.

Während Dorsday aber durch sein Geld nicht attraktiver auf Else zu wirken scheint, ist Margarete beeindruckt von dem Schmuck (vgl. V. 2793 f.) und von Faust, den sie als feinen und gelehrten Herrn bewundert (vgl. V. 2680 f.). In die Abhängigkeit begibt sie sich freiwillig, aus Liebe zu Faust. Allerdings ist sie für ihn nur ein Spielball zur Erfüllung seiner eigenen Bedürfnisse, und ihre Abhängigkeit erkennt sie erst, nachdem sie mit ihrer Beziehung zu Faust ihr vertrautes gesellschaftliches Gefüge verlassen hat. Im Kerker beweist sie allerdings Stärke: Sie löst sich – auch wieder aus freien Stücken – von ihm und nimmt ihre Strafe an.

Das Zusammenspiel aus verschiedenen Abhängigkeiten führt bei beiden Frauen dazu, dass sie sich **nicht frei und selbstbestimmt** verhalten können. Mehr noch: **Gefangen in persönlichen Bindungen** und **in ihrer Rolle als Frau** innerhalb einer patriarchalen Gesellschaftsstruktur werden beide sogar **Opfer sexuellen Missbrauchs** – Margarete ist zu naiv, um ihre Rolle zu reflektieren. Sie kann sich nur durch ihre Religiosität aus der Abhängigkeit lösen. Else dagegen ist sich dieser Tatsache vollends bewusst. Beide Frauen entsprechen damit traditionellen Rollenbildern: Sie werden auf ihre körperliche Attraktivität reduziert; die Männer scheinen an ihnen nur ein sexuelles Interesse zu haben.

Hessen Deutsch ▪ Abiturprüfung 2020
Grundkurs ▪ Vorschlag B

BEARBEITUNGEN DES STERNTALER-MÄRCHENS

Erlaubte Hilfsmittel
- ein Wörterbuch der deutschen Rechtschreibung
- Textausgaben der Pflichtlektüren ohne Kommentar, ggf. mit Worterläuterungen
- eine Liste der fachspezifischen Operatoren

Dieser Vorschlag bezieht sich auf die Pflichtlektüre Georg Büchner: *Woyzeck*.

Aufgabenstellung

1 Beschreiben Sie die Situation und die Gedanken des Ich-Erzählers im vorliegenden Auszug aus dem Roman von Ingo Schulze. (Material 1) (30 BE)

2 Untersuchen Sie die Bearbeitung des Märchens *Die Sterntaler* (Material 2) im Romanauszug von Ingo Schulze (Material 1). (40 BE)

3 Überprüfen Sie, ausgehend von Büchners Bearbeitung des Sterntaler-Märchens im Dramenfragment *Woyzeck* (Material 3), inwieweit auch die Bearbeitung von Schulze (Material 1) als Anti-Märchen bezeichnet werden kann. (30 BE)

Material 1 **Ingo Schulze: Peter Holtz. Sein glückliches Leben erzählt von ihm selbst (2017)**

Der in der DDR aufgewachsene Peter Holtz hilft in seiner Freizeit Freunden und Bekannten bei der Instandhaltung ihrer Häuser und bekommt dadurch einige nur Unkosten verursachende Immobilien geschenkt. Nach der Wende 1989 erfahren diese eine Wertsteigerung und er wird unverhofft Immobilienmillionär. Im Folgenden wird eine vom Notar Dr. Halberstädt angeleitete und allein vom Ich-Erzähler durchgeführte Kunstaktion geschildert, die in einer Galerie stattfindet. Das Publikum befindet sich außerhalb auf der Straße, kann das Geschehen aber durch eine große Fensterscheibe verfolgen.

Das erste Kamerateam, ein französischer Privatsender, hat bereits am Vorabend Stellung vor unserem Fenster bezogen. […]

Herr Dr. Halberstädt, der von mir beauftragte Notar, trägt eine violette, vielleicht etwas zu breite Krawatte. Doch als er pünktlich um zwölf Uhr *artprototo,* wie ich meine Aktion der Einfachheit halber nenne, eröffnet, zweifle ich nicht mehr daran, den Richtigen beauftragt zu haben.

„Der vor mir erschienene Peter Holtz, geboren am 12. Juni 1962 in Gradow an der Elbe, ledig, wohnhaft in der *** in Berlin, erklärt, dass er rechtmäßiger Eigentümer der hier vorliegenden achthundertzwölf Scheine im Werte von jeweils eintausend Deutscher Mark ist, die er für die Aktion *artprototo* verwendet. Ich habe mich davon überzeugt, dass die Geldscheine echt sind und kein Imitat darstellen. Der Sack, in den die von mir geprüften Geldscheine gefüllt werden, ist leer. Auch davon habe ich mich überzeugt. Bitte, Herr Holtz, füllen Sie das Geld in den Sack.“ […]

Ich agiere frontal zum Fenster, hinter dem die Kameras stehen. Jedes Geldbündel halte ich kurz hoch, bevor ich es in den Sack fallen lasse. […]

Ich hänge mir den Sack vor die Brust. Der Aufstieg ist der heikelste Teil meiner Aktion. Ich habe die Ketten, die die Hälften der Malerleiter miteinander verbinden, verstärken lassen. […]

Wäre der Eintausend-Deutsche-Mark-Schein[1] ein Bild und kein Geld, fände ich ihn schön. Die Brüder Grimm sind darauf abgebildet, die ernst dreinschauen: Der eine, im Profil, blickt in die Ferne, der andere brauchte nur seine Augen aufzuschlagen, um den Besitzer des Scheins anzusehen. Auf der Rückseite schwebt das in Leipzig gedruckte Deutsche Wörterbuch[2] von 1854 vor dem Uni-Gebäude am Bebelplatz, und links davon ist der Französische Dom[3] zu erkennen, den ich erstmalig am 9. November 1989[4] besucht habe. Darunter stehen acht Zeilen aus dem Manuskript des Wörterbuches aus dem Artikel „Freiheit“. Auf der weißen Fläche mit dem Wasserzeichen ist Sterntaler zu erkennen. Nicht zu erkennen ist, wie aus den Sternen am Himmel die Taler in ihrer Schürze werden. […]

„Schein eins“, ertönt die Stimme von Notar Dr. Halberstädt. Ich beginne mit den Kaminstreichhölzern. Ihr Auflodern ist sinnlicher als die Flamme des Feuerzeugs. Während ich, auf der Malerleiter sitzend, das brennende Kaminholz zwischen Daumen und Zeigefinger halte, muss ich die Schachtel mit kleinem Finger und Ringfinger an den Handteller drücken.

Ich nehme den ersten Tausender aus dem Sack und halte die rechte untere Ecke der Rückseite in die Flamme. Sterntaler fängt sofort Feuer. Die Blitzlichter stören mich. Ich drehe den Schein, die Flamme frisst sich voran. Als der Schein zur Hälfte verbrannt ist, lasse ich los, die Flamme, so scheint es, zieht ihn hinab, er verlischt im Flug – und segelt, als hätte ihn ein Fallschirm gebremst, auf den Wannengrund[5] nieder. Zwischen den Schenkeln hindurch betrachte ich mein erstes Produkt, das brennende Kaminholz in meiner erhobenen Linken. Ich bin zufrieden.

„Schein zwei!", tönt Herr Dr. Halberstädt. Sterntaler Nummer zwei fängt Feuer. Ich weiß nicht, was ich anders gemacht habe – Schein zwei lodert ungleich stärker. Ich lasse ihn fallen. In der Wanne brennt er weiter, krümmt sich von allen Rändern her gleichzeitig zusammen wie von Qualen gepeinigt. Als es vorüber ist, bleibt ein Schnipsel übrig, auf dem das TA von „TAUSEND" sowie die 1 der 1000 zu erkennen sind und meine Fingerabdrücke – rechter Daumen, rechter Zeigefinger – noch sichergestellt werden könnten.

„Schein drei!" Ihn entzünde ich wie die ersten am Sterntaler, drehe ihn hin und her, lasse los und greife, ohne ihm nachzusehen, bereits zum nächsten. „Schein vier!" Herr Dr. Halberstädt klingt überrascht. Mit dem ersten Kaminholz ließe sich noch ein fünfter Schein entzünden, aber Hast ist, wie bei jeder Arbeit, unwürdig. […]

Der Lärm von der Straße, der trotz der dicken Scheibe und verschlossener Haustür hereindringt, lässt einige Aufregung vermuten. Sogar die rhythmischen Laute eines Sprechchors sind zu hören.

„Schein fünf!" Ich reiße das zweite Kaminholz an. Sterntaler setzt sich nieder und zählt die Taler. Sterntaler zählt immer bis zehn und fängt dann weder von vorn an. So viele Taler, viel mehr, als sie tragen kann. Und weiter schneit es Taler in ihr neues Kleidchen, das ihr der Herrgott schnell angezogen hat, weil sie allein und nackt im nächtlichen Wald stand. „Schein sieben!" Irrt Dr. Halberstädt? Oder ich? Sechs verkohlte Taler liegen in der Wanne: Weiter! Sterntaler lernt schnell, das Herrgottskleidchen mit beiden Händen vor sich hinzuhalten, bis mehr und mehr Scheine hineinschneien. Sie sammelt die ganze Nacht die Scheine – nein, Taler zusammen, einen ganzen Hügel aus blanken Talern. Am Morgen schleppt sie die erste Ladung von zehnzehnzehnzehnzehnzehnzehnzehn Talern aus dem Wald. Da begegnet ihr das erste Kind, dem sie ihr Kleidchen geschenkt hatte. Es sagt: Du hast mir dein schäbiges Kleid gegeben und trägst selbst ein feines aus Linnen[6] und hast so viele blanke Taler darinnen, gib sie mir! Und Sterntaler gibt sie ihm, geht zurück in den Wald und kommt mit einer zweiten Ladung zurück. Da begegnet sie dem zweiten Kind, das sagt: Du hast mir dein Röcklein gegeben, aber ich bin krank, jetzt gib mir auch Taler! Und sie gibt sie ihm, kehrt um und kommt wieder, das linnene Kleid voller Taler. Da steht das dritte Kind da und sagt: Du hast mir zwar dein Leibchen überlassen, aber Taler sind mir lieber, gib sie mir! Und sie tut es und läuft zurück in den Wald. Das vierte Kind jammert und spricht: Ich trage deine Mütze und mir ist warm, aber ich habe kein Dach überm Kopf, und Taler habe ich keine, ach, gib sie mir! Und Sterntaler gibt sie auch ihm. Und eilt wieder zurück, weil da der alte Mann ist, der immer Hunger hat. Der sagt: Ach, gib mir etwas zu essen, ich bin so hungrig. Da sie aber kein Stückchen Brot mehr hat, gibt sie ihm die Taler und sagt: Gott segne dir's, und rennt in den Wald und kommt wieder und geht übers Feld zurück in die Stadt. Und da Sterntaler so fromm und so gut ist, will sie gar nichts anderes haben als ihr altes Kämmerchen, aus dem sie ausziehen musste, weil ihre Eltern gestorben waren und niemand für Sterntaler die Miete bezahlen wollte. Aber wie staunt Sterntaler, als der Vermieter den Preis nennt. Für alle Taler im linnenen Kleid darf sie nur eine Woche in der kleinen Kammer hausen, denn alle Welt holt sich aus dem Wald die Taler, so dass sie viel weniger wert sind als am Tag zuvor und das linnene Herrgottskleidchen das Wertvollste ist, was Sterntaler besitzt. Aber auch das zerreißt man ihr, denn Sterntaler gilt als die Schuldige, die all das Geld unter die Menschen gebracht hat, so dass rein gar nichts mehr so sein will wie bisher und die Menschen hungern und ihre Häuser verlassen müssen und einander totschlagen …

Ein Knall. Als ich hinsehe, stürzt die Scheibe wie ein Wasserfall zu Boden. Sie zerspringt in Tausende Kristalle, die nicht einmal Sterntaler in ihrem linnenen Kleidchen auffangen könnte.

Ingo Schulze: Peter Holtz. Sein glückliches Leben erzählt von ihm selbst, Frankfurt am Main: S. Fischer 2017, S. 547–554.

Anmerkungen

1 Eintausend-Deutsche-Mark-Schein: Die folgende Beschreibung bezieht sich auf die ab 1992 erschienene Neugestaltung des 1000 DM Scheins (ca. 500 €).
2 Deutsches Wörterbuch: Teil des von den Brüdern Grimm 1838 begonnenen Wörterbuch-Projekts der deutschen Sprache
3 Uni-Gebäude am Bebelplatz; Französischer Dom – Gebäude in Berlin
4 9. November 1989: Datum des Mauerfalls und das Ende der Beschränkungen der Reisefreiheit in der DDR
5 Wannengrund: Vor der Malerleiter, auf der Peter Holtz oben sitzt, steht eine alte Zinkbadewanne.
6 Linnen: veraltet für Leinen

Material 2 Brüder Grimm: Die Sterntaler (1819)

Es war einmal ein kleines Mädchen, dem war Vater und Mutter gestorben, und es war so arm, dass es kein Kämmerchen mehr hatte darin zu wohnen und kein Bettchen mehr darin zu schlafen und endlich gar nichts mehr als die Kleider auf dem Leib und ein Stückchen Brot in der Hand, das ihm ein mitleidiges Herz geschenkt hatte. Es war aber gut und fromm. Und weil es so von aller Welt verlassen war, gieng es im Vertrauen auf den lieben Gott hinaus ins Feld. Da begegnete ihm ein armer Mann, der sprach „ach, gib mir etwas zu essen, ich bin so hungerig." Es reichte ihm das ganze Stückchen Brot und sagte „Gott segne dir's" und gieng weiter. Da kam ein Kind das jammerte und sprach „es friert mich so an meinem Kopfe, schenk mir etwas, womit ich ihn bedecken kann." Da tat es seine Mütze ab und gab sie ihm. Und als es noch eine Weile gegangen war, kam wieder ein Kind und hatte kein Leibchen an und fror: da gab es ihm seins: und noch weiter, da bat eins um ein Röcklein, das gab es auch von sich hin. Endlich gelangte es in einen Wald, und es war schon dunkel geworden, da kam noch eins und bat um ein Hemdlein, und das fromme Mädchen dachte „es ist dunkle Nacht, da sieht dich niemand, du kannst wohl dein Hemd weg geben“, und zog das Hemd ab und gab es auch noch hin. Und wie es so stand und gar nichts mehr hatte, fielen auf einmal die Sterne vom Himmel, und waren lauter harte blanke Taler: und ob es gleich sein Hemdlein weg gegeben, so hatte es ein neues an und das war vom allerfeinsten Linnen. Da sammelte es sich die Taler hinein und war reich für sein Lebtag.

Brüder Grimm: Kinder- und Hausmärchen. Ausgabe letzter Hand mit den Originalanmerkungen der Brüder Grimm, hg. v. Heinz Rölleke, Bd. 2, Stuttgart 1980, S. 269 f.

Material 3 Georg Büchner: Woyzeck (1837)

GROSSMUTTER Es war einmal ein arm Kind und hat kei Vater und kein Mutter war Alles tot und war Niemand mehr auf der Welt. Alles tot, und es ist hingangen und hat gerrt[1] Tag und Nacht. Und wie auf der Erd Niemand mehr war, wollt's in Himmel gehn, und der Mond guckt es so freundlich an und wie's endlich zum Mond kam, war's ein Stück faul Holz und da ist es zur Sonn gangen und wie's zur Sonn kam, war's ein verwelkt Sonnenblum und wie's zu den Sterne kam, warn's klei golde Mücke, die warn angesteckt wie der Neuntöter[2] sie auf die Schlehe[3] steckt und wie's wieder auf die Erd wollt, war die Erd ein umgestürzter Hafen[4] und war ganz allein und da hat sich's hingesetzt und gerrt und da sitzt' es noch und ist ganz allein.

Georg Büchner: Dichtungen, hg. v. Henri Poschmann, Frankfurt am Main 2006, S. 168 f.

Anmerkungen

1 gerrt: laut geweint
2 Neuntöter: Vogelart
3 Schlehe: Schwarzdornstrauch
4 Hafen: *hier:* (Nacht-)Topf

Hinweise zu Material 1 bis 3

Ingo Schulze (geb. 1962 in Dresden); deutscher Schriftsteller, der für diesen Roman 2017 den Rheingau Literatur Preis erhielt.

Die Rechtschreibung der Materialien entspricht den jeweiligen Textvorlagen.

TIPP **Bearbeitungshinweise**

Im Quellennachweis unter M 1 erkennen Sie, dass der Roman von Ingo Schulze umfangreich ist. Tatsächlich ereignet sich die Episode, die Sie zu bearbeiten haben, kurz vor Schluss des Romangeschehens in den Kapiteln VII und VIII des letzten seiner zehn „Bücher". Sie ist gleichsam dessen Clou oder Höhepunkt, auf den alles hinausläuft. Der Protagonist fasst, was er darin tut, als „Experiment" auf (Überschrift von Kapitel VII, S. 547).

Der Autor Ingo Schulze stammt wie sein Held Peter Holtz aus Sachsen und teilt auch das Geburtsjahr (1962) mit ihm, sodass man annehmen darf, dass der Roman autobiografische Züge hat. Da er sich außerdem mit der realen zeitgeschichtlichen Wende des Jahres 1989 auseinandersetzt, kann man ihn als „Nachwenderoman" bezeichnen, der Probleme der von den DDR-Bürgerinnen und -Bürgern ersehnten, dann aber oft auch als entfremdend erlebten neuen Lebenswirklichkeit darstellt.

Aufgabe 1: Achten Sie darauf, dass der Operator „beschreiben" von Ihnen keine Interpretation des vorliegenden Auszugs verlangt. Es geht vornehmlich um eine **strukturierte Wiedergabe des Inhalts**, bei der Sie sowohl das **äußere Geschehen** in der Galerie als auch die **Gedankengänge** von Peter Holtz berücksichtigen müssen. Sprachliche und erzähltechnische Besonderheiten werden dagegen nicht erfragt.

Aufgabe 2: Obwohl Holtz sich eine eigene Sterntaler-Version ausdenkt (M 1, ab Z. 55), sollten Sie den **Vergleich der Fassungen** möglichst aus Teilaufgabe 1 noch heraushalten, damit Sie sich in der zentralen und wichtigen Teilaufgabe 2 (40 BE) nicht wiederholen müssen. Es empfiehlt sich, in Teilaufgabe 2 nicht sofort mit Schulzes Umdeutung loszulegen, sondern von Anfang an auch die Vergleichsbasis, also das **Grimm'sche Märchen** und seine typischen Merkmale, mit im Blick zu haben. Vergleichen Sie möglichst nicht nur Deutungen miteinander, sondern berücksichtigen Sie wenigstens am Rande auch Ton und Erzählweise (Sprache), weil ja **Inhalt und Form** jeweils miteinander korrespondieren.

Aufgabe 3: Die erste und die dritte Teilaufgabe sind mit je 30 BE gleichgewichtig. Reservieren Sie sich von Beginn an genügend Zeit für Aufgabe 3. Es erleichtert Ihnen die Arbeit, dass Ihnen der kurze Text aus dem *Woyzeck* als M 3 vorliegt. Zugleich erschwert es Ihnen die Arbeit, da Sie sich noch einmal wie neu auf das konkrete **Großmutter-Märchen**, seinen Wortlaut und seine Gedanken- und Erfahrungswelt einlassen können. Wenn Sie unter Aufgabe 2 bereits Einsichten formuliert haben, die nun auch zu Aufgabe 3 passen, so ist das akzeptabel. Im Zusammenhang mit den beiden vorausgegangenen Fassungen des Märchen-Motivs (M 1, M 2) entdecken Sie vielleicht sogar im Ihnen wohlvertrauten Büchner-Text bisher so noch nicht Gedachtes. Ziehen Sie ein **differenziertes Fazit**, in dem Sie Ihr Urteil über die Gattung von Schulzes Adaption gut begründen.

Lösungsvorschlag

TEILAUFGABE 1

Einleitung
Autor, Titel, Gattung, Erscheinungsjahr, Thema

Peter Holtz, Titel- und Hauptfigur im 2017 erschienenen Roman von Ingo Schulze, schildert in dem vorliegenden Auszug eine von ihm durchgeführte Kunstaktion, bei der er große Mengen Papiergeld verbrennt. In Gedanken dichtet er dabei das Sterntaler-Märchen auf kapitalismuskritische Weise um.

Situation des Protagonisten
Lebensumstände

Holtz wurde im Frühsommer 1962, ein knappes Jahr nach dem Bau der Berliner Mauer, in Gradow an der Elbe geboren. Er wuchs also als Kind der DDR auf. Der gleichaltrige Autor und DDR-Schriftsteller Schulze lässt Holtz im Roman als Ich-Erzähler auftreten, der – wie der Untertitel ausdrücklich sagt – darin **sein „glückliches Leben"** erzählt. Der Vorspann vor der zu bearbeitenden Episode (M 1), der in den Roman einführt, lässt vermuten, dass der junge Peter Holtz über handwerkliche Fähigkeiten verfügt, denn er hilft Freunden und Bekannten dabei, ihre Häuser zu reparieren. Wohl als Dank oder Gegenleistung schenken ihm einige dafür Immobilien, die ihm statt Gewinn vor allem Unkosten bringen. Nennt Holtz sein Leben ein glückliches, weil er zur Zeit der DDR so wunschlos, selbstlos wie hilfsbereit in einem Kreis von Freunden geborgen und also zufrieden war? Oder kommt das Glück nach 1989, als mit dem Fall der Mauer, der Einführung der D-Mark und der Wende Ostimmobilien plötzlich zu begehrten Objekten reicher Westdeutscher werden? Peters Bruchbuden werden unversehens zu Goldgruben; der erst 27-jährige Holtz wird zum **Immobilienmillionär**.

Kunstaktion: Umstände und Ablauf

Holtz scheint sein unverhofft ihm zugefallenes unermessliches Vermögen aber nicht sonderlich zu schätzen, denn er hat eine öffentlich angekündigte recht merkwürdige **Aktion** geplant. Sie soll am hellen Tag Punkt 12 Uhr beginnen. Deutlich geht es ihm darum, zu provozieren und Aufsehen zu erregen. Ort des Geschehens ist eine **Kunstgalerie**, sodass man sein Vorhaben eine Kunstaktion nennen kann; er selbst tauft sie „artprototo". Er agiert im Innenraum der Galerie. Außen, auf der Straße vor der großen Fensterscheibe der Galerie, hat schon am Vorabend das erste **Kamerateam** eines ausländischen Senders Stellung bezogen. Weitere Teams (vgl. „Blitzlichter", Z. 35) und ein zahlreiches **Publikum** versammeln sich zum Termin. Man sieht von außen neben Peter den von ihm engagierten Notar Dr. Halberstädt, der die Aktion anmoderiert und ihren Verlauf leitet. Als Requisiten dienen eine aufgestellte Malerleiter, ein Haufen Geld und eine alte Zinkbadewanne. Halberstädt kommuniziert mit dem Publikum: Er stellt ihm Peter vor, erklärt, dass dieser der rechtmäßige Eigentümer des Geldhaufens sei, und versichert, dass es sich um 820 von ihm geprüfte echte und gültige deutsche Tausendmarkscheine handle. Peter ergreift nun Bündel um Bündel und hält sie demonstrativ hoch, bevor er sie in einen Sack stopft. Mit diesem Sack vor der Brust steigt er auf die Malerleiter und nimmt auf ihrer obersten Sprosse Platz. Als Halberstädt aufruft: „Schein eins“, beginnt Peter sein Werk: **Er verbrennt das Geld.** Oben auf der Leiter sitzend, entzündet er mit der eindrucksvollen Flamme eines Kaminstreichholzes Schein für Schein, wartet genüsslich, bis der Schein ordentlich Feuer gefangen hat, und lässt ihn dann ohne Eile in die Wanne zu seinen Füßen segeln. Spätestens mit Schein vier teilt sich trotz der dicken Sicherheitsglasscheibe mit, wie Lärm und Aufregung draußen auf der Straße zunehmen und sich ein Sprechchor formiert (vgl. Z. 52 ff.). **Protest** also macht sich Luft, aber Peter arbeitet ruhig weiter. Arbeit verlange Würde, sinniert er, und Würde vertrage sich nicht mit Hast (vgl. Z. 51). Er fühlt sich sogar richtig wohl bei seinem Tun, freut sich daran, wie sich die Flamme jeweils voranfrisst, und registriert innere Zufriedenheit (vgl. Z. 40).

Gedanken des Protagonisten

Sterntaler-Märchen

Er nimmt sich, schon oben auf der Leiter und trotz des gespannt wartenden Publikums, sogar die Zeit, sich **den Tausend-D-Mark-Schein** ganz genau anzuschauen (vgl. Z. 19 ff.). Auf der Vorderseite erkennt er das Doppelporträt der **Brüder Grimm**, auf der Rückseite das von ihnen begonnene Große Deutsche Wörterbuch, dazu in Beziehung stehende historische Gebäude, acht Zeilen aus dem Wörterbuch-Artikel „Freiheit“ und in einer Ecke das **Sterntaler-Mädchen** aus der Grimm'schen Sammlung deutscher Volksmärchen. Bevorzugt an dieser Sterntaler-Ecke zündet Holtz seine Scheine an und konstatiert, vielleicht doppelsinnig zu verstehen: „Sterntaler fängt sofort Feuer.“ (Z. 35) Dass ihm selbst an Geld nicht nur nichts liegt, sondern dass es ihm regelrecht missfällt, teilt sich dem Leser nicht erst durch seine reale Geldvernichtungsaktion mit, sondern schon beim Betrachten des Scheins. Als Bild nämlich fände er ihn „schön“, denkt er, als Geld folglich nicht (vgl. Z. 19 f.).

gewaltsamer Abbruch der Aktion

Da nun das Sterntaler-Kind der Angriffspunkt seiner Brandstiftung ist, verliert Holtz sich ab Kommando „Schein fünf!“ (Z. 55) in dessen Geschichte. Zwar folgt er weiter Halberstädts Ansagen, zählt auch weiter mit, spinnt sich aber zugleich **seine eigene Sterntaler-Version** aus, sodass man nicht erfährt, bis zum wievielten Tausender er gekommen ist, als plötzlich mit einem Knall die Publikum und Akteur trennende große Scheibe zerspringt: „[W]ie ein Wasserfall“ (Z. 88) stürzt sie in tausend Kristallen zu Boden. Innerlich ist Peter noch immer im Märchen, denn die Glaskristalle assoziiert er mit den vom Himmel fallenden Talern, die in dieser Überfülle nicht einmal das Sterntaler-Kind auffangen könnte.

TEILAUFGABE 2

Untersuchung der Märchen-Bearbeitung

Ingo Schulze schildert, wie sich sein Held während der fast meditativ-beschaulichen Geldvernichtungsaktion in das Grimm'sche Sterntaler-Märchen hineindenkt. Er kennt es gut, aber überspringt den Anfang, weil der ihn nicht interessiert. Stattdessen entwickelt er es über den Schluss des Originals hinaus weiter, erzählt es um und macht aus dem hübschen Märchen eine Parabel: **eine Inflations-Parabel**.

Untersuchung der Vorlage: Inhalt, Gestaltung und Aussage

Das Sterntaler-Märchen der Gebrüder Grimm ist kurz. Es hat einen dreiteiligen einfachen Aufbau, schlichte, überwiegend reihende, im epischen Präteritum fließende Sätze; und selbst beim stillen Nachlesen hört man innerlich den wundersam beruhigenden, innigen Märchenton, der vermittelt, dass die Welt in Ordnung ist oder doch immer wieder in Ordnung kommen wird. Es ist da nichts zu fragen oder gar zu grübeln, es gibt keine Differenzierungen oder Ungereimtheiten, sondern es ist alles so, wie es ist. Das Märchen typisiert. Der Einleitungsformel folgen drei Sätze, und schon ist die **Ausgangssituation** hinreichend klar (vgl. M 2, Z. 1–6): **Ein kleines Mädchen** ist **arm, aber gut und fromm**. Es hat Vater und Mutter verloren und mit ihnen sein Zuhause. Da es aber so verlassen ist, geht es im „Vertrauen auf den lieben Gott" (M 2, Z. 5 f.) einfach los, hinaus ins Feld. – Es folgt nun das **Kerngeschehen als Serie** von fünf kurzen, immer gleich ablaufenden Begegnungen. Ein armer Mann und vier Kinder kommen nacheinander und bitten das kleine Mädchen um seine Habe. Mitleidig gibt es ihnen alles: sein Brot und seine Mütze, Leibchen, Röcklein und sogar das Hemdlein, denn es ist nun in einem Wald angelangt, und da die Nacht kommt, sagt es sich, dass es ja niemand sehen kann. (Tatsächlich denkt es nicht über den Augenblick hinaus.) – Nur noch zwei Sätze braucht es jetzt für den **Schluss** (M 2, ab Z. 16). Ein Wunder geschieht. Das kleine Mädchen steht da und empfängt den **Lohn:** Gottes Sterne fallen plötzlich vom Himmel und sind blanke harte Taler. Es hat unversehens auch wieder ein Hemdlein an, nun aber von feinstem Linnen. Mit ihm fängt es die Sterntaler auf und ist nun „reich für sein Lebtag" (M 2, Z. 19).

Weiterdichtung und neue Stoßrichtung bei Schulze

Den 19 Zeilen des Märchentextes bei Grimm stehen über 30 Zeilen bei Ingo Schulze gegenüber. Seinem Helden oben auf der Malerleiter verwandelt sich das Bild des Sterntaler-Kindes auf den Geldscheinen in das Kind selbst; die Tausenderscheine verwandeln sich in Taler. Mit den niederfallenden Scheinen imaginiert er das Kind, das sich unten im dunklen Wald niedersetzt und immerfort die auf es niederschneienden Scheine bzw. Taler zählt. Es hat wieder ein Kleidchen erhalten, das es aufhält für den Segen von oben. Sterntaler kann nur bis zehn zählen, aber bald hat es „einen ganzen Hügel aus blanken Talern" zusammen. Als der Morgen kommt, „schleppt" sie „die erste Ladung" (M 1, Z. 62 f.) von acht mal zehn Goldtalern aus dem Wald heraus. Die Geschichte verläuft nun spiegelverkehrt weiter. Die Bittsteller, denen Sterntaler am Vortag alles geschenkt hat, begegnen ihm jetzt wieder und wollen diesmal seine Taler. Sterntaler gibt dem ersten alle Taler, kehrt um, holt die nächste „Ladung“ aus dem Wald, als der zweite kommt und so fort. Als alle beschenkt sind, kommt sich Sterntaler immer noch reich vor und glaubt, nun wieder in seinem alten Kämmerchen wohnen zu können. Aber es stellt sich heraus, dass seine vielen Taler gerade nur für eine Woche Miete reichen würden. Der **Wert des Geldes** ist rapide **verfallen** und verfällt von Tag zu Tag mehr, denn die Leute holen es sich weiter aus dem Wald, und so ist viel zu viel davon da. Dem Sterntaler-Kind gibt man jetzt die Schuld für die ausbrechende Not im Land, in der die Menschen hungern, ihre Häuser nicht mehr finanzieren können und übereinander herfallen. **Der himmlische Geldsegen führte in den gesellschaftlichen und volkswirtschaftlichen Ruin**, in eine verheerende Inflation. Güte, Mitleid und selbstlose Hilfsbereitschaft schlagen in ihr Gegenteil um und verursachen Elend. Weder dem lieben Gott noch dem kleinen Mädchen war es gegeben, ökonomisch denken zu können.

Deutung von Schulzes Märchenversion

Wer will, kann in Schulzes Sterntaler-Geschichte ein **Anti-Märchen** sehen, weil es am Ende schlimm statt gut ausgeht und die gutherzige Heldin als Verderberin dasteht. Aber schon darin, dass seine Sterntaler-Fassung sich im Präsens abspielt, erkennt man, dass er den Ton des Märchens aufgibt und anderes bezweckt. Er nutzt das Märchenschema für ein **kritisches Lehrstück**, eben **eine Parabel** über den Unsegen, den eine vermeintlich wunderbare Geldvermehrung anrichtet. Diese Geldvermehrung kommt aber eher nicht vom „lieben Gott“, sondern von der Deutschen Bank und der freien Marktwirtschaft des Westens, dessen „Freiheit“ Schulze kritisch sieht (vgl. M 1, Z. 26). Nach 1989, so soll der Leser begreifen, wurde der Osten mit Westgeld überschwemmt, sodass tatsächlich viele Ostdeutsche ihre Häuser nicht behalten und in den von westlichen Unternehmern aufgekauften und sanierten Immobilien die gestiegene Miete nicht mehr bezahlen konnten. Schulze hält es offenbar für einen politischen Fehler, zu schnell nach der Wende den westlichen Kapitalismus eingeführt zu haben. Die heilsame Kur wäre, das Geld wieder zu verknappen, es also zum Beispiel zu verbrennen.

Schlussgedanke: offene Fragen zur Romanhandlung

Allerdings liegt im Romangeschehen auch ein **Widerspruch**, denn es gibt in ihm zwei unterschiedliche Sterntaler-Geschichten. Zweifellos haben viele Menschen im Osten unter der brutal marktorientierten Betriebsamkeit westlicher Immobilienhändler und Investoren gelitten, sodass sie Schulzes Sterntaler-Parabel zustimmen werden. **Was aber ist mit seinem Helden Peter Holtz** selbst? Ist er, der Junge aus Gradow an der Elbe, nicht selbst eine Art Sterntaler-Kind und

Glückspilz? Selbstlos und sozusagen „fromm und gut" hat er Freunden geholfen. Er hatte dabei nicht etwa das Ziel, sich zu bereichern. Die wertlosen Häuser, die man ihm schenkte, waren ihm eher eine Last. „Unverhofft", ganz ohne sein Zutun und wie vom Himmel gefallen, verwandelt sich ihm mit der politischen Wende plötzlich gleichsam Stroh in Gold, und er wird „reich für sein Lebtag". Er nennt sein Leben ein glückliches. War das, was ihm nach 1989 widerfuhr, denn nicht ein riesengroßes **Glück**? Aus M 1 geht nicht hervor, was in ihm den Sinneswandel herbeiführte, der ihn im Geld das Böse erkennen ließ, dem er schließlich ein Autodafé, d. h. eine öffentliche Verurteilung und Verbrennung, bereitet.

TEILAUFGABE 3

Überprüfung von Schulzes Märchenversion

Vorstellung des Großmutter-Märchens aus *Woyzeck*

Georg Büchner, geboren 1813, fand die Märchen der romantischen Gebrüder Grimm offensichtlich zu glatt. Sie waren ihm als Märchen, wie sie sich das Volk erzählte, wohl auch mit ihrer stereotypen inhaltlichen Wendung zum Guten nicht glaubwürdig. Also versetzt er das Großmutter-Märchen in seinem Dramenfragment *Woyzeck* semantisch (s. Fußnoten 1 und 4) und grammatisch (s. fehlende Endungen bei Verben und Adjektiven) zurück in den hessischen Dialekt, den er kannte, **erzählt** es **gegen den Strich** und hält es sprachlich extrem karg. M 3 mit nur neun Textzeilen unterbietet M 2 und erst recht Schulzes Version in M 1. Nicht gelehrte Philologen (M 2) oder ein fiktiver Jungmillionär mit Durchblick (M 1) erzählen, sondern die Großmutter. Die Kinder bitten sie: „Großmutter, erzähl!" Und da der Erzählschatz der Großmütter traditionell Märchen waren, ist bei Büchner an der Gattung nicht zu zweifeln: Die Kinder bekommen **ein Märchen** zu hören, **aber es ist das** in seiner gedrängten Stenogrammform **entsetzlichste, das sich vorstellen lässt**.

Vergleich der Märchenadaptionen bei Büchner und Schulze

Schulze geht dem ökonomischen Aspekt des Sterntaler-Märchens nach und macht eine **Parabel** daraus. **Büchner** schreibt **ein** ebenso **existenzielles** wie **metaphysisches Anti-Märchen**, das mit dem Sterntaler-Motiv eigentlich nur den Ansatz gemeinsam hat. Auch seine Großmutter erzählt (a) von einem „arm Kind", das sich (b) irgendwann hoffnungsvoll auf den Weg zu was auch immer macht. Damit ist aber die Vergleichbarkeit auch schon ausgeschöpft. Und selbst diese Märchen-Ausgangssituation hat Büchner radikalisiert: Sein Kind hat nicht nur „kei Vater und kein Mutter", sondern „[n]iemand mehr auf der Welt". Und selbst dieser trostlose Befund wird – durch die Wiederholung „Alles tot" (M 3, Z. 1 f.) – weiter verabsolutiert. Es ist dasselbe „Alles tot!", das auch Woyzeck tief innerlich spürt. Da Büchner sich auf das Geschlecht des „arm Kind" nicht festlegt, liegt nahe, dass dieses „arm Kind" generell **das Menschenkind** ist. Alles Süßliche und Niedliche des Grimm'schen Märchens ist bei ihm getilgt, und auch dessen moralische Komponente, die Schulze weiter gelten lässt. Wir erfahren nicht, ob das Kind etwa „gut und fromm" ist. Auch „der liebe Gott" ist gestrichen, während Schulze, vor allem wegen des Kleidchens, das sein Sterntaler-Kind plötzlich wieder anhat, auf ironische Weise den „Herrgott" zwar noch beibehält, aber offenlässt, von wem eigentlich der Talersegen kommt.

Was bei Büchner nun im Kerngeschehen seines Märchens – auch bei ihm in knapp gereihten Stationen – folgt, führt nicht zur glücklichen Wende des Grimm'schen Märchentyps und überbietet auch den Umschlag ins Desaster bei Schulze. Büchners Kind, das auf der Erde niemanden und nichts mehr hat, macht sich, wie das in Märchen möglich ist, auf den Weg in den Himmel, weil einzig Mond, Sonne und Sterne es noch freundlich anzuschauen scheinen. Aber es erlebt **die vollkommene Desillusion**. Der Mond entpuppt sich als „ein Stück faul Holz", die Sonne als „verwelkt Sonnenblum" (M 3, Z. 5 f.), die Sterne als tote Mücken: Der Himmel ist leer. Im abschließenden resignierten Rückzug zurück zur Erde erlebt dieses Menschenkind zudem das äußerste Grauen, denn auch die Erde ist nun leer und ein Nichts. Sie ist nur noch „ein umgestürzter Hafen" (M 3, Z. 8), auf dem das von Gott und Menschen verlassene Kind fortan mutterseelenallein sitzt und weint.

Fazit: Charakterisierung von Schulzes Text

Büchner hat mit dem formelhaften Märchenbeginn („Es war einmal …"), dem epischen Präteritum, dem knappen dreiteiligen Aufbau und dem formelhaften Schluss („… und da sitzt' es noch …") die bekannten Merkmale der Gattung „Volksmärchen" beibehalten. Aber der tröstlichen Botschaft aller Märchen, dass auch dem Armen und Verkannten am Ende Gerechtigkeit, Glück und Lebenssinn widerfahren, hat er **mit den Mitteln des Märchens** selbst **sozial- und religionskritisch radikal widersprochen**. Zu Recht nennt man seinen Text also ein nihilistisches Anti-Märchen.

Weil auch Schulze den glücklichen Schluss des Sterntaler-Märchens in sein Gegenteil umkehrt, könnte man seine Version ebenso als Anti-Märchen bezeichnen. Aber Schulzes Intention ist es nicht, sich mit der Gattung des Volksmärchens auseinanderzusetzen wie Büchner. Auch Fragen nach dem Leben der Ärmsten, die Büchner bewegten, sind Schulzes Thema nicht. **Er kritisiert** vor allem die Geldpolitik der Bundesrepublik nach der Wende als verheerend: Darum geht er ins Präsens, gibt die märchentypischen Formeln auf, spielt ironisch mit Sprachebenen (z. B. „Kämmerchen" versus „Miete", vgl. M 1, Z. 79 ff.) und **übertreibt satirisch** (ein ganzer Hügel aus Talern, der ganze Wald voll Geld, vgl. M 1, Z. 62 ff.): Er hat nicht nur die Botschaft des Märchens umgekehrt, sondern den Stoff zum Lehrstück umgeschrieben, zur satirischen **Parabel**.

(K)EIN ZURÜCK ZUR NATUR

Erlaubte Hilfsmittel
- ein Wörterbuch der deutschen Rechtschreibung
- Textausgaben der Pflichtlektüren ohne Kommentar, ggf. mit Worterläuterungen
- eine Liste der fachspezifischen Operatoren

Aufgabenstellung

Der Hessische Rundfunk wird seinen jährlichen Schreibwettbewerb „Jugend schreibt“ in diesem Jahr unter das Motto „Natur“ stellen.

Verfassen Sie zur Teilnahme an diesem Wettbewerb einen Essay auf der Grundlage der Materialien M 1 – M 8 und Ihrer im Unterricht erworbenen literarischen Kenntnisse über unterschiedliche Naturbilder. Der Titel Ihres Essays lautet: *Zurück zur Natur – Problemlösung oder Illusion?* Nutzen Sie hinsichtlich Ihrer Schwerpunktsetzung das zur Verfügung stehende Material bzw. eine Auswahl dessen. (100 BE)

Material 1 Zur Bedeutung des Begriffs Natur

Natur „das ohne fremdes Zutun Gewordene, Gewachsene; die Schöpfung, die Welt“, häufig übertragen gebraucht im Sinne von „Wesen, Art; Anlage, Charakter“: Das Substantiv […] ist aus *lat.* natura „das Hervorbringen; die Geburt; natürliche Beschaffenheit, Wesen; Natur, Schöpfung usw.“ entlehnt […]

Duden. Etymologie. Herkunftswörterbuch der deutschen Sprache. Band 7, 2. Aufl., Mannheim/Leipzig/Wien/Zürich 1989.

Material 2 Jean-Jacques Sempé: Zurück zur Natur (1986)

Jean-Jacques Sempé: Bonjour – Bonsoir, Zürich 1986, S. 21.

Hinweis

Der Slogan „Zurück zur Natur" wird ideengeschichtlich Jean-Jacques Rousseau (1712–1778) zugeschrieben und gibt in verkürzter Form Rousseaus anthropologische Grundannahme wieder. Im Gegensatz zum seinerzeit herrschenden Fortschrittsoptimismus fordert Rousseau ein Zurückgehen von der gesellschaftlichen Entfremdung hin zur Natur des Menschen.

Material 3 Wilhelm Müller: Der Lindenbaum (1823)

Am Brunnen vor dem Tore
Da steht ein Lindenbaum:
Ich träumt in seinem Schatten
So machen süßen Traum.

Ich schnitt in seine Rinde
So manches liebe Wort;
Es zog in Freud und Leide
Zu ihm mich immerfort.

Ich mußt auch heute wandern
Vorbei in tiefer Nacht,
Da hab ich noch im Dunkel
Die Augen zugemacht.

Und seine Zweige rauschten,
Als riefen sie mir zu:
„Komm her zu mir, Geselle,
Hier findst du deine Ruh!"

Die kalten Winde bliesen
Mir grad ins Angesicht,
Der Hut flog mir vom Kopfe,
Ich wendete mich nicht.

Nun bin ich manche Stunde
Entfernt von jenem Ort,
Und immer hör ich's rauschen:
Du fändest Ruhe dort!

Wilhelm Müller: Die Winterreise, Berlin 2010, S. 14f.

Material 4 Aus dem Bundesnaturschutzgesetz (2009)

§ 1 Ziele des Naturschutzes und der Landschaftspflege

(1) Natur und Landschaft sind auf Grund ihres eigenen Wertes und als Grundlage für Leben und Gesundheit des Menschen auch in Verantwortung für die künftigen Generationen im besiedelten und unbesiedelten Bereich nach Maßgabe der nachfolgenden Absätze so zu schützen, dass

1. die biologische Vielfalt,
2. die Leistungs- und Funktionsfähigkeit des Naturhaushalts einschließlich der Regenerationsfähigkeit und nachhaltigen Nutzungsfähigkeit der Naturgüter sowie
3. die Vielfalt, Eigenart und Schönheit sowie der Erholungswert von Natur und Landschaft auf Dauer gesichert sind; der Schutz umfasst auch die Pflege, die Entwicklung und, soweit erforderlich, die Wiederherstellung von Natur und Landschaft (allgemeiner Grundsatz).

Gesetz über Naturschutz und Landschaftspflege (Bundesnaturschutzgesetz – BNatSchG), URL: http://www.gesetze-im-internet.de/bnatschg_2009/BNatSchG.pdf (abgerufen am 21. 11. 2019).

Material 5 Hans Dieter Fronz: Alles will zurück zur Natur (2015)

Manchmal erfreut uns ein TV-Werbespot mit Bildern unberührter Landschaften und ursprünglicher Natur. In wechselnden Einstellungen sehen wir einen Wanderer einen Wald durchstreifen, eine Höhle passieren oder Wasser aus einem Gebirgsbach schöpfen. Auf weiter Hochebene begegnet er – in achtsamem Abstand – einer Hirschkuh. [...]

Da nimmt einer innerlich wie äußerlich Abschied, entflieht dem Stress der Hochleistungsgesellschaft, entwindet sich dem Durchlauferhitzer einer Zivilisation, die sich von den wahren Werten und von der Natur entfernt hat. Ihre läppischen Surrogate[1] (Facebook Farmer[2]) und kompensatorischen[3] Ersatzhandlungen (Urban Gardener[4]) sind ihm nicht länger genug. Dieser Mensch will mehr und anderes: urwüchsige Natur, Freiheit, Stille und Weite, das einfache Leben abseits der großen Straßen. Ein klassischer Aussteiger, so scheint es, doch das Rückflugticket ist offenbar schon gebucht: „Macht erst mal ohne mich weiter“. [...]

Schon einmal existierte eine vergleichbare Strömung. [...] Es war die deutsche Literatur der Aufklärung, die im18. Jahrhundert auf breiter Front erstmals einen scharfen Gegensatz zwischen Stadt und Land postulierte [...].

Der Unterschied zum gegenwärtigen Eskapismus[5] ist, dass für die Autoren des 18. und noch des 19. Jahrhunderts Natur, Tugendhaftigkeit und die Freiheit ländlicher Existenz übers Private hinaus Kampfparolen gegen Aristokratie und Besitzadel waren.

Hans Dieter Fronz: Alles will zurück zur Natur, in: Südkurier, 22. 04. 2015, URL: https://www.suedkurier.de/nachrichten/kultur/Alles-will-zurueck-zur-Natur (abgerufen am 19. 10. 2017).

Anmerkungen

1 Surrogat: Ersatz
2 Facebook Farmer: Browsergame, in dem es darum geht, einen virtuellen Bauernhof auszubauen und zu betreiben
3 kompensatorisch: ausgleichend, aufwiegend
4 Urban Gardener: Betreiber urbanen Gartenbaus (Urban Gardening) als gärtnerische Nutzung meist kleinräumiger städtischer Flächen
5 Eskapismus: Flucht vor der Wirklichkeit und den realen Anforderungen des Lebens

Material 6 Juliette Irmer: Warum wird uns die Natur immer fremder. Kommentar zur Studie „Jugendreport Natur 2016"

Der Drang der Menschen ins Grüne nimmt ab, das Wissen über Natur ebenso. Sind allein die neuen Medien daran schuld?

Spätestens, mit 40 weiß man, dass früher alles besser war: Kinder spielten auf der Straße „Räuber und Gendarm", bauten Baumhäuser – aus Brettern und Planen, nicht aus Minecraft-Würfeln[1] –, stauten Bäche auf, kamen abends dreckig und mit aufgeschlagenen Knien nach Hause und fielen nach dem „Sandmännchen" erschöpft ins Bett. Heute verbringen Kinder einen großen Teil ihrer Zeit in Innenräumen und kommen mit Natur kaum noch in Berührung. Das Bild mag überzeichnet sein, der Trend aber scheint eindeutig.

Seit 20 Jahren verfolgt der „Jugendreport Natur" das Verhältnis junger Menschen zur Natur. Für den 7. Report von 2016 wurden 1 253 Schülerinnen und Schüler der Klassenstufen 6 und 9 in Nordrhein-Westfalen befragt. „Die Ergebnisse zeigen deutlich: Die Distanz zur Natur wird immer größer", sagt Rainer Brämer, Initiator und Autor des „Jugendreport Natur". Verblüffend ist, dass auch grundlegendes Wissen verloren geht. So wussten nur 35 Prozent der Befragten, wo die Sonne aufgeht. Ein Fünftel kreuzte „Norden" an. 2010 hatten noch zwei Drittel der Teilnehmer richtig geantwortet. Auch die Frage, in welchem Monat die Sonne am spätesten untergehe, beantworteten nur ein Viertel der Teilnehmer richtig.

Eine andere Aufgabe lautete zum Beispiel: „Nenne drei essbare Früchte, die bei uns im Wald oder am Waldrand wachsen." Nur zwölf Prozent lösten sie korrekt. Am häufigsten wurden Brombeeren, Himbeeren, Blaubeeren genannt. Mit großem Abstand folgten Nüsse, Bucheckern und Pilze. Unter den falschen Antworten dominierten zwar heimische Früchte wie Äpfel und Birnen, genannt wurden aber auch Bananen, Mangos und Ananas. Das Ergebnis sei in vielerlei Hinsicht erschreckend, schreiben die Autoren des „Jugendreport": „Einerseits scheinen viele Kinder und Jugendliche nicht zu wissen, welche essbaren Früchte im Wald wachsen. Zum anderen gehen nicht wenige davon aus, dass Früchte, die es im Supermarkt gibt, einfach im Wald gesammelt werden können. […]

Im „Jugendreport Natur" gab mehr als die Hälfte der jungen Generation an, mindestens drei Stunden pro Tag vor dem Bildschirm zu verbringen. Die Zahlen decken sich mit Erhebungen aus England, wonach Jugendliche bis zu 17 Stunden pro Woche fernsehen und 20 Stunden online verbringen. „Die [Computer-]Spiele bieten eine unendliche

Fülle an Herausforderungen und Bewährungsmöglichkeiten in einem ähnlich wie früher in der Natur weitgehend unkontrollierten Raum. Die Natur hält mit der hohen Reizdichte dieser Spiele nicht mit und erscheint langweilig“, so Brämer. Ein ursächlicher Zusammenhang von Mediengebrauch und Naturentfremdung konnte bislang aber in keiner Studie belegt werden. Frage man jedoch Kinder, warum sie nicht in die Natur hinausgingen, führten sie selbst Fernsehen und Computerspiele ins Feld, so Brämer.

Immer mehr Städter, immer weniger Naturkontakt.
Neben den Verlockungen der digitalen Welt existieren weitere Gründe für die zunehmende Entfremdung: Laut einer Studie der Vereinten Nationen leben 75 Prozent der Bevölkerung in den Industriestaaten in Städten, ein Trend, der sich in den nächsten Jahrzehnten verstärken wird. Und wer in der Stadt aufwächst, hat selten die Möglichkeit, Baumhütten zu bauen und Tiere zu beobachten.

Juliette Irmer: Warum wird uns die Natur immer fremder?, 05. 10. 2017, URL: https://www.spektrum.de/news/natur-entfremdung-kinder-kommen-immer-weniger-in-die-natur/1507953 (abgerufen am 31. 10. 2019).

Anmerkung
1 Minecraft-Würfel: Teil eines Computerspiels

Material 7 Ute Guzzoni: Aufzeichnungen über die Natur (1995)

In unseren Tagen hört man viele Stimmen, die sagen, daß es die Natur als solche, als „reine Natur“ gar nicht mehr gibt. Vor allem seit der fast durchgängigen Industrialisierung und Technifizierung unserer Umwelt scheint es nur noch eine vom Menschen veränderte, kulturell überformte Natur zu geben. […] Ich gehe im Gegenteil davon aus, daß die Natur trotz allem Natur bleibt, auch wenn sie vom Menschen geformt, interpretiert und manipuliert wird. Wir können sie gar nicht bis zur völligen Integration aneignen.

Allerdings haben wir sie weitgehend aus dem Blick und aus dem Sinn verloren. Besonders gilt das für die Bewohner der Städte, vor allem der Großstädte. Man weiß dann zwar noch von Natur, aber sie ist das, was „draußen“ ist; auf der einen Seite etwas durch menschliche Ausbeutung und Zerstörung Bedrohtes und insofern zu Schützendes, andererseits etwas, das in die Ferien und vielleicht einmal zum Wochenende gehört. Parkanlagen, Balkonkästen und Vorgärten sollen zwar hier und da eine Illusion von „Naturverbundenheit“ schaffen, aber zumeist haben sie keine Chance, als etwas Eigenes, als *von sich aus seiende* Natur wahrgenommen zu werden.

Ute Guzzoni: Über Natur. Aufzeichnungen unterwegs: Zu einem anderen Naturverständnis, Freiburg / München: Verlag Karl Alber/Herder 1995, S. 9f.

Material 8 Hella Kemper: Waldbaden (2018)

Wer richtig in den Wald eintaucht, tut etwas für seine Gesundheit – in Japan gilt Waldbaden als Medizin. Was sagt die Wissenschaft? […]

Tief im Taunus, in Lorsbach, wohnt eine Waldbademeisterin. Das klingt zunächst etwas merkwürdig, denn weit und breit ist kein Schwimmbad zu sehen, der nächste Waldsee ist weit weg. Neben dem Haus von Annette Bernjus fließen Goldbach und Schwarzbach, aber die sind zu flach zum Schwimmen. Statt Bademöglichkeiten gibt es im Lorsbachtal allerdings jede Menge Bäume. Apfelbäume und Fichtenpflanzungen, Eichen- und Buchenwälder. Geht Annette Bernjus hier im Laub baden? Taucht die Waldbademeisterin in Farne, Moos und Wurzelwerk? Bernjus lacht über die Berufsbezeichnung, die es offiziell nicht gibt. Aber das mit dem Eintauchen sei gar nicht so falsch, sagt die 56-Jährige. Bernjus arbeitet daran, „Waldbaden“ in Deutschland populär zu machen. Überall im Land bildet sie Kursleiter aus. Vor Kurzem hat sie ein Buch über das Waldbaden geschrieben.

Waldbaden bedeute, sagt Bernjus, in die angenehme Atmosphäre des Waldes einzutauchen: wo es würzig riecht, das Licht milde schimmert, die Luft klar ist, sich die Wipfel im Wind wiegen und der Boden unter den Füßen federt. „Der Wald tut uns gut“, sagt sie und verweist auf eine fernöstliche Tradition: *Shinrin-yoku* ist japanisch für Wald(luft)bad. Das japanische Landwirtschaftsministerium führte *Shinrin-yoku* schon Anfang der achtziger Jahre ein und förderte ein millionenschweres Forschungsprogramm, um die medizinische Wirkung des Waldbadens nachzuweisen.

Hella Kemper: Spring!, in: Zeit Wissen Nr. 3/2018 (Auszug).

TIPP **Bearbeitungshinweise**

Die Aufgabe unterscheidet sich vor allem durch ihre Komplexität von anderen Aufgabenformaten. Es ist deshalb sehr wichtig, dass Sie sich für die Vorarbeit genügend Zeit nehmen – aber ohne die Uhr aus dem Blick zu verlieren. Sie müssen einen ideenreich gestalteten Text schreiben, der keiner im Unterricht erlernten, festen Struktur folgt: Das Thema soll nämlich **essayistisch**, d. h. aspekthaft und ohne wissenschaftliche Systematik, behandelt werden. Sie sollen also keine klassische Erörterungsstruktur verfolgen.

Markieren Sie sich zunächst in der Aufgabenstellung, was Sie diskutieren müssen: Sie sollen der Frage nachgehen, ob ein Weg zurück zur Natur Problemlösung oder Illusion ist. Es empfiehlt sich zu Beginn, das **Thema einzugrenzen**, d. h., Sie müssen festlegen, für welches **Problem** das **„Zurück zur Natur"** eine Lösung sein kann – in der Aufgabenstellung ist dieses Problem nämlich nicht definiert. Nur wenn Sie es deutlich vor Augen haben, gelingt es Ihnen, einen roten Faden beizubehalten und am Ende eine Antwort auf die Frage zu formulieren.

Eine Möglichkeit der Problemfindung ist, dass Sie – ohne die Materialien gesichtet zu haben – Ihre ersten **Assoziationen** zum Titel „Zurück zur Natur – Problemlösung oder Illusion?" notieren. Wenn Sie nun die Materialien durchlesen, werden Sie schnell merken, ob Sie an Ihrem ersten Gedanken festhalten können oder ihn modifizieren müssen.

Argumente und Ideen für Ihren Essay finden Sie am einfachsten, wenn Sie **These und Antithese** zu dem von Ihnen eingegrenzten Problem formulieren: Ist das Problem z. B. „Stress in der Hochleistungsgesellschaft", sammeln Sie auf der einen Seite Argumente und Aspekte zur These „Ein Zurück zur Natur löst das Stressproblem in der Hochleistungsgesellschaft", auf der anderen Seite notieren Sie Aspekte zur Gegenthese. Wenn Sie z. B. in einer zweispaltigen Tabelle arbeiten, können Sie sich später gut orientieren. Achten Sie bei der **Stoffsammlung** darauf, dass Sie sich nur auf **relevante Aspekte aus den Materialien** beziehen, und notieren Sie sich immer die Materialnummer dazu.

Fügen Sie **eigene Ideen aus Ihrer Lebenswelt** hinzu. Außerdem soll man merken, dass Sie sich im Unterricht mit verschiedenen **Naturbildern** befasst haben („Natur als Seelenraum", „bedrohliche und bedrohte Natur"), und sicher fallen Ihnen hier noch Bezüge zur Literatur ein, die Sie in Ihren Text einfließen lassen können (Q 1.3 „Natur als Imagination und Wirklichkeit").

Erstellen Sie unbedingt eine **Gliederung**, an der Sie sich beim Schreiben orientieren. Wichtig ist dabei, dass Sie einen eigenen Gedankengang entwickeln und sich an geeigneter Stelle immer wieder auf Informationen aus dem Material beziehen. Es darf aber nicht so aussehen, als gäben Sie nur die Materialien wieder.

Denken Sie beim Planen und Schreiben an den **Adressatenbezug**! Sie schreiben zwar für den Wettbewerb „Jugend schreibt", aber über den Hessischen Rundfunk erreicht Ihr Essay einen weiteren Leserkreis als Ihre Mitschülerinnen und Mitschüler.

Lösungsvorschlag

Zurück zur Natur – Problemlösung oder Illusion?

Titel

Heimische Früchte für den Obstsalat? Kein Problem. Sofort schnappen sich Max und Emma ihre Fahrräder und radeln in den Wald, um für den sonntäglichen Familiennachtisch nach Mangos, Ananas und Bananen zu suchen – Moment: Mangos, Ananas und Bananen?

adressatenorientierter, Interesse weckender Einstieg

Glaubt man dem „Jugendreport Natur 2016", denken tatsächlich viele Jugendliche, dass man alle Früchte, die wir im Supermarkt kaufen können, auch in unseren Wäldern findet. Insgesamt kommt die Studie zu einem ernüchternden Ergebnis: Viele **junge Leute verbringen immer weniger Zeit in der Natur**; folglich lässt das Wissen darüber auch nach und die **Natur wird uns immer fremder**. Unserer Generation wird zudem oft vorgeworfen, sich **lieber mit Smartphone und PC auseinanderzusetzen als mit der Natur**. Dass wir unser Wissen über die Natur eher über Computerspiele wie Stardew Valley gewinnen als über direkte Naturerfahrungen, wird ebenso entsetzt zur Kenntnis genommen wie die Tatsache, dass wir lieber Greta Thunbergs Instagramstory als unseren Eltern zum sonntäglichen Familienausflug in den Kellerwald folgen. Die Vorzeichen stehen also schlecht, wenn es darum geht, dass diese Generation den **Planeten retten** soll.

(Bezug zu M 6)

Problemstellung
mangelndes Wissen, mangelnde Verantwortung der Jugend

Aber wir können aufatmen, denn es gibt inzwischen wieder einen **Trend zurück zur Natur**. Auch der Markt hat reagiert und hilft, das Problem zu lösen: In Zeitschriften- und Buchläden boomen Gebrauchsanweisungen für ein Leben näher an der Natur: „Baumhäuser bauen – leicht gemacht", „Natur beginnt vor der Haustür" oder „Ausflugstipps mit Kindern in die Natur" sind nur wenige der unzähligen Bestsellertitel. Reiseveranstalter, die versprechen, die Natur auch für junge Leute hautnah erlebbar zu machen, haben Hochkonjunktur: Angebote wie gemeinsames Pilzesammeln, Stand-up-Paddling auf dem Main oder Floßbauen für Schulklassen sind dauerhaft ausgebucht. Wer kann, versucht sein Stadtkind im Waldkindergarten anzumelden, und im Sommer sind Kinder- und Jugendfreizeiten in der Natur – zumindest bei unseren Eltern – beliebter als Städtereisen. Spätestens ab dem Kindergartenalter weiß jeder: „Bio" hat irgendwie mit Natur zu tun, und dass man die günstigen Kartoffelchips aus dem Supermarkt vielleicht leckerer findet, verrät man am besten nur seinen Freunden.

Lösungen?
Zurück zur Natur
Beispiele

Zunächst erscheint wichtig, dass es nicht um ein **Problem** junger Menschen geht, sondern um ein **gesamtgesellschaftliches**. Im **Bundesnaturschutzgesetz** von 2009 wird gefordert, dass „Natur und Landschaft […] auf Grund ihres eigenen Wertes und als Grundlage für Leben und Gesundheit des Menschen auch in **Verantwortung für die künftigen Generationen** im besiedelten und unbesiedelten Bereich […] zu schützen" sind. Jeder muss also dafür sorgen, dass auch unsere Kinder noch auf lebenswichtige Ressourcen der Natur zurückgreifen können. **Fundiertes Wissen über die Natur**, über ihre Vielfalt und Nützlichkeit, aber auch ein Bewusstsein für ihre Gefährdung sind die Grundlage, diese Aufgabe verantwortungsvoll zu übernehmen.

Ausweitung und Erläuterung des Problems (Bezug zu M 4)

Spätestens seit den Forderungen der **„Fridays for Future"-Bewegung** und der Initiative für den Erhalt des **Hambacher Forstes** ist aber sicher: Die Gesellschaft scheint aufgewacht zu sein – Natur und Natürlichkeit sind wieder salonfähig. 1995 kritisierte **Ute Guzzoni** in ihren **„Aufzeichnungen über die Natur"** noch, dass wir die Natur „weitgehend aus dem Blick und aus dem Sinn verloren" haben: „Man weiß dann zwar noch von Natur, aber sie ist das, was ‚draußen' ist." Hier hat eine Trendwende stattgefunden. **„Natürlichkeit" boomt.** Und wenn die Natur wieder stärker in den Blick rückt, wird auch wieder mehr Verantwortung übernommen. Selbst **Städter**, denen am ehesten unterstellt wird, sich von der Natur entfernt zu haben, können sich oft nichts mehr vorwerfen: Es gehört zum guten Ton, beim Urban-Gardening-Projekt im Stadtteil mitzuwirken, man kleidet sich in nachhaltige Naturprodukte statt in Synthetik-Fummel, kauft seine Lebensmittel auf dem Wochenmarkt und erntet die Erdbeeren selbst. Wer noch mehr will, leistet sich einen Schrebergarten am Stadtrand, macht eine geführte Tour über die Alpen oder Seminare im „Waldbaden": Ausgehend von einer fernöstlichen Tradition, der zufolge der Wald eine heilende Wirkung auf den Menschen hat, werden immer mehr Kursleiter ausgebildet, anderen zu zeigen, wie man in die Atmosphäre des Waldes eintauchen kann. Man kann die Ergebnisse des „Jugendreport Natur 2016" also getrost beiseitelegen und lieber den nächsten Ausflug planen.

(Bezug zu M 7)

Zurück zur Natur als Problemlösung

Beispiele

(Bezug zu M 8)

Selten waren **Natur und Naturerfahrungen in der Öffentlichkeit so präsent** wie heute. Aber ist die Art und Weise, wie wir dem Problem begegnen, tatsächlich **zielführend**? Hilft es, mehr über die Natur zu wissen, um mehr Verantwortung übernehmen zu können? Oder sind unsere Verhaltenstrends bloß Augenwischerei? Ein kleiner Ausflug in die Geschichte früherer Bestrebungen, das Heil in der Natur zu suchen, hilft bei der Beantwortung dieser Fragen.

Diskussionsgrundlage: Infragestellen des Umgangs mit der Natur

Der Trend ist nicht neu

Zwischen-überschrift Unterrichtsbezug: Literatur

Seit der **Entstehung von Städten** und seit den Anfängen der **Industrialisierung** gibt es den **Drang, zur Natur zurückzukehren** – sogar in der Literatur ist dieses Bestreben dokumentiert: Goethes Werther ist froh, aus der Stadt geflohen zu sein, und zieht sich in die Natur zurück. Durch seinen direkten, emotionalen Zugang zur Natur, wirkt sie auf ihn – zumindest anfangs – **inspirierend und heilend** wie das „Waldbaden". Einen ähnlichen Zugang zur Natur hat Eichendorffs Taugenichts. Auch er **flieht aus der Zivilisation in die Natur**, in der er sich **frei fühlen** und **zu sich selbst kommen kann**. Menschenleere Straßen, die „über das schimmernde Land sich fern über die Berge und Täler hinausschwangen" (2. Kapitel), erlebt er ebenso intensiv wie den Nebel am frühen Morgen, das Rauschen der Wälder und die „klar[e], blau[e] Luft" (1. Kapitel). Für Faust ist der österliche Spaziergang in die Natur eine Rückkehr ins Leben, auch er nimmt sie mit allen Sinnen wahr: Nicht nur die Natur ist „vom Eise befreit" (V. 903), sondern auch **Faust fühlt sich befreit** aus einem Kerker: „Hier bin ich Mensch, hier darf ich's sein" (V. 940). Gleiches stellt er für alle Menschen, die sich an diesem Tag aus der Stadt ins Grüne gewagt haben, fest: „Denn sie sind selber auferstanden, / Aus niedriger Häuser dumpfen Gemächern" (V. 922 f.).

Die Leiden des jungen Werthers

Aus dem Leben eines Taugenichts

Faust

Doch im Vergleich mit den heutigen Bestrebungen, zur Natur zurückzukommen, erfolgte der **damalige Eskapismus** aus ganz **anderen Motiven:**

andere Motive als heute

In der Natur zu sein, erfüllt nicht nur einen Selbstzweck, sondern bedeutet für Werther und den Taugenichts gleichzeitig eine Flucht aus der Gesellschaft, eine radikale Abkehr von bürgerlichen Lebensentwürfen mit ihren einengenden Regeln und vorgezeichneten Wegen. Hans Dieter Fronz geht in seinem 2015 im Südkurier erschienenen Artikel *Alles will zurück zur Natur* noch weiter: „Natur, Tugendhaftigkeit und die Freiheit ländlicher Existenz [waren] übers Private hinaus Kampfparolen gegen Aristokratie und Besitzadel". Allein Faust genießt die Natur um ihrer selbst willen. Sie erlöst die Menschen (und nicht nur ihn) aus der Enge der Stadt und erzeugt Glück und Fröhlichkeit.

Abkehr von bürgerlichen Lebensentwürfen

(Bezug zu M 5) Auflehnen gegen Aristokratie

Aber offensichtlich war für die drei Figuren das **Eintauchen in die Natur auch nur Illusion und keine Problemlösung**, denn nur einer der drei wird letztlich glücklich: Werther kann später – als Spiegel seiner Emotionen – nichts Schönes mehr in der Natur sehen. Er scheitert und nimmt sich das Leben. Faust muss sich für die Lösung seiner Probleme mit dem Teufel verbünden. Einzig der Taugenichts wird am Ende glücklich und will seine Flitterwochen mit Aurelie in Italien verbringen – wobei relativierend hervorgehoben werden

Fazit: Illusion statt Problemlösung

Erläuterung

muss, dass Eichendorff hier eine **unerfüllbare Sehnsuchtsvorstellung** der Romantiker verarbeitet, die auch **Wilhelm Müller in seinem Gedicht „Der Lindenbaum“** zum Ausdruck bringt: Zwar weiß das lyrische Ich, dass es nur am Lindenbaum zur Ruhe kommen, träumen und Gefühle ausleben kann. Doch scheint dieser Zustand nicht dauerhaft erreichbar zu sein: Es treibt das lyrische Ich fort und weiter. Natur erscheint als Sehnsuchtsort, der nur im Irrealis erreicht werden kann: „Du fändest Ruhe dort!“ (V. 24)

(Bezug zu M 3)

Unterschiedliche Naturbegriffe

Zwischenüberschrift

Allerdings scheint es in vergangenen Zeiten auch schwerer gewesen zu sein, die Sehnsucht nach Naturerfahrungen zu stillen. Wir haben heute einen viel **weiter gefassten Naturbegriff als früher:** Das etymologische Wörterbuch des Duden-Verlages definiert Natur als „das **ohne fremdes Zutun Gewordene**, Gewachsene; die Schöpfung, die Welt“. Den Taugenichts und Werther fasziniert genau dieses Ursprüngliche und Unberührte. Alles von Menschen Bearbeitete verabscheut Werther, verwilderte Natur zieht er angelegten französischen Gärten vor. Im Deutschunterricht suchten wir nach unseren **eigenen Naturdefinitionen** und kamen auf eine **weniger strenge Erläuterung:** Alle Pflanzen, Gewässer, Tiere, Stoffe und Gesteine dieser Erde sind für uns Natur; in der Natur zu sein, heißt in unserer Generation aber auch: sich in den vom Menschen geschaffenen Parks zu treffen, im Hochseilgarten im Wald Angst und Wagnis zu spüren oder nachmittags auf dem asphaltierten Radweg an den nahe gelegenen Baggersee zur radeln. Vieles davon ist durch „fremdes Zutun“ geworden oder wird nur durch den Menschen erhalten. Das heutige **„Zurück zur Natur“** scheint also **wesentlich einfacher** und damit auch **erfolgversprechender** zu sein. Zudem ist das Leben in einer modernen Großstadt so attraktiv geworden, **dass man Natur nur temporär zu brauchen meint**. Und wenn man will, hat man die Natur unmittelbar vor der Haustür: Viel Zeit im Grünen kann man in unzähligen Parks verbringen und das Gartenbauamt sorgt für hübsche Blumenbeete sowie Grünzeug am Straßenrand. Und am Wochenende lässt es sich dann eintauchen in die Natur im Umland – notfalls mit einem Seminar zum Waldbaden.

(Bezug zu M 1)

Unterrichtsbezug Naturdefinitionen

Beispiele

Ist das wirklich Natur?

Zwischenüberschrift

Aber sind diese Naturerfahrungen tatsächlich echt? Helfen sie dabei, uns wieder so auf die Natur zu konzentrieren, dass wir die Verantwortung für ihren Schutz übernehmen können? Ute Guzzoni kritisiert: „Parkanlagen, Balkonkästen und Vorgärten sollen zwar hier und da eine Illusion von ‚Naturverbundenheit‘ schaffen, aber zumeist haben sie keine Chance, als etwas Eigenes, als *von sich aus*

Zurück zur Natur als Illusion

Beispiele

(Bezug zu M 7)

seiende Natur wahrgenommen zu werden." Hans Dieter Fronz kann das Verhalten, eins mit der Natur sein zu wollen, das **„Rückflugticket" in die Hochleistungsgesellschaft** aber gleichzeitig schon wieder gebucht zu haben, nur belächeln. Und auch der **französische Cartoonist Sempé** lässt uns über den modernen Eskapismus in die Natur schmunzeln. In einer Karikatur zeigt er zwei Menschen, die sich inmitten eines unberührten Waldes ein Stückchen Natur „selbst geschaffen" haben: Direkt neben ihrem Campingwagen erstrecken sich zwei symmetrisch angelegte Gärten. Geschlafen wird im gemütlichen Campingwagen, von **Erfahrungen mit der Ursprünglichkeit der Natur kann keine Rede sein**. Bei der geführten Alpenüberquerung mit Gepäcktransport erschließen sich die Teilnehmer die Natur nicht mehr selbst, sondern beschäftigen sich eher mit den unbequemen Betten oder dem fehlenden warmen Wasser auf den Berghütten.

(Bezug zu M 5)

(Bezug zu M 2)

Schlussteil

Die belächelte und kritisierte Auseinandersetzung mit Natur macht aber vor allem zwei Aspekte deutlich:

unsere Naturerfahrungen als Teil der Problemlösung

1. Die Motive und die Art und Weise des **Eintauchens in die Natur sind in jeder Generation anders** – sie folgen anderen Bedürfnissen und Notwendigkeiten. Deshalb ist gegen die geführte Alpentour, die nichts mehr mit der Naturerfahrung des Taugenichts zu tun hat, ebenso wenig einzuwenden wie gegen das kleine Balkongärtchen und das Waldbaden mit Anleitung.

2. Mit Natur setzen wir uns kaum aus Eigeninitiative auseinander, sondern wenn die **Angebote attraktiver sind als alle anderen Ablenkungs- und Unterhaltungsmöglichkeiten** oder wenn eine persönliche Notwendigkeit besteht. Wenn Naturerfahrungen also nicht bloß Trendprodukte bleiben sollen, wenn wir möchten, dass wir wieder besser über die Natur Bescheid wissen, um Verantwortung für ihren Schutz zu übernehmen, dann müssen wir an unsere Lebenswelt anknüpfen. Die **Schule** sollte dabei nicht nur Wissen vermitteln, sondern auch den direkten Kontakt mit der Natur ermöglichen. Darüber hinaus sind **Vorbilder** wie die Vorkämpfer der „Fridays for Future"-Bewegung wichtig, um uns aufzurütteln und mitzureißen.

Lösungsvorschlag:
sich auf Bedürfnisse der heutigen Generation einstellen

Fazit

Man kann im Kleinen anfangen: Wie machen wir es erstrebenswert zu wissen, welche heimischen Früchte wir für den Obstsalat im Wald finden und welche wir eher im Sommerurlaub zu Gesicht bekommen? Wenn wir diese Aufgabe annehmen, dann bedeutet unser Zurück zur Natur auch eine Zukunft für die Natur.

Anknüpfung an die Einleitung
Beantwortung der Frage

SOZIALES DRAMA

Erlaubte Hilfsmittel
- ein Wörterbuch der deutschen Rechtschreibung
- Textausgaben der Pflichtlektüren ohne Kommentar, ggf. mit Worterläuterungen
- eine Liste der fachspezifischen Operatoren

Dieser Vorschlag bezieht sich auf die Pflichtlektüre Georg Büchner: *Woyzeck.*

Aufgabenstellung

1 Fassen Sie den Inhalt des Auszugs aus Ödön von Horváths Drama *Die Bergbahn* zusammen und analysieren Sie die Szene. (Material) (40 BE)

2 Vergleichen Sie den Dramenauszug aus *Die Bergbahn* (Material) mit Büchners sozialem Drama *Woyzeck* unter besonderer Berücksichtigung der gesellschaftlichen Verhältnisse. (35 BE)

3 „Das moderne Theater muß nicht danach beurteilt werden, wieweit es die Gewohnheiten des Publikums befriedigt, sondern danach, wieweit es sie verändert." (Bertolt Brecht, 1898–1956)

Bertolt Brecht: Schriften zum Theater, Bd. 4. 1933–1947. Frankfurt a. M.: Suhrkamp 1963, S. 263.

Beurteilen Sie, wie das Theater heute dieser Forderung Brechts gerecht werden kann. (25 BE)

Material Ödön von Horváth: Die Bergbahn (1927)

Moser, Reiter, Sliwinski, Simon ließen Oberle an einem Seile in den Abgrund, um den abgestürzten Schulz zu bergen.

MAURER *auf einem Gratzacken[1]; ruft durch Handtrichter:* Huuu! – Huuu! [...]

Der Sturmstoß fegt vorüber.

Maurer klettert vom Zacken herab.

XAVER *leise:* Wie so an Unglück passiert –

MAURER *ebenso:* Schnell!! Der Reiter hat a Klammer braucht, und der Oberle sagt zum Schulz: hol ane her! und der arm Teuft springt dahin, ganz eifrig, und schreit glei, ganz entsetzli, und runter is er a scho über d'Wand. So vierzig Meter. Und bloß ausgrutscht –

MOSER *erregt; unterdrückt:* Hörts! Stehts do net so rum! Der Oberle holt den scho rauf! Laufts um a Tragbahr[2] und telefonierts um an Dokter! Zu!

HANNES Da werd nimmer viel zum doktern sein.

MOSER Meinst?

HANNES Ja. Der is hin. [...]

Stille.

Alle entblößen ihr Haupt.

HANNES *fällt langsam in die Knie, betet:* Vater unser, der Du bist im Himmel, geheiliget werde Dein Name –

MOSER *unterbricht ihn:* Verflucht! Ka Litanei, ka Rosenkranz! Der da drobn is taub für uns arme Leut!

In weiter Ferne Donnerrollen.

Ja, donnern, des kann der! Und blitzn und stürmen! Schreckn und vernichtn! – Was gedeiht, ghört net uns. Was ghört dem armen Mann? Wenn die Sonn scheint, der Staub, wenns regnet, der Dreck! Und allweil Schweiß und Blut!

Ein leiser Wind hebt an, der allmählich zum Sturm wird.

INGENIEUR *erscheint; atemlos; aufgeregt:* Was ist hier los? Warum steht man so herum? Wer gab das Notsignal?

MAURER I.

INGENIEUR Was ist denn geschehen?

OBERLE Still, Herr! Hier liegt a Toter.

INGENIEUR Wieso? Wo? Wer?

OBERLE Dort. Den Ihr gestern eingestellt habt, der Schulz.

INGENIEUR Scheußlich!

OBERLE Er is bloß gestolpert – über die Wand da. So vierzig Meter. *Schweigen.*

INGENIEUR Verdammt! Tja, da kann keiner dafür. – Wollen wir ihn ehren, indem wir geloben, ihm, der in Erfüllung seiner Pflicht fiel, nachzueifern, weiterzuarbeiten. – Ich muß unbedingt darauf bestehen, daß die Arbeit sofort wieder aufgenommen wird. Den Leichnam lassen wir bis zum Abend hier liegen und nun –

MOSER *unterbricht ihn:* Na, der werd zuerst nuntergtragn und aufbahrt. Nachher werd weitergschafft. Eher net!

INGENIEUR Hoppla! Hier hat nur einer zu befehlen, und das bin ich! Pflicht kommt vor Gefühlsduselei.

REITER Pflicht is, a Leich net liegn zu lassn, wie an verrecktn Hund.

INGENIEUR Ich verbitte es mir, über Pflicht belehrt zu werden! Merken Sie sich das, Sie! Ich habe mir mein Ziel erkämpft und pflege meinem Willen Geltung zu verschaffen. Und seis mit schärfsten Mitteln!

SIMON Bravo! Bravo!

INGENIEUR Was soll das?

Schweigen.

Es wird weitergearbeitet. Mit Hochdruck und sofort. Los!

Keiner reagiert.

Schweigen.

Hört: sollte das Wetter umschlagen und wir hätten die Vorarbeiten noch nicht beendet, – das Werk, der Bau, die Bahn ist gefährdet!

MOSER Sonst nix? Werd scho schad sein um die Scheißbahn! Sehr schad! Wer werd denn damit amüsiert? Die Aufputztn, Hergrichtn, Hurn und Wucherer![3] Wer geht dran zu Grund?! Wir!

SIMON Wir! Wir!

INGENIEUR *höhnisch, doch etwas unsicher:* So?

MAURER Gfährdet ist bloß unser Lebn!

INGENIEUR Hier gibt es Hetzer?

REITER Und Ghetzte[4]!

MOSER Und was is denn scho, wenns überhaupt kane Bahnen gibt?! Kamst um dei Seelenheil? Stürzet die Welt ein?!

INGENIEUR Unreifes Zeug, dummes!

REITER Wenn Sie, Herr, so a gscheits Genie san, so denkens halt mal an uns! Bauns ka Bergbahn! Bauns uns Häuser statt Barackn!

INGENIEUR Hier wird nicht geredet, hier wird gearbeitet! Ohne Kritik!

OBERLE Habt Ihrs net donnern ghört, zuvor?

INGENIEUR Quatsch! Quatsch! Ich kenne das Wetter! Das hält!

Hannes lacht.

OBERLE Herr, i bin a alter Arbeiter und die Verantwortung –

INGENIEUR *unterbricht ihn:* Nur keine Anmaßung! Die Verantwortung trage ich. Nur ich.

Es donnert.

Stille.

Hm. Jetzt dürfte sich manches geändert – Grinst nur, grinst! Ja, jetzt könnt ihr den aufbahren. Alles aufbahren! Auch euch selbst! *Er will absteigen.*

MAURER Halt! An Augenblick! Darf man fragn, obs stimmt, daß wir ghetzt werdn? Und daß es ganz gleich is, ob wir runterfalln, wenn nur des Kabel[5] herobn hängt, bevors Wetter umschlagt? Und daß wir, wanns umgschlagn hat, fortgtriebn werdn –

INGENIEUR *unterbricht ihn:* Jetzt könnt ihr gehen!

MAURER Wohin?

INGENIEUR Die Arbeit ist eingestellt. Alles ist eingestellt. Ihr seid entlassen.

MAURER Habts es ghört?! Habts es ghört?

REITER Des hättns uns scho sagn können!

SLIWINSKI Solln!

SIMON Müssn!

MAURER Lügner! Lügner!

REITER Jetzt kriegst nirgends Arbeit! Jetzt nimmer!

INGENIEUR Wer arbeiten will, der kann! Jetzt und immer!

Simon applaudiert.

Wird immer erregter. Hört! Ich habe alles verlassen, um mein Ziel zu erreichen! Ich habe in Baracken gehaust –

MOSER Wir habn no nie anderswo ghaust!

INGENIEUR – ich habe verzichtet, ich habe im Schatten geschuftet an dem Werk!

SLIWINSKI Im Schattn deiner Villa!

INGENIEUR Ich habe keine Villa!

SIMON Aber a Wohnung hast! Unds Fressn hast! Und an Mantl, wanns di friert! Ists wahr oder net?

INGENIEUR Ich werde mir erlauben, eine Wohnung zu besitzen! Doch ich hätte auch hungernd und frierend an meinen Plänen gearbeitet – *Er hält plötzlich verwirrt die Hand vor die Augen.* Aber ich habe ohne den lieben Gott kalkuliert. Allerdings, ja, jetzt schlägt das Wetter um –

MAURER Also, weil Sie Herr sich verrechnet habn, drum stehn wir da, mittn im Winter! Ohne Dach, ohne Holz, ohne Brot!

SIMON A jeder redt si aufs Wetter naus, aber kaner rechnet damit!

HANNES Die ganzn Plän san halt falsch.

INGENIEUR Was?! Kritik? Kritik! Du Trottel! Ungebildetes Pack erlaubt sich –

XAVER *unterbricht ihn:* Ohne uns Pack, was war denn dei Werk?! Bloß a Plan! Papier! Papier!!

Stille.

Ingenieur geht langsam auf Xaver zu und hält dicht vor ihm; fixiert ihn; plötzlich schlägt er ihm vor die Brust, daß er zurücktaumelt.

Stille.

INGENIEUR *verliert die Nerven:* Jetzt könnt ihr gehen! Verschwindet! Marsch!

OBERLE Wohin!?

INGENIEUR Was weiß ich?! Wohin ihr wollt! Wohin ihr könnt! Wohin ihr gehört! Zum Teufel!

Ödön von Horváth: Gesammelte Werke, Band 1, Frankfurt am Main 2. Aufl. 1972, S. 87–93.
Die Rechtschreibung entspricht der Textvorlage.

Anmerkungen

1 Gratzacken: Zacken eines Bergrückens
2 Tragbahre: Gestell zum Transport von Verletzten oder Toten
3 „Die Aufputztn, Hergrichtn, Hurn und Wucherer!“: im Sinne von: die Reichen, Schönen, Huren und Wucherer
4 Ghetzte: Gehetzte
5 Kabel: hier Seil als Aufhängung für die Gondeln der Zugspitzbahn

Hinweise

Ödön von Horváth (1901–1938) ist ein aus Österreich-Ungarn stammender deutschsprachiger Schriftsteller, dessen Texte häufig eine sozialkritische Ausrichtung haben. Den Stoff für Horváths Bühnenstück *Die Bergbahn* lieferte der Bau der Tiroler Zugspitzbahn, die 1926 eröffnet wurde und deren Bau zahlreiche Unfallopfer forderte. Die Zugspitzbahn war für ihre Zeit eine technische Meisterleistung und führte in fast 3000 Meter Höhe.

TIPP **Bearbeitungshinweise**

Das Ihnen vorliegende Thema ist übersichtlich. Zweimal dramatische Literatur, zweimal die soziale Frage behandelnd. Ödön von Horváth schrieb sein Stück fast 90 Jahre nach Büchner; aber Sie werden entdecken, dass er ihm trotz der zeitlichen Distanz seine Reverenz erweist. Georg Büchner, geboren 1813, war im Februar 1837 schon tot. Die *Woyzeck*-Fragmente entstanden wohl 1835/36, wurden aber erst Jahrzehnte später bekannt. Seitdem macht *Woyzeck* Furore im deutschsprachigen Raum. Auch Horváth wurde nicht eben alt und schrieb *Die Bergbahn* als junger Mann. Ihr Material ist, mit zwei Seiten Streichung, ein Auszug aus dem 3. Akt. Da Sie besonders die jeweiligen gesellschaftlichen Verhältnisse herauszuarbeiten haben, sollten Sie wissen, dass Horváth vor und nach den Ihnen gegebenen Auszügen nicht nur die soziale Situation der Arbeiter zeigt, sondern auch die soziale Abhängigkeit beleuchtet, in der der Ingenieur gefangen ist: Das Bahnprojekt ist knapp kalkuliert. Es wird von einer AG und Bankkrediten finanziert. Der Aufsichtsrat der AG hat den Ingenieur zu äußerster Eile und Härte gegenüber den Arbeitern gedrängt. Denn sollte die Arbeit vor Wintereinbruch nicht fertig, die Bahn im kommenden Frühjahr nicht betriebsbereit sein, hätte das die Pleite der AG und auch die Entlassung des Ingenieurs zur Folge.

In **Teilaufgabe 1** ist es nicht ganz einfach, die Operatoren „**zusammenfassen**" und „**analysieren**" auseinanderzuhalten. Nach der **Einleitung**, in der Sie die grundlegenden Informationen zu dem Auszug nennen, schließen Sie eine knappe, aufs Wesentliche fokussierte **Inhaltsangabe** an. In der **Analyse** werden Sie sich dann besonders auf die Konfliktparteien, ihre Sprache, den Fortgang des Streits und aussagekräftige Regieanmerkungen konzentrieren. Markieren Sie sich die Phasen und Themen des Disputs und Mittel der dramatischen Gestaltung. Der folgende Lösungsvorschlag berücksichtigt außerdem die differenzierte Figurenzeichnung der Arbeiter.

Während der Analyse hat sich Ihnen möglicherweise schon der **Vergleich** mit *Woyzeck* aufgedrängt. Als Vorbereitung zu **Teilaufgabe 2** empfiehlt sich eine tabellarische Gegenüberstellung der beiden Stücke. Suchen Sie nach geeigneten Vergleichsaspekten (wie z. B. Figurenzeichnung oder Aussage des Dramas) und sammeln Sie Gemeinsamkeiten, Ähnlichkeiten und Unterschiede. Der Arbeitsauftrag weist Sie darauf hin, dass die Darstellung der gesellschaftlichen Verhältnisse in Ihrem Vergleich besonderes Gewicht haben muss. Bezeichnenderweise ist der Aufgabenvorschlag mit „Soziales Drama" betitelt. Sie haben während der Bearbeitung die Zeit, das eine oder andere Zitat im ausliegenden *Woyzeck*-Exemplar nachzuschlagen.

In **Teilaufgabe 3** sind Sie lediglich dazu aufgefordert zu **beurteilen**, inwieweit heute **Brechts Theatertheorie** umgesetzt wird. Außer der von Brecht formulierten Alternative gibt es aber noch andere dramaturgische Positionen, die Ihnen während eines kleinen Brainstormings vielleicht in den Sinn kommen. Sie müssen sie nicht unterdrücken, sondern dürfen durchaus kritisch in die Bearbeitung dieser Aufgabe hineingehen und Ihre eigene Sichtweise formulieren.

Lösungsvorschlag

TEILAUFGABE 1

Einleitung
Autor, Titel, Gattung, Erscheinungsjahr, Thema

Der Auszug aus Ödön von Horváths 1927 veröffentlichtem Stück *Die Bergbahn* setzt am Beispiel des Baus der Zugspitzbahn einen eskalierenden Konflikt zwischen empathielosem Arbeitgeber und rechtlosen Arbeitern in Szene.

Inhaltszusammenfassung
Ausgangssituation

Schauplatz ist eine hochalpine Gegend, in der sich der Winter anzukündigen scheint. Es geht ein Wind, der zum Sturm wird. Ein Trupp von Arbeitern, beauftragt mit der Fertigstellung der Bahn, die künftig Gäste vom Tal bis hoch auf den Berggipfel bringen soll, ist aber gerade darum bemüht, ihren verunglückten Kameraden Schulz zu bergen. Schulz ist 40 Meter in die Tiefe abgestürzt. Oberle lässt sich gerade zu ihm abseilen. Versammelt sind zudem Moser, Reiter, Hannes, Sliwinski, Simon, Xaver und Maurer.

Reaktionen der Arbeiter auf das Unglück

Die Szene setzt also **nach dem Unglück** ein. Wie es dazu kam, fasst Maurer als Augenzeuge zusammen: Schulz sei lediglich ausgerutscht (vgl. Z. 7 ff.). Moser, noch zuversichtlich, ordnet Hilfsmaßnahmen an (vgl. Z. 11 f.) Andere glauben nicht daran, dass Schulz überlebt haben könnte, und sollen recht behalten. Dem Toten zu Ehren entblößen die Kameraden ihr Haupt (vgl. Z. 17). Manche trauern nach dem Brauch ihrer Kirche um ihn; andere halten nichts von der alten Religion (vgl. Z. 18–25).

Reaktion des Ingenieurs

Im Moment dieses **Innehaltens** in der regulären Arbeit erscheint, vom Notsignal alarmiert, aufgeregt und außer Atem die Bauaufsicht, der Herr **Ingenieur**. Trotz des Unglücks besteht er darauf, den Toten vorerst liegen zu lassen und sofort die unterbrochene Arbeit wieder aufzunehmen. Das aber widerspricht allem Herkommen. Erst müsse der Tote ins Tal getragen und dort aufgebahrt werden; erst danach könne man mit der Arbeit fortfahren.

Auseinandersetzung mit negativem Ausgang

Aus diesem Dissens entwickelt sich ein sich zuspitzender und immer neu aufflammender **Streit**. Die Arbeiter boykottieren den Befehl des Ingenieurs (vgl. Z. 48 ff.); die Auseinandersetzung geht bald über den Anlass hinaus in Grundsätzliches (vgl. Z. 56 ff.) und nimmt an Schärfe zu. Als es – Zeichen des sich ankündigenden **Wetterumschlags** – das erste Mal donnert, will der Ingenieur es besser wissen: Das Wetter werde halten. Aber beim zweiten Donnern (vgl. Z. 76) ist klar, dass der Winter tatsächlich einfällt. Die Arbeiten zur Fertigstellung der Bergbahn müssen eingestellt werden. Der Ingenieur resigniert: Jetzt mögen sie ihren Toten aufbahren und sich gleich mit (vgl. Z. 78 f.). Er will verschwinden, aber Maurer stellt ihn und will wissen, ob wirklich nach Abschluss der Arbeiten alle Arbeiter entlassen werden. Da erklärt sie der Ingenieur als ab sofort **entlassen**. Infolgedessen wird nun der Ingenieur beschimpft und attackiert, demütigt seinerseits die Arbeiter, verliert dann die Nerven, stößt den Kontrahenten Xaver, und wünscht sie alle zum Teufel (vgl. Z. 117 ff.).

Analyse
klassenkämpferische Dimension des Konflikts

Der Inhalt des Szenenausschnitts ist also **der dramatisch gestaltete Klassenkonflikt** zwischen Herr und Knecht bzw. Arbeitgeber und Arbeitnehmern. Die Arbeiter an der Bergbahn lehnen sich gegen die Anordnungen des Ingenieurs auf, sie stellen seine Befehle offen infrage und boykottieren sie. Sie hinterfragen, **klassenbewusst**, erst den Nutzen der Bergbahn und dann die Planungskompetenz des Ingenieurs, bis sich die Antagonisten schließlich derart in persönliche Beleidigungen und Kränkungen hineingesteigert haben, dass eine Partei gewalttätig wird. Horváth führt also das Konfliktgeschehen Stufe um Stufe in eine dramatische **Steigerung**. Kurz bevor es zum Eklat kommt, baut er jedoch noch ein **retardierendes Moment** ein. Es ist die Stelle (ab Z. 94), in der der bisher autoritär und herrisch aufgetretene Ingenieur keinen Hehl mehr aus der eigenen Bedrückung macht. Er hat sich selbstsicher gegeben, aber seine Sicherheit ist gespielt (vgl. Z. 60). Tatsächlich ist er verzweifelt, denn auch seine Existenz steht auf dem Spiel. In dieser Not, nun plötzlich nicht mehr von oben herab, sondern menschlich sprechend, **bettelt** er fast **um das Verständnis** der Arbeiter. Aber es ist zu spät. Die Fronten sind verhärtet. Sofort fährt ihm einer höhnisch in die Parade (vgl. Z. 98), sodass fortan das Ganze nur noch weiter Fahrt aufnehmen kann in Richtung eines zwangsläufig tragischen oder eher katastrophalen Ausgangs.

Figurenzeichnung: Ingenieur

Vor dieser fast klassischen **Duellszene** und bevor der Ingenieur auf dem Schauplatz erscheint, ist der Trupp der Arbeiter aber eine Zeit lang noch unter sich, beschäftigt mit der Bergung des abgestürzten Schulz, mit seinem Sterben und ihrer Erschütterung und Trauer. Diese stille Szene steht im **Kontrast** zur Eskalation des Kommenden, und sie gibt Horváth Gelegenheit, die **Unterschiedlichkeit der Arbeiter** anzudeuten. **Der Ingenieur hat keinen Eigennamen.** Er bleibt anonym und reduziert auf seine Funktion: ein hochdeutsch sprechender akademischer Experte zwischen Kapitalherren und Arbeiterschaft. **Die Arbeiter** dagegen sind für Horváth gerade nicht einfach nur ein Trupp von neun Leuten. Gegen den Ingenieur bilden sie zwar eine geschlossene Front: eine **Klassenfront**, verbunden durch ihre **dialektale Sprache**, die gemeinsame harte Arbeit und ihre ungesicherte materielle Situation. Es scheint Horváth aber wichtig zu sein, dass das Publikum sie als **Individuen** erlebt, die in ihrer Unterprivilegiertheit und trotz ihrer durchaus unterschiedlichen Ansichten zusammenstehen.

Kollektiv der Arbeiter

Charakterisierung einzelner Arbeiter

Oberle etwa sagt wenig, genießt **als wohl Ältester** aber die Achtung aller und fühlt sich verantwortlich (vgl. Z. 73). Folglich lässt er es sich auch nicht nehmen, den verunglückten Kameraden zu bergen. Und er macht auf den ersten Donner, dieses Zeichen für den Wetterumbruch, aufmerksam (vgl. Z. 70).

Moser ist auf der Höhe des zeitgenössisch-aufgeklärten linken **Klassenbewusstseins**. Von ihm kommen die entscheidenden Vetos: gegen den religiösen Brauch, verbunden mit seiner Ablehnung eines Gottes, von dem er seine Klasse im Stich gelassen sieht (vgl. Z. 20 ff.); mit seiner konfliktauslösenden Weigerung weiterzuarbeiten, bevor nicht dem Toten sein Recht zuteil geworden ist (vgl. Z. 40 f.), und mit der Grundsatzfrage zum Nutzen der Bahn (vgl. Z. 56 ff.).

Simon ist kein Mann großer Worte. Er ist der **Ironiker** der Truppe (vgl. Z. 48, 93, 108). **Reiter** dagegen ist geradezu **fixiert aufs Wort**. Bei mehrdeutigen bzw. auslegbaren Äußerungen hakt er ein. Gleich anfangs, als ihnen der Ingenieur mit der „Pflicht" zur Weiterarbeit kommt, setzt er ihm die ethische Pflicht zur Versorgung des Toten entgegen (vgl. Z. 44). Als der Ingenieur drohend fragt, ob es hier etwa „Hetzer" (Z. 62) gebe, antwortet er messerscharf und klassenkämpferisch: Ja, Hetzer und Gehetzte (vgl. Z. 63) – und dreht damit das Gemeinte um 180 Grad (vgl. Z. 66 ff.). **Maurer** gehört zu den **Wortführern** und hält am Ende den Ingenieur auf mit der entscheidenden Frage nach ihrer Entlassung (vgl. Z. 80 ff.). Er wirft ihm vor, ein Lügner zu sein (vgl. Z. 90). **Sliwinski** hält sich lange zurück, spuckt aber dann seinen ganzen Hass auf die Privilegierten aus (vgl. Z. 98).

Hannes ist nicht nur **fromm** nach alter Väter Sitte (vgl. Z. 18 f.), sondern auch in gewisser Weise seins- und naturfromm, denn er achtet die Zeichen des Himmels. Als sich der Ingenieur nach dem ersten Donner als Wetterexperte aufspielt, lacht er ihn schlichtweg aus (vgl. Z. 71 f.). Er ist es auch, der die Baupläne für grundsätzlich falsch erklärt (Z. 109), da sie, wie sich ja zuvor auch der Ingenieur eingestehen musste, „ohne den lieben Gott kalkuliert" seien (Z. 104). Dieser **„liebe Gott"** Horváths scheint nach wie vor der antike Berg- und Wettergott zu sein, dem Respekt zu zollen ist und der, da erhaben über politische und soziale Klassenkämpfe, in diesem einen Punkt auch Hannes und den Ingenieur eines Sinnes sein lässt. Der Unterschied: Hannes ist von seinem ganzen Wesen her fromm; der Ingenieur aber muss erst gebrochen werden, um spät und wohl auch nur für einen Moment zu Einsicht und Demut zu finden. Da er aber bei den Arbeitern auf kein Verständnis stößt, kehrt er in seine Herrenrolle zurück und verbietet sich wütend jede Kritik. Hier wie schon mehrfach zuvor markiert Horváth den Grad der inneren Erregung der Sprechenden durch emphatische Wortdoppelungen (vgl. Z. 71: „Quatsch! Quatsch!" und Z. 90); durch Ausrufe und Fragezeichen (auch kombiniert, vgl. Z. 118 ff.); mit anaphorischen Kurzsatzreihen (vgl. Z. 119) und einem Gesprächsverlauf, in dem die Kontrahenten einander mehrfach ins Wort fallen (vgl. Z. 40, 74, 83).

Xaver schließlich unterbricht am Ende, um das Fazit zu ziehen: Ohne die von den Herren zu Pack entwürdigten Arbeiter gäbe es kein Werk; vielmehr bliebe ohne sie auch der fortschrittlichste Plan nichts als Papier (vgl. Z. 111 f.). Mit diesem Satz trifft er den Ingenieur ins Mark.

Verstummen als dramaturgisches Mittel

Horváth gibt seiner Szene zusätzliche **Spannung durch Momente des** vielsagenden **Verstummens**. Da Schulz stirbt, tritt die **Stille** der Bestürzung ein (vgl. Z. 16). Es ist das erschrockene Verstummen in einer elementaren Situation, die jeden etwas angeht. Mit einem ähnlichen Verstummen reagieren alle auf den zweiten Donner (vgl. Z. 77) und dann abermals am Ende, gleichsam erstarrend (vgl. Z. 113, 116), als sich definitiv Unheil anbahnt. Mit **Schweigen** dagegen (vgl. Z. 50, 53) drücken die Arbeiter ihren **Widerstand** gegen die Befehle des Ingenieurs aus. Dieses aktive, bewusste Schweigen heißt: So nicht, nicht mit uns. Wir streiken.

Wetter als konfliktentscheidende Macht

Mit „Hoppla! Hier hat nur einer zu befehlen, und das bin ich!" (Z. 42) kontert **der Ingenieur** den Einwand Mosers – und macht sich von Beginn an **lächerlich** damit. Leser bzw. Publikum werden aber nicht nur davon überzeugt, dass in der Konfrontation zwischen den Antagonisten auch die Arbeiter etwas zu sagen haben. Es meldet sich vor allem noch ein **dritter Mitspieler** zu Wort: das **Wetter**. Es zieht als Wetterfront auf, veranstaltet fernes Donnergrollen (vgl. Z. 22). Aber dann wird aus einem leisen Wind allmählich ein Sturm (vgl. Z. 26), bis schließlich mit zweimaligem Donnern das **Machtwort von ganz oben** gesprochen ist, gegen das auch der Ingenieur nichts mehr auszurichten hat. Die Arbeit wird eingestellt. In seinem ebenso wütend wie verzweifelt hervorgestoßenen „Ja, jetzt könnt ihr den aufbahren. Alles aufbahren! Auch euch selbst!" (Z. 78 f.) begreift er sich selbst mit ein. Er ist nicht nur der Unterlegene in der Auseinandersetzung mit den Arbeitern. Er selbst wird auch entlassen werden. Und so kann auch er nun „**alles**", alle seine schönen Pläne und Hoffnungen, „**aufbahren**" bzw. er kann einpacken.

TEILAUFGABE 2

Vergleich mit *Woyzeck*

Beide Dramatiker, Büchner wie Horváth, nehmen sich in ihrer jeweiligen historischen Epoche der miserablen sozialen Lage der Unterschicht an. Deutlich **ergreifen** beide **Partei für die Unterprivilegierten** und machen sie zu ihren Hauptfiguren.

Die **Vorgesetzten**, bei Büchner der Hauptmann und der Doktor, bei Horváth der Ingenieur, bleiben **namenlos** und tendieren – bei Büchner ausgeprägter als bei Horváth – zur Karikatur, während ihre **Protagonisten Eigennamen** haben und mit viel Verständnis für ihre Situation als Charaktere entwickelt sind. Eigennamen bei Büchner haben neben Woyzeck vor allem Marie und ihr gemeinsames Kind Christian, Andres, Woyzecks Kamerad beim Militär, aber auch Karl, der Idiot, und Käthe, die Nachbarin. Alle anderen bleiben Typen, auch der prächtige Tambourmajor, neben dem der abgehetzte Woyzeck körperlich nur ein armer Wicht ist. In Büchners Darstellung von Woyzeck verwirklicht sich die Forderung, die er Lenz in den Mund legte, dass nämlich der Dichter sich in das Leben auch des Geringsten versenken und **die Menschen lieben** müsse, um zu entdecken, dass die Gefühlsader in allen doch fast gleich sei. Der Leser kann, wenn auch erschreckt durch Züge des Irrsinns, das Gefühlsleben des armen Woyzeck nachempfinden, seine ohnmächtige Liebe zu Marie und dem Kind, seine verzweifelte Eifersucht, die von allen zu erleidenden Demütigungen, seine ihn quälenden metaphysischen Fragen und Halluzinationen, bei denen Andres ihm nicht beistehen kann, sondern ihm rät, sich ins Lazarett verlegen zu lassen. Woyzeck hat keine Genossen, erfährt **keine Solidarität**. Büchner zeigt ihn als materiell und sozial ganz und gar armen Teufel auf der untersten Stufe der Gesellschaft. Er konzentriert sich dabei **besonders** auf **das psychische Leiden**, **die Seelennot**, innere **Einsamkeit** und metaphysische Verlassenheit dieses so „vergeistert" und unglücklich durchs Leben irrenden Menschen, der schließlich, in die Enge getrieben, das Liebste tötet, was er hat.

Figurenzeichnung bei Büchner

So feingliederig und auch zart wie Büchner kann und will **Horváth** nicht arbeiten, da er nicht einen Einzelnen in den Mittelpunkt stellt, sondern ein **Kollektiv**. Sein Akzent ist vor allem **politisch und revolutionär**. Er demonstriert die skrupellose Ausbeutung der Menschen in einem kapitalistischen System. Rekrut Woyzeck hat wenigstens seinen Sold, auch wenn das für Frau und Kind nicht reicht. Horváths Arbeiter, da ohne verbindliche Arbeitsverträge, hängen von Mal zu Mal in der Luft in einer Zeit großer Arbeitslosigkeit. Woyzeck und Marie haben – wie ärmlich auch immer – Zimmer, Bett und Ofen. Horváths Arbeiter kennen nur das provisorische Leben in wechselnden Baracken-Camps. Bei Büchner verläuft die Bruchlinie zwischen den „arme Leut" auf der einen Seite und den vermeintlich Gebildeten (Doktor, Hauptmann), die sie schikanieren. Bei Horváth müsste die Bruchlinie eigentlich zwischen den Arbeitern inklusive Ingenieur hier und den Kapitaleignern und Banken auf der anderen Seite verlaufen, aber der Ingenieur, auch er lohn- bzw. gehaltsabhängig, steht zwischen den Fronten und wird da zerrieben.

bei Horváth

Büchner klagt die Ständegesellschaft des frühen 19. Jahrhunderts der sozialen Ungerechtigkeit **an**, als deren Opfer sich Woyzeck empfindet, wenn er zum Beispiel auch Moral und Tugendhaftigkeit als Luxus derer begreift, die über Geld, einen Hut und andere Requisiten bürgerlichen Anstands verfügen. Er hat das uneheliche Kind, weil es zum Heiraten nicht reichte (Rasierszene). **Horváth** schreibt im entwickelten **Industriezeitalter** nach der Russischen Revolution bzw. dem Sturz des Zarenreiches und dem verbreiteten Ruf nach Räterepubliken. Das europäische **Proletariat** tendierte zur **kommunistischen Partei**. Die Achtung vor jeglicher Obrigkeit schmolz. Ausdruck dieses neuen Bewusstseins ist bei Horváth der geschlossene Boykott der Arbeiter (vgl. Z. 48 ff.), die Hinterfragung des Bahnprojekts überhaupt, die offene Schmähung derer, zu deren Vergnügen die Bahn wohl dienen soll (vgl. Z. 56 ff.), und die Beschimpfung des Ingenieurs. Der Wetterumschlag ist auch politisch deutbar.

Gesellschaftskritik

Wie sehr aber Horváth Büchner schätzte und ihm verbunden war, drückt sich in seinen Halbzitaten aus dem *Woyzeck* aus. Eine dieser Anspielungen kann man wohl darin erkennen, dass sich Horváths Arbeiter als **Gehetzte** verstehen, als die zu immer härterer Arbeit Angetriebenen, denen nicht einmal die Zeit zur Aufbahrung des toten Kameraden zugestanden wird. Hetzer und Gehetzte gebe es, sagt Reiter (vgl. Z. 63) und deutet den Vorwurf der politischen Agitation so um, dass als Hetzer der Antreiber, konkret der Ingenieur, dasteht. Maurer bohrt nach, will wissen, ob sie wirklich ohne Rücksicht und **bei Gefahr ihres Lebens gehetzt** werden, damit nur das Kabel rechtzeitig hängt (vgl. Z. 80 ff.). Gehetzt zu sein war bereits bei Büchner das Synonym für menschenunwürdige Ausbeutung. Dem Hauptmann wird es ganz ungemütlich, wenn er zusieht, wie Woyzeck die Straße entlang rennt und hetzt: vom Militärdienst zu Marie und weiter zu seinen verschiedenen Nebenjobs. Er sehe „immer **so verhetzt** aus“, mahnt ihn der Fettwanst und wünscht sich mehr Beschaulichkeit.

intertextuelle Parallelen zwischen den beiden Dramen

Deutlicher noch ist Horváths Übernahme von Woyzecks Gruppenbezeichnung „**wir arme Leut**“. „Sehen Sie, wir arme Leut“, sagt er wiederholt, um anderen seine Lage irgendwie verständlich zu machen. Und einmal fährt er fort: „Unsereins ist doch einmal unselig in der und der andern Welt, ich glaub, wenn wir in Himmel kämen, so müssten wir donnern helfen.“ (Rasierszene) Davon, dass **das Jenseits** lediglich die **Kopie der irdischen Stände- oder Klassengesellschaft** sei, ist auch Moser überzeugt. „Der da drobn is taub **für uns arme Leut**“ (Z. 20 f.), sagt er nach dem Tod von Schulz ganz im Stile Woyzecks. Donnern könne dieser Gott. Was aber dem armen Mann zukomme, sei lediglich der Staub, wenn die Sonne scheint, der Dreck, wenn's regnet, und „allweil Schweiß und Blut“

(Z. 25). Bei Büchner wie bei Horváth findet sich also die Vorstellung, dass dem Unterprivilegierten weder in dieser noch in der anderen Welt geholfen werde, zumal aus marxistischer Sicht Religion grundsätzlich nichts anderes als ein menschengemachter „Überbau" ist.

Fazit

Büchner zeigte Woyzeck als **Antihelden und Opfer** der sozialen Verhältnisse. Moser, Maurer, Simon, Xaver bei Horváth gehen über diesen Opferstatus hinaus. Sie versuchen sich zu wehren und greifen bereits ansatzweise die Obrigkeit an.

TEILAUFGABE 3

Überleitung

Bertolt Brecht und Horváth sind Zeitgenossen. Beide erlebten die von Wirtschaftskrisen, Bankenkrachs und Massenarbeitslosigkeit gekennzeichneten 1920er-Jahre, in der sich auch viele Intellektuelle und Künstler scharf links verorteten.

Paraphrase und Erläuterung des Brecht-Zitats

Brecht hatte an sich mit rebellisch-anarchistischen Stücken *(Baal)* begonnen, bevor er Kommunist wurde und sein Schaffen in den Dienst der sozialistischen Revolution bzw. der Partei stellte. Aus dieser Lebensphase etwa könnte seine These stammen, dass Theater dann einen Wert hat, wenn es didaktisches bzw. **Lehrtheater** ist. Er selbst nannte, was er für die Bühne schrieb, „**Lehrstücke**". Seine These ist ziemlich missionarisch und anmaßend, denn er sagt mit ihr ja indirekt, dass er im Besitz des zukunftweisend-richtigen (gemeint: politisch richtigen) Bewusstseins sei, für das es auch das Publikum zu gewinnen gelte. Ein Theater dagegen, das die „Gewohnheiten des Publikums befriedigt", wird indirekt als **affirmativ** verworfen. An anderer Stelle nennt er es „**kulinarisch**". „Kulinarisch" sind Genüsse aller Art. Man kann damit vielleicht am ehesten opulent ausgestattete, amüsante Intrigen-, Liebes- und Verwechslungsspiele assoziieren, Operetten und große Opern. Diesem Repertoire also spricht Brecht – völlig absehend von der jeweiligen ästhetischen, schauspielerischen, musikalischen und dramaturgischen Qualität – seinen Wert ab. Weil es unpolitisches Vergnügen und Unterhaltung pur sei? Und ohne geistigen Anspruch? Muss es immer politisch engagiert und „problemorientiert" sein? Es ist doch an sich und in erster Linie „Spiel": Schau*spiel*!

Relativierung von Brechts Forderung

Brecht hat seine These als Alternative formuliert. Aber es gibt **mehr als sein Entweder-oder**. Darum würde ich seinen Maßstab, selbst wenn ich das könnte, auch nicht zur Beurteilung heutigen Theaters verwenden wollen. Theater ist **vielfältig**. Es reicht vom Kasperletheater, das kleine (und große) Kinder begeistert, bis zum großen Welttheater, das die Fragen des Menschenlebens an sich ebenso verhandelt wie die Bedingungen ihres Zusammenlebens, ihrer Staatsformen und solcher zentralen Begriffe wie Herrschaft, Recht, Gerechtigkeit, Religion, Toleranz, Ehre, Pflicht, Gehorsam und Freiheit. Lessings *Nathan*, Goethes *Faust*, aber auch experimentelles und absurdes Theater samt den schwarzen Komödien Samuel Becketts oder magisch-makabre Kafka-Inszenierungen gehören dazu – heute im Themenkatalog erweitert um Fragen des Rassismus, des Klimawandels und der Migration u. a. Seit der Antike galt, dass Theater **unterhaltsam *und* nützlich** zu sein habe, wobei diese Variablen immer neu auszutarieren sind.

Bezug zu eigenen Theater-Erfahrungen

Tatsache ist, dass wir in den letzten eineinhalb Jahren wegen Corona nicht mehr ins Theater gekommen sind. Weil ich „das Theater heute" (s. Aufgabenstellung) also gar nicht beurteilen kann, habe ich so weit zurückgegriffen. Ich weiß zum Beispiel, dass Brechts *Dreigroschenoper* gar nicht nur belehrt, sondern mit ihren schmissigen Songs und ihrem provokanten Spiel vor allem unterhält. Brecht selbst ist darin seiner Entweder-oder-These untreu geworden. *Die Dreigroschenoper* wird noch aufgeführt, ist also auch noch heute da und ist gut, weil sie selbst als Schultheater jede Menge Spaß macht. Verändert (oder politisch sonderlich nachdenklich) waren wir danach nicht. Ich liebe Büchners sozial und politisch **engagiertes Theater** besonders deshalb, weil es so menschlich ist und irgendwie wahr. Schiller, der auch sehr politisch gedacht hat, finde ich ziemlich gut, weil man sich mit seinen Helden identifizieren kann. Beim Lesen zieht sich der *Don Carlos*, aber als ich ihn mit circa 16 in Mannheim auf der Bühne gesehen habe, war ich hin und weg vom Marquis Posa. Zum „Theater heute" zähle ich also auch **Neuinszenierungen alter Stücke**. Sie können noch immer unter die Haut gehen.

Und im Fernsehen habe ich zufällig einen Teil einer Hamburger Inszenierung von *Unterwerfung* gesehen, in der ein dünner Schauspieler, Edgar Selge, wie halb eingeklemmt in einem großen Drehkreuz steckte und derart gut gespielt und gesprochen hat, dass ich seitdem manchmal Lust habe, selbst Schauspielerin zu werden.

persönliches Fazit

Ich möchte nicht mit Brecht beurteilen, ob etwas die Menschen unterhält oder sie in ihren Anschauungen verändert, sondern ob es **Kunst** ist und mich innerlich erreicht. *Kunst* hieß übrigens das „heutigste" Stück, das mir einfällt. Es handelt von einem teuer erstandenen weißen Bild mit einem weißen Streifen, über das man eigentlich lachen müsste, über das sich drei Freunde aber so zerstreiten, dass ihre Freundschaft in die Brüche zu gehen droht. Geschrieben hat es Yasmina Reza. Es ist unpolitisch, menschlich tragikomisch und witzig.

Hessen Deutsch ▪ Abiturprüfung 2021

Grundkurs ▪ Vorschlag C

MACHT UNS BILDUNG ZU BESSEREN MENSCHEN?

Erlaubte Hilfsmittel

- ein Wörterbuch der deutschen Rechtschreibung
- Textausgaben der Pflichtlektüren ohne Kommentar, ggf. mit Worterläuterungen
- eine Liste der fachspezifischen Operatoren

Dieser Vorschlag bezieht sich auf die Pflichtlektüre Johann Wolfgang von Goethe: *Faust I.*

Aufgabenstellung

1 Geben Sie Jan Roß' Auffassung von Bildung im vorliegenden Essay wieder und analysieren Sie die sprachlich-formale Gestaltung des Textes. (Material) (30 BE)

2 Erläutern Sie, ausgehend von Roß' Text, welche Rolle Bildung für die Figuren Wagner, Faust und Margarete aus Goethes Drama *Faust I* spielt. (45 BE)

3 „Bei der Frage, welche Medien bildungstauglich sind, soll man nicht kleinlich sein." (Material)
Diskutieren Sie, inwiefern Literatur und andere Medien heute noch eine bildende Funktion im Sinne von Roß haben können. (25 BE)

Material Jan Roß: Macht mich Bildung zum besseren Menschen? (2020)

Während meiner Zeit als Korrespondent in Indien bin ich zahllosen Bettlern begegnet. Manchmal habe ich ihnen ein bisschen Geld gegeben, manchmal ärgerte ich mich über sie, weil ich sie zudringlich fand. Aber an den allermeisten bin ich vorbeigegangen. Das passiert natürlich auch in Deutschland, in jeder großstädtischen Fußgängerzone. Doch in einem Land wie Indien, wo die Armut trotz aller wirtschaftlichen Entwicklung immer noch allgegenwärtig ist, fällt einem die eigene Fähigkeit zur Achtlosigkeit, zur Wahrnehmungsverweigerung besonders drastisch auf. Man blickt von den Armen nicht einmal mehr weg, man sieht einfach durch sie hindurch.

Zufälligerweise las ich zur selben Zeit, in der ich mich in Indien einlebte, ein dickes, altes europäisches Buch, einen Klassiker: den Roman *Bleakhaus* des englischen Erzählers Charles Dickens[1] aus dem Jahr 1853. Eine spannende Geschichte aus dem nebelverhangenen viktorianischen London. Halb Krimi, halb Sozialkritik, voller unvergesslicher Charaktere.

Eine der Romanfiguren ist der Straßenkehrer Jo, noch ein halbes Kind, so schmächtig, verschüchtert und elend, dass er nicht einmal einen Nachnamen angeben kann, wenn er gefragt wird, und gewissermaßen nur aus zwei Buchstaben besteht. Das Verrückte ist nun: An diesem literarischen Betteljungen konnte ich, im Unterschied zu den lebenden Bettlern draußen in der Stadt, nicht vorbeisehen. Er ist aus der Geschichte nicht wegzudenken, Dickens hat ihn mit dutzenderlei Fäden in die Handlung hineingenäht. Wer *Bleakhaus* liest, muss sich auch mit Jo befassen. Ich konnte den Band natürlich zuschlagen und weglegen, aber solange ich meinen Kopf in das Buch steckte, war Jo da. Ich musste seinen gestammelten, sprachlich unkorrekten Sätzen mit Geduld zuhören. Ich musste mitansehen, wie er von der Polizei als unerwünschter Obdachloser von Ort zu Ort gescheucht wird, wie er vor Gericht nicht als Zeuge erscheinen darf, wie er schließlich an den Pocken stirbt, die in den Londoner Slums ausgebrütet werden. Ich konnte das alles nicht ausblenden: Augen, die zum Lesen geöffnet sind, lassen sich für die Vorstellungskraft nicht schließen. Mein Lektüreerlebnis war gespenstisch, aber auch ein Wunder: Ein fiktiver Charakter aus einem mehr als 150 Jahre alten Buch war für mich wirklicher als die tatsächlichen Leute vor meiner Haustür. Oder, anders und optimistischer gesagt: Ein Kunstwerk, ein klassischer Roman – ein Bildungsgut –, zwang mich unerbittlicher, die Realität der Armut zur Kenntnis zu nehmen, als die Realität selbst es vermochte.

Macht uns Bildung zu besseren Menschen? Was für eine ungewohnte Frage das ist – altmodisch, idealistisch, naiv, beinahe peinlich. Das ist nicht die Art, wie wir normalerweise über dieses Thema reden. Bildung steht offiziell hoch im Kurs, als Fundament der modernen Wissensgesellschaft; die Diskussion geht dann gleich in die Details: acht oder neun Jahre Gymnasium, mehr Digitalisierung oder mehr Latein. Aber ist das alles? An Bildung richten sich Erwartungen, Sehnsüchte, die durch keine Kultusbürokratie und kein Reformexpertentum zu befriedigen sind. Wenn sie mehr sein soll als Information oder Training, mehr als bloß Karrierevehikel oder Statusmerkmal, sondern eine Lebensbegleiterin, dann landet man irgendwann bei dieser Frage: Macht uns Bildung zu besseren Menschen?

Und die erste schnelle, selbstverständliche, fast aus dem Rückenmark schießende Antwort lautet: Nein. Wir alle kennen belesene, kunstsinnige und intellektuell brillante Wichtigtuer, Egoisten oder Zyniker. […] Wir kennen den „Bildungsdünkel“: ein klassenmäßiges bürgerliches Ausschlusskriterium, um „die da unten“ und „die da draußen“ von der besseren Gesellschaft fernzuhalten. Der Anspruch auf Bildung ist oft von der Giftwolke der Arroganz umgeben, wenn nicht von angemaßtem Herrenmenschentum. Umgekehrt gibt es eine Menge Leute, die den Namen „Shakespeare“ zwar nicht einmal buchstabieren können – denen aber seelisch und charakterlich nicht das Mindeste fehlt. Ein gebildeter und ein guter Mensch zu sein, also Geistesbildung und Herzensbildung – die beiden Eigenschaften haben offenbar nur sehr bedingt miteinander zu tun. […]

Und trotzdem ist das nicht die ganze Wahrheit. Dass Bildung moralische Kraft besitzt, ist keine komplette Illusion oder ideologische Phrase. […]

In der Horizonterweiterung steckt […] die Ethik der Bildung. Bildung tritt dem Vergessen entgegen und hält die Vergangenheit gegenwärtig. Sie konfrontiert uns mit dem Fremden und anderen, mit Ideen, auf die wir selbst nicht gekommen wären, und mit Weltbildern, die uns irritieren. Das gilt nicht nur für die Literatur – obwohl sie vielleicht eine gewisse Sonderrolle spielt, als kulturelle Erbin des Erzählens, jener Urform, in der die Menschheit ihre Neuigkeiten austauscht und weitergibt. […] Bei der Frage, welche Medien bildungstauglich sind, soll man nicht kleinlich sein.

Entscheidend ist: Geisteswerke schicken uns auf intellektuelle Abenteuer und machen uns mit außerordentlichen Frauen und Männern bekannt […]. Sie brechen den Käfig unserer Routine und Beschränktheit auf, sie erweitern unser Einfühlungsvermögen und unsere moralische Fantasie. Bildung ist das Gegenprogramm zu einer Mentalität, die satt und träge um sich selbst kreist. Zum geistigen und seelischen Daumenlutschertum. Zum Narzissmus[2].

In der Welt der Bildung funktioniert dieser bequeme Rückzug auf das, was naheliegt und uns in den Kram passt, dagegen nicht. Nicht nur, weil sie uns unbehagliche Situationen zumutet. Das ganze Prinzip und System Bildung beruht, wenn man so will, auf der Relativierung unserer Vorlieben und unserer Selbstgenügsamkeit, es steht in entschiedenem Gegensatz zu der Vorstellung, dass wir das Maß aller Dinge seien. […] [D]as Grundgesetz des Bildungsuniversums lautet, dass man nie der Erste und nie der Einzige ist, dass die Welt nicht bei null und nicht mit mir selbst anfängt, dass man etwas vorfindet, an dem man sich abarbeiten muss. Das hilft schon ein bisschen gegen Selbstüberschätzung.

Diese Konfrontation mit dem Unverlangten, mit dem, was wir uns selbst nicht ausgesucht hätten, ist eines der wichtigsten Bildungserlebnisse. Für den Zeitgenossen des 21. Jahrhunderts sind die Figuren der literarischen Klassiker oder vergangener Epochen weit weg. Man könne sich mit ihnen nicht identifizieren, heißt es, man finde sich in ihnen nicht wieder. […]

Wer […] von vornherein immer und überall nur sich und seine Welt „wiederfinden“ und sich mit allem „identifizieren“ will, bleibt nicht bloß intellektuell beschränkt. Der schlimmste Feind – der wahre Gegenspieler – des gebildeten Menschen ist nicht der

Barbar: Es ist der Spießer, der alles auf sich bezieht, alles schon zu wissen meint und selbstzufrieden in seinem Denken und Dasein ruht.

„Bildungsrelevant“ ist daher nicht einfach das Interessante und Wichtige – sondern vor allem das, was uns infrage stellt. […] Bildung zieht uns den Schnuller der Egozentrik[3] aus dem Mund.

Jan Roß: Macht mich Bildung zum besseren Menschen?, DIE ZEIT Nr. 4/2020, 16. Januar 2020, URL: https://www.zeit.de/2020/04/bildung-einfuehlungsvermoegen-empathie-gesellschaft (abgerufen am 21. 01. 2020).

Anmerkungen

1 Charles Dickens (1812–1870): englischer Schriftsteller, der mit seinen Werken insbesondere Kritik an sozialen Missständen übte

2 Narzissmus: Selbstbezogenheit, Selbstliebe

3 Egozentrik: Einstellung oder Verhaltensweise, die die eigene Person als Zentrum allen Geschehens betrachtet; Unfähigkeit, sich in die Rolle eines anderen hineinzuversetzen

Hinweis

Jan Roß (*1965), deutscher Journalist und Autor, seit 1998 Redakteur der Wochenzeitung *Die Zeit*.

Die Rechtschreibung entspricht der Textvorlage.

TIPP **Bearbeitungshinweise**

Unterschätzen Sie Ihre Vorarbeit nicht: Machen Sie sich zunächst klar, welchen Anforderungsbereichen die Operatoren der einzelnen Aufgaben zugeordnet sind: In **Aufgabe 1** müssen Sie reproduzieren und analytische, textbeschreibende Kompetenzen anwenden; in **Aufgabe 2** das vorher Reproduzierte mit Ihren Figurenkenntnissen über Wagner, Faust und Gretchen aus *Faust I* verdeutlichen, also eine Transferleistung erbringen; in **Aufgabe 3** müssen Sie reflektieren und eine eigene Lösung finden.

Im zweiten Schritt müssen Sie die Aufgabenstellungen **genau lesen** und sich klarmachen, was von Ihnen erwartet wird. Der Teufel steckt hier im Detail: In **Aufgabe 1** ist **keine** bloße Textwiedergabe gefragt; vielmehr sollen Sie sich auf Roß' Bildungsbegriff fokussieren, der sich von dem herkömmlichen Verständnis unterscheidet. In **Aufgabe 2** ist **kein** Vergleich gefragt, wenngleich es von Vorteil ist, wenn Sie die Bildungsauffassung der drei Figuren nicht nur aneinanderreihen, sondern auch voneinander abgrenzen. Und in **Aufgabe 3** sollen Sie **nicht** Roß' Position diskutieren, sondern sich vor allem auf **einen** von Roß offengelassenen Aspekt konzentrieren: auf mögliche bildungstaugliche Medien in der Gegenwart. Roß bezieht sich in seinem Beispiel auf Bücher – Sie müssen darüber hinaus noch weitere Medien berücksichtigen.

Erstellen Sie unbedingt einen **Schreibplan** bzw. eine Gliederung, damit Sie sich nicht verzetteln. In **Aufgabe 1** behalten Sie am besten den Überblick, wenn Sie Wiedergabe und Analyse trennen. Für die Analyse sollten Sie entscheiden, ob Sie chronologisch vorgehen, sich also Abschnitt für Abschnitt durch den Text arbeiten, oder ob Sie aspektorientiert arbeiten. In dem hier abgedruckten

Lösungsvorschlag finden Sie eine aspektgeleitete Vorgehensweise (Aufbau, Satzstruktur, sprachliche Bilder).

Auch in **Aufgabe 2** ist es sinnvoll, wenn Sie die **Charaktere nacheinander** untersuchen. Verlieren Sie den Bildungsbegriff von Roß nie aus den Augen und denken Sie daran, dass Sie Ihre Aussagen immer mit dem Text – also auch inhaltlich – belegen, damit sie nachvollziehbar werden.

Die **Diskussion**, die in **Aufgabe 3** von Ihnen verlangt wird, ist nicht ganz einfach: Überlegen Sie sich zunächst, **welche Medien** Sie in die Argumentation einbeziehen wollen. In der Diskussion müssen Sie dann für jedes Medium **abwägen**, inwiefern es heute eine bildende Funktion im Sinne von Roß haben kann – eine klassische Erörterung werden Sie also nicht schreiben können. Überlegen Sie vorher genau, in welcher **Reihenfolge** Sie die einzelnen Medien behandeln wollen, ob Sie für jedes Medium jeweils eine eigene Pro-Kontra-Argumentation schreiben oder mehrere Medien zusammenfassen möchten und ob man auf bestimmte Medien auch verzichten kann. Vergessen Sie darüber hinaus nicht, am Ende zu einer **Gesamtbewertung** zu gelangen, die aus Ihrer Diskussion hervorgeht.

Lösungsvorschlag

TEILAUFGABE 1

Einleitung
Autor, Titel, Gattung, Jahr, Adressat, Thema

Der vorliegende Text ist ein an einigen Stellen gekürzter und **2020** erschienener **Essay** des deutschsprachigen Journalisten Jan Roß. Der Artikel mit dem Titel *Macht mich Bildung zum besseren Menschen?* richtet sich an die eher bildungsaffine Leserschaft der Wochenzeitung *Die Zeit* und thematisiert die **ethisch-erzieherische Funktion von Bildung**.

Hauptteil
Wiedergabe der Bildungsauffassung

Roß entwickelt in seinem Essay einen **differenzierten, tieferen Bildungsbegriff**, der sich von der gebräuchlichen Auffassung, Bildung lasse sich durch Anhäufung von Wissen, durch „Information oder Training“ (Z. 40) erreichen, unterscheidet.

ethisch-moralische Funktion

Sie müsse eine **ethisch-moralische Funktion** erfüllen und gelte damit nicht bloß als „Karrierevehikel oder Statusmerkmal“ (Z. 40). Folglich schließt er für die Beantwortung seiner übergeordneten Frage, ob uns Bildung zum besseren Menschen macht, eine Bildungsauffassung aus, die in vielen Bereichen unserer Gesellschaft, z. B. auch im Schulsystem, weit verbreitet sei und oft begleitet werde von Arroganz, Dünkel und „angemaßtem Herrenmenschentum“ (Z. 48). Wahre Bildung diene nicht der Abgrenzung von vermeintlich einfacheren Menschen.

Roß spricht sich dagegen für eine lebensbegleitende Form von Bildung aus, die einen zu einem reflektierten, einfühlenden und damit besseren Menschen mache: Bildung erweitere nämlich den Horizont, indem wir uns mit Fremdem, mit Vergangenem sowie mit **neuen Perspektiven und Ideen auseinandersetzten**. Die Vergangenheit bleibe somit gegenwärtig und gerate bei der Bewertung der Gegenwart nicht in Vergessenheit. Indem man sich mit fremden, vielleicht auch irritierend-verstörenden Sicht- und Denkweisen beschäftige, durchbreche man geistige Routinen und erweitere seine **Empathiefähigkeit** sowie **moralische Kompetenzen** (vgl. Z. 55 ff., 62 ff.).

bessere Menschen durch Horizonterweiterung

Roß spricht der **Literatur** dabei eine Sonderrolle zu. Denn in ihr manifestiere sich die – ursprünglich im Erzählen angesiedelte – Weitergabe von Informationen, Geschichten und Nachrichten, die eine **Horizonterweiterung** besonders fördere: Nicht die Identifikationsmöglichkeiten in der Literatur, sondern die durch das Lesen provozierte Auseinandersetzung mit außergewöhnlichen Figuren, deren Denkweisen, Schicksale und Lebenssituationen uns räumlich, zeitlich und lebensweltlich fremd sind, mache uns zu **ethisch handelnden Menschen**. Bildung durch Literatur, aber auch durch andere Medien habe in besonderem Maße moralische Kraft.

Sonderrolle der Literatur

Der in dieser Form gebildete Mensch stehe damit dem **narzisstischen**, in seinem Denken und Dasein **unbeweglichen Menschen**, dem „Spießer“ (Z. 85), entgegen. Dieser sei nämlich unfähig, sich von seinen eigenen Perspektiven und Ideen zu lösen, beziehe **selbstzufrieden** alles auf sich, ohne Sachverhalte infrage zu stellen. „Bildungsrelevant“ (Z. 87) sei dagegen vor allem das, wodurch wir uns und unser Handeln und Denken hinterfragen.

Gegenbild: geistig unbeweglicher „Spießer“

Um seine Position eindrücklich herzuleiten und Aussagen greifbarer zu machen, bedient sich Jan Roß in seinem Essay einer Vielzahl sprachlich-formaler Gestaltungsmittel. Auffällig ist zunächst der **klare Aufbau**, der die Lesenden durch die Argumentation führt: Roß beginnt mit einer sehr anschaulichen und eindrücklichen **Anekdote** aus seiner eigenen Lesebiografie (vgl. Z. 1–32). Er beschreibt seine Erfahrung mit Armut in Großstädten: Teilweise habe er **Bettelnden** etwas Geld gegeben, er habe aber auch gelernt, sie zu ignorieren. In seiner Zeit als Auslandskorrespondent in Indien habe er die Armut auf den Straßen sogar einfach ausgeblendet. Viele Leser finden sich in Roß' Erfahrungen sicherlich wieder, werden dadurch aber gleichzeitig mit ihrem eigenen, wenig karitativen Verhalten konfrontiert. Dieser moralische Konflikt wirft Fragen auf: Wie wird ein Bezug zu dem eigentlichen Thema hergestellt? Bietet der Autor eine Lösung an? Durch diesen die Vorstellungskraft anregenden Einstieg ist das **Interesse des Lesers geweckt.**

Analyse der sprachlich-formalen Gestaltung: klarer Aufbau

Der Autor bleibt bei der Anekdote: Er schildert, wie sich zur gleichen Zeit in Indien seine Sicht auf Armut durch die **Lektüre** des 1853 erschienenen Romans *Bleakhaus* von Charles Dickens veränderte. Durch die facettenreiche Ausgestaltung der Figur des Straßenkehrers Jo sei er gezwungen worden, sich in einer Intensität mit der Realität von Armut auseinanderzusetzen, die sein Verhalten und seine Sichtweise nachhaltig beeinflusste; zunächst durch die Erkenntnis, dass ein „fiktiver Charakter aus einem mehr als 150 Jahre alten Buch [wirklicher war] als die tatsächlichen Leute vor [s]einer Haustür" (Z. 28 f.). Ein Kunstwerk habe ihn also „unerbittlicher" (Z. 31) gezwungen, Armut wahrzunehmen, „als die Realität selbst" (Z. 31 f.). Dem Leser fällt es nun leicht, den Übergang zum Hauptteil mitzugehen: Roß leitet aus seiner einleitenden Anekdote die **Titelfrage** ab, ob „uns Bildung zu besseren Menschen" (Z. 33) mache. Er wechselt an dieser Stelle **vom „Ich"** seines eigenen Erfahrungsberichts **zum „Wir"**, um den Leser noch besser in seine Gedankengänge einzubeziehen.

Gang der Argumentation

Aber auch die anschließenden Fragen und Reflexionen (vgl. Z. 33–38) laden dazu ein, seinem Argumentationsgang zu folgen. Zunächst rückt Roß **Einwände** beiseite und rechtfertigt die Notwendigkeit, sich mit der Titelfrage zu befassen, die er am Ende des ersten Abschnittes des Hauptteils noch einmal affirmativ wiederholt (vgl. Z. 41 f.). Roß nennt auch im nächsten Abschnitt zunächst mögliche Einwände (vgl. Z. 43–52), bevor er dazu überleitet, seine Position zu untermauern: „Dass Bildung moralische Kraft besitzt, ist keine komplette Illusion oder ideologische Phrase." (Z. 53 f.)

Syntax

In kurzen, aussagekräftigen **Hauptsätzen** konkretisiert er zunächst die „Horizonterweiterung" (Z. 55), die durch Bildung ausgelöst werde, und **begründet** im Anschluss – ebenfalls **parataktisch-aufzählend** –, warum gerade der Literatur und anderen „Geisteswerke[n]" (Z. 62) eine bildende Funktion zukomme (vgl. Z. 55–67). Ausführlicher erläutert er im letzten Sinnabschnitt (vgl. Z. 68–89) die einzelnen Punkte, sodass sie für den Leser gut nachvollziehbar werden.

Stilmittel

In der **Satzstruktur** setzt Roß häufig Mittel ein, die seine Aussagen eindringlicher machen: **parallele Satzkonstruktionen** und **Anaphern** („Ich musste"/„Ich konnte", Z. 22–26; „mehr als", Z. 39 f.; „dass", Z. 73 f.) und die **Wiederholung** der titelgebenden Frage „Macht mich Bildung zum besseren Menschen" (vgl. Z. 33, 41 f.). Weitere Stilmittel verleihen seinen Aussagen Überzeugungskraft: die **Klimax** „die erste schnelle, selbstverständliche, fast aus dem Rückenmark schießende Antwort" (Z. 43 f.), das zweifache **Trikolon**

„belesene, kunstsinnige und intellektuell brillante Wichtigtuer, Egoisten oder Zyniker“ (Z. 44 f.) und die **Correctio** „[d]er schlimmste Feind – der wahre Gegenspieler“ (Z. 83 f.).

Metaphorik

Greifbarer macht der Autor seine Argumentation durch zahlreiche **sprachliche Bilder**, die zudem stark wertend daherkommen: Bildungsanspruch sei oft von einer „Giftwolke der Arroganz umgeben“ (Z. 48), also negativ belegt; den im Sinne von Roß ungebildeten Menschen entlarvt er durch die Metapher des „seelischen Daumenlutschertum[s]“ (Z. 66) als selbstzufriedenes intellektuelles Kleinkind, den „Schnuller der Egozentrik“ (Z. 88) im Mund. Maximen, mit denen Roß seine Bildungsauffassung konkretisiert, bezeichnet er dagegen metaphorisch als das „Grundgesetz des Bildungsuniversums“ (Z. 73).

Fazit
anschaulicher Bildungsbegriff

Roß erwartet von Bildung, dass sie die Menschen durch eine Erweiterung ihres Horizontes ethisch-moralisch bessert. Er präsentiert diese Auffassung von Bildung sprachlich anschaulich und eindringlich durch einen klaren Aufbau seines Essays und einschlägige Stilmittel.

TEILAUFGABE 2

Rolle von Bildung in Goethes *Faust I*

Untersucht man nun, welche Rolle Bildung für Wagner, Faust und Margarete aus Johann Wolfgang von Goethes 1808 erschienenem Drama *Faust I* spielt, findet man – ausgehend von Roß’ Bildungsbegriff – **drei unterschiedliche Zugänge zu Bildung:** So ist Wagner als Gegenfigur Fausts konzipiert; und Margarete und Faust finden ebenfalls nicht auf intellektueller Ebene zusammen.

Wagner
nur Reputation und Dünkel

Besonders deutlich wird eine unterschiedliche Auffassung von Bildung in dem Gespräch zwischen Wagner und Faust in den Szenen „Nacht“ (V. 522–601) und „Vor dem Tor“ (V. 808–1177). Beide Figuren streben grundsätzlich nach Wissen. Doch ist Wagners Bildungsverständnis nur auf **Außenwirkung** gerichtet. So beneidet er Faust um dessen Reputation, als dieser beim Osterspaziergang von den Menschen vor den Stadttoren begrüßt und offenkundig verehrt wird: „O glücklich, wer von seinen Gaben / Solch einen Vorteil ziehen kann!“ (V. 1013 f.) Damit entlarvt Wagner seine Bildungsauffassung: Bildung ist für ihn nicht mehr als „Karrierevehikel oder Statusmerkmal“ (Z. 40) und sein „Bildungsdünkel“ (Z. 45) erscheint als „klassenmäßiges […] Ausschlusskriterium“ (Z. 45 f.).

leere Rhetorik

Noch deutlicher tritt diese Auffassung im Gespräch mit Faust in dessen Studierzimmer zutage: Wissbegierig geht Wagner auf Faust zu, von dessen **Redekunst** er lernen will („In dieser Kunst möcht’ ich was profitieren, / Denn heutzutage wirkt das viel“, V. 524 f.). Damit instrumentalisiert Wagner Bildung: Nur die Wirkung auf andere erscheint ihm wichtig.

Einseitig an der Tradition orientiert häuft er pedantisch Wissen an, ohne den Drang zu verspüren, zu tatsächlicher Erkenntnis vorzustoßen oder Zusammenhänge zu finden („Mit Eifer hab' ich mich der Studien beflissen; / Zwar weiß ich viel, doch möcht' ich alles wissen.", V. 600 f.). Sein **oberflächliches Erkenntnisstreben** („Möcht' jeglicher doch das davon erkennen", V. 587) kommentiert Faust deshalb trocken: „Ja, was man so erkennen heißt!" (V. 588)

reine Anhäufung von Wissen

Trotz seines Strebens nach mehr Wissen ist er der „Spießer" (Z. 85) im Sinne von Roß, der „selbstzufrieden in seinem Denken und Dasein ruht" (Z. 86) und ausruft: „Und wie wir's dann zuletzt so herrlich weit gebracht" (V. 573). Die ethische Dimension von Bildung, der entscheidende Aspekt von Roß' Bildungsauffassung, kommt bei dem auf sich und seine Wirkung fokussierten Wagner also nicht zum Tragen. Er bleibt der beschränkte geistige „Daumenlutsche[r]" (Z. 66), der „[m]it gier'ger Hand nach Schätzen gräbt, / Und froh ist, wenn er Regenwürmer findet" (V. 604 f.). Zum besseren Menschen wird er durch dieses Bildungsverständnis nicht.

Spießertum

Faust, die Hauptfigur aus Goethes Drama, dagegen strebt nach der Erkenntnis eines höheren Sinnzusammenhangs, nach **absolutem Wissen:** Er möchte erkennen, „was die Welt / Im Innersten zusammenhält" (V. 382 f.). Dem gängigen Bildungsverständnis, der Anhäufung von Wissen, erteilt er eine Absage. Obwohl er die vier Hauptfakultäten „mit heißem Bemüh" (V. 357) studiert hat, bleibt sein Erkenntnisdrang unbefriedigt, will er mehr. Nicht nur in dem seine Erkenntniskrise hervorhebenden Eingangsmonolog wird deutlich, dass sich Faust vor allem mit dem befasst, „was uns **infrage stellt**" (Z. 88). Sein Streben ist somit im Sinne von Roß' Bildungsverständnis „[b]ildungsrelevant" (Z. 87) und auf eine permanente Horizonterweiterung ausgerichtet.

Faust

Drang nach absoluter Erkenntnis

Es liegt Faust fern, Bildung als „Karrierevehikel oder Statusmerkmal" (Z. 40) zu betrachten. Fremd ist ihm auch, sein Wissen zu instrumentalisieren und seine Bildung einzusetzen, um andere zu beeindrucken oder sich von ihnen abzugrenzen; im Gegenteil: Unterhaltungen mit Wagner stören ihn (vgl. V. 520 f.); und die Verehrung durch die Menschen, die er auf dem Osterspaziergang trifft, ist ihm unangenehm („Der Menge Beifall tönt mir nun wie Hohn", V. 1030).

kein Dünkel

Die ethisch-moralische Dimension von Bildung, die Frage, ob Fausts Erkenntnisstreben ihn auch zum **besseren Menschen** macht, lässt sich diskutieren. Zwar hadert er mit seinem Verhalten und ge-

durch Bildung ein besserer Mensch?

steht Fehler ein – z. B. im Umgang mit der medizinischen Behandlung von Menschen während der Pest („Hier saß ich oft gedankenvoll allein / Und quälte mich mit Beten und mit Fasten“, V. 1024 f.) –, und auch sein Verhalten Margarete gegenüber stellt er kritisch infrage (vgl. Szene „Wald und Höhle“). Doch für sein Streben, alle Dimensionen des Seins auszuloten, **geht er über Leichen:** Wenngleich er sich dessen bewusst ist, zerstört er Margaretes Existenz (vgl. V. 3356–3360). Er verführt und schwängert sie, ohne sich binden zu wollen. Die verlassene Margarete tötet aus Angst vor sozialer Ächtung im Wahn ihr uneheliches Kind, wofür sie zum Tode verurteilt wird. Fast heuchlerisch erscheint da Fausts fatalistischer Wunsch: „Mag ihr [Margaretes] Geschick auf mich zusammenstürzen / Und sie mit mir zugrunde gehn!“ (V. 3364 f.) Weiß er doch, dass Mephisto ihn aus dem Schlamassel retten wird. In Fausts Beziehung zu Margarete wird also deutlich, dass er sich hier eben nicht selbst infrage stellt oder sein Einfühlungsvermögen erweitert; er nimmt nicht ihre Bedürfnisse wahr, sondern verfolgt **egozentrisch** – angeregt durch den Zaubertrank und angestachelt durch Mephisto – ausschließlich sein eigenes Interesse. Die moralische Kraft von Bildung wirkt hier nicht.

Margarete
kein Streben nach Bildung

Margarete gehört der gesellschaftlichen Schicht an, von der sich der im Bildungsdünkel Verhaftete abzusetzen versucht: Sie stammt aus kleinbürgerlichen Verhältnissen, was vor allem in dem ersten längeren Gespräch mit Faust in Marthes Garten (V. 3073–3203) deutlich hervortritt: Ihren Alltag bestreitet sie solide und bescheiden mit Fleiß, Sparsamkeit im **Haushalt** und verantwortungsvollem Handeln für ihre **Familie** und die inzwischen verstorbene Schwester. Wenig selbstständig, ist für sie richtungsweisend, was der Glaube ihr vorgibt; aufgrund ihrer Bibeltreue kann man ihr allenfalls ein **Streben nach religiöser Bildung** zugestehen. Ein Bildungsdrang im Sinne von Roß ist ihr fremd. Gleichwohl spürt sie aber Bildungsunterschiede und verliebt sich in den Gelehrten Faust, der auch durch seinen hohen Bildungsgrad einen erotischen Reiz auf sie ausübt. Beschämt nimmt sie sich als „arm unwissend Kind“ (V. 3215) wahr und spürt sensibel, dass Faust „[h]erab sich lässt, [sie] zu beschämen“ (V. 3074); und sie „weiß zu gut, dass solch erfahren Mann / [Ihr] arm Gespräch nicht unterhalten kann“ (V. 3077 f.).

herzensgut?

Margarete könnte durch ihre bedingungslose Liebe zu Faust als eine Frau mit **Herzens-, aber ohne Geistesbildung** bezeichnet werden (vgl. Z. 51). Doch ist Margarete deswegen nicht unfehlbar: Inwiefern sie Faust auch aus materiellen Motiven und aufgrund seines gesellschaftlichen Ansehens liebt, bleibt offen. Doch dass sie in der Lage ist, ihr **Kind zu töten**, setzt ein Fragezeichen hinter ihre Herzensbildung.

Bildung spielt bei Wagner, Faust und Margarete jeweils eine völlig andere Rolle. Wagner will mit oberflächlichem Wissen andere Leute beeindrucken, Faust strebt nach absoluter Erkenntnis und Margarete liegt Bildung fern. Allerdings wird auch Faust, der sich doch stets um eine Erweiterung seines Horizonts bemüht, dadurch in *Faust I* nicht zu einem ethisch verantwortungsvollen, besseren Menschen, wie es sich Roß vorstellt.

Fazit
keine Bildung im Sinne von Roß in *Faust I*

TEILAUFGABE 3

Hinführung zur Fragestellung

Dass Bildung eine moralische Kraft besitzt, hat Jan Roß in seinem Essay eindrücklich bewiesen. Der Literatur schreibt er dabei eine Sonderrolle zu. Welche Medien lassen sich aber neben der Literatur als bildungstauglich einstufen? Roß ist der Meinung, man solle bei dieser Einstufung „nicht kleinlich sein" (Z. 61). Inwiefern können also Literatur und andere Medien heute noch eine bildendende Funktion im Sinne von Roß haben?

Literatur

Viele literarische Werke, die wir in der Schule lesen, bleiben uns häufig lange unzugänglich: Sich durch die veraltete Sprache zu kämpfen, ist für viele von uns sehr anstrengend. Warum müssen wir solche Hürden überwinden, um **Fremdheitserfahrungen** zu machen und **Empathiefähigkeit** zu lernen, die uns zu besseren Menschen machen sollen? Um Empathie zu empfinden, braucht man vielleicht doch stärkere Identifikationsmöglichkeiten, und die findet man sicherlich eher in Geschichten, die in unserer heutigen Lebenswelt spielen.

klassische Literatur

Dagegen haben alte Lektüren das Potenzial, ähnliche **Erfahrungen zu vermitteln**, wie Roß sie in Indien gesammelt hat: Einen hochbegabten Mitschüler in der Klasse zu haben, der sich nicht um die anderen schert, mit sich und seinen uns unzugänglichen Gedankenspielen beschäftigt ist, provoziert beim Kurs Abneigung und Antipathien. Dagegen fällt es leichter, sich in den Protagonisten von Theodor Storms 1888 geschriebener Novelle *Der Schimmelreiter* einzufühlen, in den hochbegabten Hauke Haien, der ähnliche Verhaltensweisen an den Tag legt wie unser hochbegabter Mitschüler. Die Lektüre hilft, eine andere Perspektive einzunehmen. Plötzlich sieht man den überheblich wirkenden Mitschüler mit anderen Augen und hinterfragt seine eigenen Vorurteile. Für die kritische Distanz und den Empathiezuwachs ist es nicht unerheblich, dass Hauke Haien in einer anderen Zeit mit einem anderen Problem anzusiedeln ist. Gleichzeitig erweitert sich unser Horizont: Die Lektüre „hält die Vergangenheit gegenwärtig" (Z. 56) und zeigt uns Hessen ein kleines Stück norddeutsche Deichgeschichte.

Aber auch zeitgenössische Literatur, die wie Juli Zehs Roman *Corpus Delicti* gesellschaftliche Dystopien entwirft, lässt das Lesepublikum **Verhaltensweisen und unkritische Einstellungen hinterfragen:** Welche Gefahren eine stärkere staatliche Kontrolle des Gesundheitsverhaltens und die überall spürbare Fixierung auf die Gesundheit bergen, kann man in Juli Zehs Roman gut sehen; er regt anhand von neuen Ideen und Zukunftsvisionen an, sein eigenes Verhalten zu überdenken.

zeitgenössische Literatur

Noch leichter ist die Möglichkeit der Horizonterweiterung aber bei zeitgenössischer **Jugendliteratur**; werden hier doch nicht selten aktuelle Themen behandelt, die man höchstens im PoWi-Unterricht diskutiert. Oft fehlt da hinter den sachlichen Diskussionen aber der Mensch: Durch **mitreißende Einzelschicksale** – auch aus anderen Ländern oder Kulturen – werden Themen für uns greifbarer und lebendiger. So bietet der Roman *The Hate U Give* von Angie Thomas z. B. einen sehr emotionalen Einblick in die Rassismusproblematik in den USA und motiviert gleichzeitig zu mehr Zivilcourage.

Jugendliteratur

Aber wie sieht es mit anderen Medien aus? Haben **Filme** dasselbe Bildungspotenzial? Einen großen Vorteil kann man sicher nicht leugnen: Filme erreichen ein viel breiteres Publikum und mitunter auch bildungsfernere Gruppen, da sie visuelle Gewohnheiten ansprechen, oft **einfacher zu verstehen** sind und durch filmische Mittel punkten können: Empathie und Emotion werden auch provoziert durch den Einsatz von Musik oder geschickter Kameraführung.

Filme

Noch eindrücklicher können Serien sein, die über teilweise schier unendlich viele Kapitel verfügen. **Wochenlang** kann man mit Charakteren mitfühlen, andere Perspektiven, Kulturen und Menschen kennenlernen. Und der Zugriff auf Filme und Serien ist heute so einfach wie nie: Streaming-Dienste wie Netflix bieten zu jeder Tages- und Nachtzeit ein unendliches Angebot.

Serien

Weitergedacht funktioniert die **Horizonterweiterung**, die Konfrontation mit dem Fremden, mit anderen Ideen und irritierenden Weltbildern (vgl. Z. 56–58), am einfachsten auf Social-Media-Plattformen: Ein Klick auf die Instagram-App und man erfährt Privates von unerreichbaren Stars, Krankheitsgeschichten, ist bei Naturkatastrophen und Trauerbewältigung live dabei, sieht und liest Berichte aus Kriegsgebieten, über humanitäre Katastrophen, über Armut in anderen Ländern oder vor der eignen Haustür, man kann Verschwörungstheoretikern und Impfgegnern zuhören – alles aus erster Hand.

Social Media

Allerdings ist fraglich, ob Filme, Serien und Social Media tatsächlich immer dem Anspruch an die Bildungstauglichkeit im Sinne von Roß genügen. Ein **Buch**, mit dem man sich vielleicht über mehrere

Bildungstauglichkeit von Buch, Film und Social Media

Tage oder sogar Wochen beschäftigt hat, bleibt sicherlich **nachhaltiger im Gedächtnis** und hat damit prägendere Kraft als ein 90-minütiger Film. Zudem können **Filme** und Serien auch eine **manipulative Kraft** besitzen, die unkritische Konsumenten negativ beeinflussen können: Wenn Jugendliche einen Film über die linksextremistische terroristische Vereinigung RAF sehen, in dem RAF-Mitglieder eher Identifikationspotenzial bieten als die bieder wirkende Gegenseite, kann das gefährlich sein. Auch wenn man unkritisch Reality-TV-Serien folgt, ohne zu durchschauen, dass auch hierfür Drehbücher verfasst werden, oder wenn man sich zu stark von Influencern oder populistischen politischen Positionen auf Social-Media-Plattformen beeindrucken lässt, kann das nicht im Sinne von Roß' Bildungsideal sein.

Dass die Suche nach Filmen und Serien im Netz nach Algorithmen gefiltert wird, birgt den Nachteil, dass man sich nach einer gewissen Zeit in einer Art **Filterblase** befindet: Durch Ergebnislisten, die nur noch die **eigenen Interessen** berücksichtigen, erweitert man weniger seinen Horizont, sondern sieht sich durch die vielen Identifikationsmöglichkeiten eher in seiner Sicht bestätigt. Aber: „Wer […] nur sich und seine Welt ‚wiederfinden' und sich mit allem ‚identifizieren' will, bleibt […] intellektuell beschränkt" (Z. 82 f.) und wird zum „Spießer, der alles auf sich bezieht" (Z. 85).

Fazit:
kritischer Umgang mit Medien

Wenn man sehr großzügig ist „[b]ei der Frage, welche Medien bildungstauglich sind" (Z. 60 f.), sollte man also nicht nur Vorteile der einzelnen Medien sehen, sondern auch die Gefahren im Blick haben. Unverzichtbar für die Nutzung dieser Medien als Bildungskatalysator ist der kritische und verantwortungsvolle Umgang mit ihnen. Auf das Einüben von **kritischen Prüf- und Nutzerstrategien** kann also nicht verzichtet werden; im Gegenteil: Diese Form der Bildung ist wichtiger als je zuvor.

Hessen Deutsch ▪ Abiturprüfung 2021
Grundkurs ▪ Vorschlag D

LYRIK ALS AUSDRUCK EINES LEBENSGEFÜHLS?

Erlaubte Hilfsmittel
- ein Wörterbuch der deutschen Rechtschreibung
- Textausgaben der Pflichtlektüren ohne Kommentar, ggf. mit Worterläuterungen
- eine Liste der fachspezifischen Operatoren

Aufgabenstellung

1 Interpretieren Sie das Gedicht *Die Nächte explodieren in den Städten …* von Ernst Wilhelm Lotz unter Berücksichtigung inhaltlicher, sprachlich-formaler und epochenspezifischer Aspekte. (Material 1) (40 BE)

2 Vergleichen Sie das Gedicht von Lotz (Material 1) mit dem Songtext *Lila Wolken* von Marteria, Yasha und Miss Platnum (Material 2) im Hinblick auf das Lebensgefühl, das zum Ausdruck kommt. Berücksichtigen Sie dabei auch die sprachliche Gestaltung beider Texte. (40 BE)

3 Beurteilen Sie, inwieweit populäre Musik und deren Texte im 21. Jahrhundert eine Rolle als Ausdrucksform des Lebensgefühls der jungen Generation einnehmen. (20 BE)

Material 1 Ernst Wilhelm Lotz: Die Nächte explodieren in den Städten … (1913)

Die Nächte explodieren in den Städten,
Wir sind zerfetzt vom wilden, heißen Licht,
Und unsre Nerven flattern, irre Fäden,
Im Pflasterwind, der aus den Rädern bricht.

In Kaffeehäusern brannten jähe Stimmen
Auf unsre Stirn und heizten jung das Blut,
Wir flammten schon. Und suchen leise zu verglimmen,
Weil wir noch furchtsam sind vor eigner Glut.

Wir schweben müßig durch die Tageszeiten,
An hellen Ecken sprechen wir die Mädchen an.
Wir fühlen noch zu viel die greisen Köstlichkeiten
Der Liebe, die man leicht bezahlen kann.

Wir haben uns dem Tage übergeben
Und treiben arglos spielend vor dem Wind,
Wir sind sehr sicher, dorthin zu entschweben,
Wo man uns braucht, wenn wir geworden sind.

Ernst Wilhelm Lotz: Gedichte, Prosa, Briefe, hg. v. Jürgen von Esenwein, Edition Text + Kritik München 1994, S. 66.

Hinweis
Ernst Wilhelm Lotz (1890–1914) gehörte zu den expressionistischen Dichtern, die sich direkt bei Kriegsausbruch im August 1914 freiwillig zum Kriegsdienst meldeten. Kurze Zeit später fiel er im Alter von 24 Jahren.

Material 2 Marteria, Yasha und Miss Platnum: Lila Wolken (2012)

[Yasha]
Dreißig Grad, ich kühl mein' Kopf
Am Fensterglas, such den Zeitlupenknopf
Wir leben immer schneller, feiern zu hart
Wir treffen die Freunde und vergessen unser'n Tag
Woll'n kein Stress, kein Druck, nehm'nen Zug, noch'n Schluck
Vom Gin Tonic, guck in diesen Himmel, wie aus Hollywood
Rot knallt in das Blau, vergoldet deine Stadt
Und über uns ziehen lila Wolken in die Nacht

[Yasha]
Wir bleiben wach, bis die Wolken wieder lila sind
Wir bleiben wach, bis die Wolken wieder lila sind
(Oh oh) bis die Wolken wieder lila sind
Wir bleiben wach, bis die Wolken wieder lila sind

Guck, da oben steht ein neuer Stern (yeah)
Kannst du ihn sehen bei unser'm Feuerwerk? (oh)
Wir reißen uns von allen Fäden ab (yeah)
Lass sie schlafen, komm, wir heben ab.

[Marteria]
Jung und ignorant, stehen auf'm Dach
Teilen die Welt auf und bau'n ein' Palast
Aus Plänen und Träumen, jeden Tag neu
Bisschen Geld gegen Probleme, wir nehm'n, was wir woll'n
Woll'n mehr sein, mehr sein als nur ein Moment
Yeah, komm mir nicht mit großen Namen, die du kennst
Wir trinken auf Verlierer, lassen Pappbecher vergolden
Feiern hart, fallen weich auf die lila Wolken

[Yasha]
Wir bleiben wach, bis die Wolken wieder lila sind
Wir bleiben wach, bis die Wolken wieder lila sind
(Oh oh) bis die Wolken wieder lila sind
Wir bleiben wach, bis die Wolken wieder lila sind
Guck, da oben steht ein neuer Stern (yeah)
Kannst du ihn sehen bei unser'm Feuerwerk? (oh)
Wir reißen uns von allen Fäden ab (yeah)
Lass sie schlafen, komm, wir heben ab

[Miss Platnum]
Kannst du auch nicht schlafen?
Machst du auch kein Auge zu?
Lass uns gemeinsam warten
Ich fühl' mich genau wie du
Wir seh'n wie die Sonne
Aufgeht, yeah, yeah
Wir seh'n wie die Sonne
Aufgeht, yeah, yeah
Wir seh'n wie die Sonne
Aufgeht, yeah, yeah
Wir seh'n wie die Sonne
Aufgeht, yeah, yeah

[Yasha & Miss Platnum]
Wir bleiben wach, bis die Wolken wieder lila sind
Wir bleiben wach, bis die Wolken wieder lila sind
(Oh oh) bis die Wolken wieder lila sind
Wir bleiben wach, bis die Wolken wieder lila sind
Guck, da oben steht ein neuer Stern (yeah)
Kannst du ihn sehen bei unser'm Feuerwerk? (oh)

Wir reißen uns von allen Fäden ab (yeah)
Lass sie schlafen, komm, wir heben ab

Hinweis
Lila Wolken ist ein kommerziell sehr erfolgreiches Lied plus Video des deutschen Rappers Marteria (*1982) in Zusammenarbeit mit den Musikern Yasha (*1981) und Miss Platnum (*1980).

TIPP **Bearbeitungshinweise**

Teilaufgabe 1: Mit **expressionistischer Lyrik** haben Sie sich eingehend im Unterricht beschäftigt; in Formanalyse, Gedichtinterpretation und Gedichtvergleich sind Sie geübt. Erarbeiten Sie sich mit verschiedenfarbigen Stiften vorweg **Form, Metrum, Aufbau** (**Verlauf** und Gliederungsschritte) des Gedichts von Lotz, unterstreichen Sie Leitmotivisches. Welche Wortart dominiert? Welche Metapher? Wer spricht? Was erinnert Sie bezüglich der **Syntax** (des Satzbaus) und des **Themas** an Ihnen bekannte, andere expressionistische Texte etwa von Jakob van Hoddis, Georg Heym oder Alfred Lichtenstein? Hören Sie während dieser Vorarbeit aber vor allem immer wieder nach, wie das Ganze wohl betont und vorgetragen werden möchte, denn nicht nur M 2, ausgewiesen als Song, ist Musik und Rhythmus, sondern auch das Gedicht von Lotz ist auf einen spezifischen **Ton und Klang** gestimmt, in dem sich das **Lebensgefühl des Ich** vermittelt. Ihre Aufgabe ist nicht die Analyse an sich, sondern die Interpretation: die Deutung des Gedichts als eines **Zusammenspiels von Formelementen, Klang, Wort und Ausdruck**. Bleiben Sie während Ihrer Erarbeitung offen für Auslegungen, d. h., legen Sie sich nicht zu früh fest. Zum Inhalt: 1888 wurde in Berlin die erste Straße elektrisch erleuchtet. 1913, zur Zeit des Gedichts von Lotz, ist die Elektrifizierung aller Straßen und Haushalte noch lange nicht abgeschlossen und noch immer eine Sensation.

Teilaufgabe 2: Es dürfte Ihnen nicht schwerfallen zu erkennen, in welch ganz anderem **Verhältnis** als in M 1 **Wort und Musik** in M 2 zueinander stehen. Vielleicht haben Sie den Video-Clip dazu vor Augen, in dem noch etliches andere hinzukommt, nämlich Bass, Gitarre, Verstärker, Stimmen, Filmisch-Visuelles, Räume, Körperbewegung sowie das zahlreiche Publikum eines Open-Air-Konzerts. Wichtig besonders hier: der **Verlauf bzw. die Entwicklung des Ganzen**. Zählen Sie wiederkehrende Phrasen – und die „Yeahs". Arbeiten Sie heraus, wie sich Lebensgefühl und Haltung der beiden Texte voneinander unterscheiden, und berücksichtigen Sie beim **Vergleich** auch formale Aspekte.

Mit der Bearbeitung der ersten beiden Aufgaben haben Sie das Thema zu 80 Prozent schon bewältigt. In **Teilaufgabe 3** dürfen Sie ausführen, was Ihnen dazu einfällt. Stützen Sie Ihre Aussagen zum Verhältnis von populärer Musik und jugendlichem Lebensgefühl mit geeigneten Beispielen.

Lösungsvorschlag

TEILAUFGABE 1

Einleitung
Autor, Titel, Gattung, Entstehungsjahr, Thema

Ernst Wilhelm Lotz gehört zu den jungen Berliner Expressionisten der ersten Stunde. Sein Gedicht von 1913 *Die Nächte explodieren in den Städten ...* signalisiert gleich mit dem Titel bzw. dem ersten Vers, dass es sich um (damals brandneue) **Großstadtlyrik** handelt. Der isolierte Titel wirkt fast wie ein Thesensatz, der formuliert, was Großstadtnacht bedeutet.

Interpretation
Sprechersituation

Das lyrische Ich im Gedicht von Lotz setzt sich also der Großstadtnacht aus. Es erfährt sie. Nicht eindeutig ist dabei, ob das ein Zwang und Muss ist oder ein freier Wille. Da es aber seine Erfahrungen auch als diejenigen seiner Generation oder doch einer Gruppe Gleichgesinnter versteht, spricht es durchgehend im Plural als ein „**Wir**".

Form

Die vier **metrisch regelmäßig** gebauten Strophen zu jeweils vier Versen bestehen aus fünfhebigen (zweimal sechshebigen) Jamben mit durchgehendem Auftakt, alternierenden Kadenzen und – nicht eben originellem, aber – bis auf V. 1/3 – perfektem Kreuzreim. **In Spannung** zu diesen traditionellen Quartetten stehen **Wortwahl und Lebensgefühl**. Die jungen Leute im Gedicht von Lotz sind das Gegenteil von Gleichmaß und Ausgeglichenheit; sie sind noch unfest und ziellos, sind Suchende.

Aufbau des Gedichts

Jeweils zwei Strophen gehören enger zusammen. Thema der Strophen 1 und 2 sind die Großstadtnächte. Die Strophen 3 und 4 fangen eine unbestimmte Dauer des müßigen Wartens und Zeitvergehens ein. Es liegt nahe, in diesen Strophen Plurale wie „Tageszeiten" (V. 9), „Tage" (V. 13) oder auch „Mädchen" (V. 10) zu finden.

1. Strophe: Wahrnehmung der Großstadt, Verhältnis von Subjekt und Objekt

Auffällig dagegen ist, dass **auch die Erlebnisräume und Dinge**, die die Stadt ausmachen, überwiegend generalisiert, typisiert, **in den Plural gesetzt** und **personifiziert** sind. Fast wirkt es wie Scheu: als würde ein Ich nicht gern von seiner ganz persönlichen Wahrnehmung einer Stadt sprechen, sondern eine überindividuelle Ebene oder so etwas wie den Zeitgeist heraufbeschwören wollen, dem seine Generation begegnet. Aber es ist auch nicht von *der* Stadt die Rede, sondern von „Städten". Und darin von Nächten (vgl. V. 1), den „Rädern" (der Automobile, vgl. V. 4), „Kaffeehäusern" und den „Stimmen" darin (V. 5), die alle zusammen auf das Wir nicht nur einwirken oder es beeindrucken, sondern es wild, heiß und jäh (vgl. V. 2 und 5) **attackieren**. **Die Dinge**, Licht und „Pflasterwind" (V. 4), **sind aktiv**. Sie verletzen die Menschen, indem sie gleichsam „explodieren" (V. 1) wie Sprengstoff, der sie „zerfetzt" (V. 2). Die

Elektrifizierung der Städte ist noch eine ähnlich neue und ambivalente (schockierend-faszinierende) Erfahrung des technischen Fortschritts wie der Fahrtwind der neuen Automobile. Beides greift die Nerven an, die zu vibrieren scheinen, denn sie „flattern" wie „irre Fäden" (V. 3). Nur sagt dieser Dichter nie vergleichend „wie" oder „als ob" wie ein Interpret oder eine Interpretin in Erklärungsnot, sondern er setzt die **absolute Metapher:** Nerven sind irre Fäden.

2. Strophe: geistiges Feuer

Zur aggressiven Aktivität der Dinge und des elektrischen Lichts hinzu tritt in Strophe 2 **die Aggressivität des Geistes**. In den berühmten Kaffeehäusern Berlins trafen sich in den Jahren vor dem Ersten Weltkrieg Dichter und Intellektuelle und rissen mit ihren oft scharf revolutionären und umstürzlerischen Ideen und Lehren die Jugend mit. Vers 5, 6 und der Anfang von Vers 7 stehen – als Rückblick – im **Präteritum**. Das lyrische Ich (Wir) **erinnert sich** an diese „jähe[n] Stimmen" (metonymisch: „Stimmen" für Reden, Worte – und ganze Persönlichkeiten dahinter), die sie beeinflussten. Noch stärker als oben drücken sich in Strophe 2 alle Vorgänge in der **Metaphorik des Feuers** aus. Die Worte „brannten" (V. 5) auf ihre Stirn (Stirn metonymisch für Geist, Verstand), sie „heizten" (V. 6) das Blut, wühlten sie also intellektuell und in ihrer ganzen Leidenschaftlichkeit so auf, dass sie „schon flammten" (vgl. V. 7). Das kleine Zeitadverb „schon" sagt, dass sie sich aber noch zu jung für bestimmte Entscheidungen fühlten und sich auch nicht einfach überrumpeln oder fremdbestimmen lassen wollten. Die Zäsur in Vers 7 markiert ihre gemeinsame Distanzierung und den Zeitwechsel zurück ins **Präsens:** Sie „suchen leise zu verglimmen", sich also gleichsam wieder auf Normaltemperatur herunterzufahren, da sie sich ja noch gar nicht sicher sind, wofür sie sich einmal mit aller Hingabe („Glut", V. 8) engagieren wollen. Mit einer gewissen Furcht sehen sie dieser einmal aufbrechenden eigenen Energie entgegen.

Bruch zu Strophe 3 und 4

Strophe 1 und 2 wirken eigentlich wie ein in sich abgeschlossenes Gedicht, in dem die Impulse der Großstadt ungeheuer krass Nerven, Verstand und Gefühl des Ich angreifen. In den Strophen 3 und 4 ist das Gefühl des Bedrängt- und Gehetztseins aber plötzlich aufgehoben und einem gelassenen Schweben und Entschweben gewichen, als wäre dieser Teil ein ganz neues Gedicht. In Ton und Stimmung entsteht ein **Bruch**. Tatsächlich sind aber Strophe 3 und 4 gedanklich an Vers 8 angeschlossen: Die „noch furchtsam sind vor eigner Glut" (V. 8) sind gleichsam wie in einem **Larvenstadium** ihrer Entwicklung. „[M]üßig" (V. 9) lassen sie darum die Tage verstreichen, tändeln hier und da ein wenig mit Prostituierten, wohl wissend, dass deren routinierte Dienstleistungen (meint das das Adjektiv „greise", vgl. V. 11?) für ihre Gefühle nicht das Rechte sind. Das Subjekt ist jetzt nicht der Pflasterwind aus Strophe 1, sondern der Wind als natürliche Brise, dem sie sich passiv überlassen, sich leicht und „spielend" (V. 14) ohne eigenen Willen treiben lassen im Vertrauen darauf, dass sie, einmal reif „geworden" (V. 16), dort ankommen werden, wo man sie braucht. Sie warten also auf einen **künftigen Lebenssinn** und **die Aufgabe**, die sich von alleine finden wird. Dass sie ihre Erfüllung mit der Mobilmachung für den Ersten Weltkrieg gekommen sahen, ist die große Tragik dieser Generation.

Erwartungshaltung der jungen Generation

Die meisten der epochentypischen Merkmale des Gedichts von Ernst Wilhelm Lotz wurden während der Interpretation bereits mit angesprochen. Epochentypisch ist das **Genre „Großstadtgedicht"** samt einiger seiner Motive wie Tempo, Helligkeit, Prostitution und Kaffeehaus; damit verbunden trotz der traditionellen metrischen Form der eigene harte Rhythmus der **Expressionisten**, geprägt vom **asyndetischen** (reihenden) **Zeilenstil**, der hier besonders die ersten Verse von Strophe 1, 3 und 4 bestimmt, aber auch Enjambements (V. 3/4, V. 5/6) zulässt, ausdrucksstarke Zäsuren (vgl. V. 7) und, hier angeschlossen, sogar einen kausalen Nebensatz (vgl. V. 8).

typische Merkmale expressionistischer Lyrik: Thematik und sprachliche Gestaltung

Starke Verben dominieren. **Verbaler Stil** bringt Dynamik ins Geschehen, zumal wenn das Verb oder Partizip ein äußerstes Maß an Gewalt ausdrückt wie „explodieren", „zerfetzt" oder „bricht" und in den Variationen zur Feuer-Metaphorik (besonders in „heizten […] das Blut", V. 6). Insgesamt umfasst das Gedicht unterschiedliche **Zeitstufen**. Strophe 1 charakterisiert wohl die Großstadt in ihrem iterativen (andauernden) Präsens. In Strophe 2 antwortet Gegenwart auf Erinnertes. Zukünftiges deutet sich mit V. 8 an und dann besonders ab V. 15. Bezeichnend für den Expressionismus ist die Empfindung vom „**Aufstand der Dinge**", die, **personifiziert**, zu den aktiv Handelnden werden, sodass das herkömmliche Verständnis vom **Verhältnis von Aktiv und Passiv** zwischen Mensch und Ding umgekehrt erscheint. Menschen werden in diesem Gedicht von Lotz zwar nicht verdinglicht, aber ihre Nerven werden zerfetzt, sie sind reduziert auf „Stimmen" oder lassen sich vor dem Wind hertreiben wie Laub.

TEILAUFGABE 2

Würde Ernst Wilhelm Lotz den Song *Lila Wolken* hören und möglichst auf Youtube auch sehen können, würde er die Welt nicht mehr verstehen. Diese **junge Generation** 100 Jahre nach ihm **feiert** singend und schreiend und einander mitreißend sich selbst. Wenn **wir** heute diesen Hit von 2012 ab und zu im Radio hören, werden wir etwas wehmütig. Für uns gilt seit März 2020 Party-Verbot gerade in dem Alter, in dem Party als das Höchste erscheint.

Überleitung

Vergleich mit Lotz-Gedicht: Form

Schon beim ersten Hinsehen lässt sich erkennen, dass Lotz ja letztlich doch alleine spricht, während den Song zwei Sänger und eine Sängerin nacheinander und miteinander vortragen und das „Wir" des Textes durch etliche **Anreden**, **Aufforderungen** und **dialogische Stellen** glaubwürdig gemacht ist. Lotz fasst zudem sein Lebensgefühl in eine streng durchgehaltene, knappe **Form** von insgesamt 16 Versen. Zwar ist auch *Lila Wolken* nicht formlos, aber in seiner Gestaltung als Song nur sehr locker gefügt. Die inhaltliche Substanz steckt tatsächlich auch hier in zwei gleich langen Textblöcken von jeweils acht Versen (Z. 2–9, 20–27) und im zweiten Teil des ebenfalls acht Zeilen umfassenden Refrains. Das Metrum mit seinen ungleich vielen Hebungen ist freirhythmisch. Jambische Verse wie im Refrain wechseln mit daktylischen Phrasen. Beim Endreim kommt es, wie beim Hip-Hop und Rap, nur auf den Zusammenklang der Vokale an (z. B. V. 2 ff.: Kopf/-knopf; hart/Tag; Schluck/-wood; Stadt/Nacht usw). Marteria ist Rapper.

Lebensgefühl der jungen Generation im Songtext (mit Untersuchung der sprachlichen Umsetzung)

Die Selbstaussage lautet: „Wir leben immer schneller, feiern zu hart" (Z. 4). Dennoch oder gerade deswegen wird das exzessive Feiern und Durchfeiern, **der Rausch** und **das Abheben** (vgl. Z. 6 f., 18) gepriesen. Die Sprecher sind jung, und so gehört ihnen **die Nacht**. Diese beginnt mit dem Sonnenuntergang (der die Stadt vergoldet und die lila Wolken erscheinen lässt) und geht bis zum Sonnenaufgang. Die **Gegenwelt ist der Alltag** und Arbeitstag mit Stress und Druck, den es zu vergessen gilt (vgl. Z. 5 f.). Es ist die Welt der Bürger. Sollen sie jetzt nur schlafen (vgl. Z. 18). Von den Fäden, die sie miteinander verbinden, reißen die Sprecher sich los (vgl. Z. 17). Auch von großen Namen – möglichen Autoritäten und Vorbildern vielleicht – wollen sie nichts wissen (vgl. Z. 25). Sie machen Feuerwerk, zeigen auf einen „neue[n] Stern" (Z. 15) wie auf eine Verheißung, wollen zusammen **träumen**, sich Luftschlösser bauen (vgl. Z. 21 ff.), sich also Illusionen hingeben, sich **die Welt verklären und vergolden** (vgl. Z. 26) und daran glauben, dass sie mehr sind „als nur ein Moment" (Z. 24). Durch diese Zeilen weht eine leise Melancholie, denn die Sprecher sind ja nicht naiv. Sie wollen den Ernst des Lebens bewusst ignorieren, besitzen also die **Ironie**, sich selbst „ignorant" zu nennen (Z. 20). Aber sie behaupten entschieden ihr Recht darauf, jetzt nicht nüchtern und nicht vernünftig sein zu müssen. Es ist **pure Romantik** mit dem gleichen Antagonismus, der etwa auch das Lebensgefühl von Eichendorffs Taugenichts bestimmte. Die Ausdrucksweise des Taugenichts ist eine andere. Aber was sagt das leitmotivische „Lass sie schlafen, komm, wir heben ab" (Z. 18) viel anderes als „Die Trägen, die zu Hause liegen, / erquicket nicht das Morgenrot" in dem Aufbruchslied des Taugenichts? Auch die Betrachtung des Abends, der alles vergoldenden Abendsonne, der Wolken mit ihren besonderen Farben („Rot knallt in das Blau“, Z. 8), der Nacht mit ihrem Stern und insgesamt die Verehrung des Himmels wecken Assoziationen zur Romantik. Um aber in **Rausch und Flow** zu finden, reichen weder Gin Tonic noch **Appellative** (vgl. „Guck“, „komm“, „Lass uns“ Z. 15, 18–40). Es reicht auch nicht die Selbstsuggestion, von der lila Wolke aufgefangen zu werden im Falle des Falles (vgl. Z. 27). Es braucht dafür den Beat, die **tranceartige Wiederholung** der magischen „lila Wolken“ im dreimaligen Refrain und eine Sprache, die allmählich semantisch gegen Null tendiert (vgl. Z. 38 ff.), um im **selbstaffirmativen „Yeah**“ emphatisch zu münden.

Abgrenzung des Lebensgefühls zwischen Gedicht und Song

Lila Wolken und das Gedicht von Lotz könnte man unter der Überschrift **„Jugend**“ zusammenfassen, denn in beiden Texten kommen – wenn auch in der Intention grundverschieden – die **innere Unruhe** und nervöse Erregbarkeit junger Menschen zum Ausdruck. Aber was ist das jeweilige **„Lebensgefühl**“? Ein Leben hat viele Facetten. *Lila Wolken* ist einfach ein **Party-Song**, der Schwung und Magie in die Auszeit einer Jugend bringt, die sich gelegentlich Rhythmen, Drogen, Glücksgefühlen und Träumen überlassen möchte, aber weiß, dass die Party nicht das Leben ist. Es ist nicht auszuschließen, dass auch Ernst Wilhelm Lotz exzessiv zu feiern wusste. Aber er hat sein Gedicht mit einem ganz anderen Anspruch geschrieben. Bei Nachfrage hätte er wohl begründet, dass der Texter von ***Lila Wolken*** romantische Motive schlicht **epigonal** genutzt und neu vermarktet habe. Er selbst wollte nicht unterhalten, sondern dachte zeitkritisch. Er wollte **reflektiert und lyrisch** die zwischen Wilhelminismus und technischer Moderne, zwischen intellektueller Rebellion und Provokation, linker Revolution und konservativem Patriotismus **zerrissene** und schwankende **eigene Generation** in seinem Gedicht bilanzieren. Gewinnend ehrlich bringt er dabei Entscheidungsdruck und Entscheidungsfurcht zum Ausdruck. Expressionisten waren intellektuell auf der Höhe ihrer Zeit, waren „zerdacht“, wie Kollege Gottfried Benn einmal formulierte. In Party-Songs dagegen hat Gedankenlastigkeit Platzverbot.

TEILAUFGABE 3

Bedeutung von Songs für das Lebensgefühl junger Menschen

Es gibt Erwachsene, die können sich ihr Leben nicht ohne bestimmte Bücher (Texte, Autoren) vorstellen. Wir, unsere Generation (aber eigentlich auch schon die unserer Eltern), definieren uns seit dem Urphänomen der Beatles in erster Linie und wohl zunehmend mehr über **Lieblings-Bands** und/oder -**Songs**, also weniger intellektuell als über den mehr **emotional gesteuerten jeweiligen Musikgeschmack**. Die Großeltern haben Transistorradios mit ins Grüne geschleppt; wir haben unsere Hits auf dem Smartphone und hören sie über Kopfhörer beim Bahn- und Autofahren, beim Joggen, Warten und, obwohl verboten, auch beim Radfahren – und hoffentlich bald auch wieder in Discos, auf Festivals und privaten Partys. Auf großen Bahnhöfen oder in Innenstädten sieht man uns alle unansprechbar, jeder und jede verstöpselt mit der eigenen Musik. Eindeutig spielt also Popmusik – die Musik in der Regel viel stärker als ihr Text – eine starke Rolle als **Stimulus und Ausdrucksform unseres Lebensgefühls**. Aber ein Leben hat wechselnde Aspekte und Phasen und damit auch verschiedene Gefühlslagen. Dem Sound und Schwung von *Lila Wolken* nah ist *Dancing in The Moonlight* (King Harvest), in dem sich „night" auf „bright" und „delight" reimt versus „fight" („We like our fun and never fight"). Auch hierin das umwerfend starke **Gefühl von Gemeinschaft und Zusammengehörigkeit**. Von Leichtigkeit, Beweglichkeit, Nonsens und Vitalität. Es macht einfach gute Laune. Vom Rapper Marteria stammt übrigens noch der Gute-Laune-Song *Ganz schön okay*.

Aktueller Bezug: Musik als Trost

Vielfach bewährt hat sich in Corona-Zeiten mit ihrem **Distanzgebot** der plötzlich in den Charts vieler Länder auf Platz 1 hochgeschossene Titel von 2019: *Jerusalema Dance*. Über dem entspannten Beat des Südafrikaners Moagi erklingt seine warme, schlichte Melodielinie. Ein Background-Sopran sekundiert. Auf unserem Schulhof haben wir dazu – jeder für sich und doch im großen Kreis miteinander verbunden – immer wieder **getanzt und mitgesungen**. Auf dem Video singen und tanzen Schaffner im Depot, Angestellte im Büro, Leute auf einem Platz, Mutter und Tochter zu Hause, Leute im dicken Schnee oder auf dem Deck einer Fähre und so fort weltweit. Ein sonderbar nachdenklich-sehnsüchtig-spirituell sich wiegender Song, der zu Herzen geht.

Songs zur Motivation bzw. Leistungssteigerung

Eine ganz andere Kategorie wird von *We Are The Champions* (Freddie Mercury/Queen, Pop-Rock 1985) repräsentiert und von *Eye of the Tiger* (Rock-Band Survivor, 1981). War eben noch jeglicher Fight ultimatives *No-Go*, so ist für denselben Menschen in einer anderen Lebenssituation das Fighten ein unbedingter Bestandteil seiner selbst. Mein Bruder, **Leistungssportler**, pusht sich mit Freddie Mercurys triumphal und gestisch weit ausgreifend vorgetragener Hymne, wenn er zu Wettkämpfen unterwegs ist. Mercury mit seiner Musikalität, seiner Stimme, seinem Genie aus kleinsten Verhältnissen gegen vielfachen Widerstand aufgestiegen zu Weltruhm, weil er an sich geglaubt hat, spricht im „Wir" und ermutigt noch heute Millionen: „We are the champions – my friends / And w'll keep on fighting till the end […] No time for losers / 'Cause we are the champions of the world." Mercury macht nicht nur denen Mut, die von unten kommen. Von ihm inspiriert schafft man es vielleicht auch aufs Siegertreppchen im Stadion. – Mein **Ermutigungssong** ist, obwohl ich eine Frau bin, Survivors Film-Musik zum Boxer-Epos *Rocky III* von Sylvester Stallone. Hier ist mir nicht nur die Musik, der harte Beat im martialischen Marschrhythmus wichtig, sondern vor allem der mich aufbauende Text: „It's the thrill of the fight / Don't lose your grip on the dreams of the past / You must fight just to keep them alife." Als Gegenprogramm höre ich aber auch gern Billie Eilish. Sie hat eine schöne, etwas verschattete junge Stimme, verarbeitet in ihren Songs heutige Themen wie Gewalt gegen Frauen und Fragen des Selbstwertgefühls und ist emotional einfach gut.

Songs als Ausdruck von Rebellion

Daneben ist auch **Deutsch Rap** angesagt, obwohl Bushido, Sido, Kool Savas und Eko Fresh vom Alter her fast unsere Väter sein könnten. Sie haben eben ein komplettes Genre mit aufgebaut. Deutsch Rap ist auf der Straße entstanden, und genau das vermittelt er auch: dass man aus der Gosse und dem Knast kommt und trotzdem etwas erreichen kann mit seinem Talent (Schlösser, Limousinen, Goldklunker). Deutsch Rap ist **ermutigend**, **rebellisch**, und dabei technisch hohe Kunst. Wir hören ab und zu etwas von Capital Bra (alias Joker Bra). Der „King of Rap", der im virtuosesten Rap wohl aller Zeiten die meisten Textzeilen auf einem Beat brachte, ist und bleibt aber Eminen mit dem ultraschnellen *Rap God*.

Besonders dieser Diss von Eminen gefällt mir: „I make elevating music / You make elevator-music." So soll es sein: Musik soll erheben.

Hessen Deutsch ▪ Abiturprüfung 2022
Grundkurs ▪ Vorschlag A

ABSOLUTE WAHRHEITEN?

Erlaubte Hilfsmittel

- ein Wörterbuch der deutschen Rechtschreibung
- Textausgaben der Pflichtlektüren ohne Kommentarzeichen, ggf. mit Worterläuterungen
- eine Liste der fachspezifischen Operatoren

Dieser Vorschlag bezieht sich auf die Pflichtlektüren E.T.A. Hoffmann: *Der Sandmann* und Juli Zeh: *Corpus Delicti. Ein Prozess.*

Aufgabenstellung

1 Geben Sie den Inhalt des Textauszugs aus Juli Zehs Roman *Über Menschen* wieder und analysieren Sie ihn unter Berücksichtigung der sprachlich-formalen Gestaltung. (Material) (40 BE)

2 Untersuchen Sie die Gemeinsamkeiten zwischen der Beziehung von Dora und Robert (Material) und der Beziehung von Clara und Nathanael aus E.T.A. Hoffmanns Erzählung *Der Sandmann.* (30 BE)

3 „[Sie] mag keine absoluten Wahrheiten und keine Autoritäten, die sich darauf stützen. In ihr wohnt etwas, das sich sträubt. Sie hat keine Lust auf den Kampf ums Rechthaben und will nicht Teil einer Meinungsmannschaft sein. Normalerweise ist ihr Sträuben kein Sich-Wehren. Man sieht es nicht. Sie lebt angepasst. Das Sträuben erzeugt eher eine Art Trotz, ein inneres Ankämpfen gegen die Verhältnisse.“ (Material)

Überprüfen Sie, ob diese Beschreibung Doras auch auf Mia Holl aus Juli Zehs Roman *Corpus Delicti. Ein Prozess* zutrifft. (30 BE)

Material **Juli Zeh: Über Menschen (2021)**

Dora, die Protagonistin des Romans, lebt zusammen mit ihrem Freund Robert in Berlin, bis sie, verschärft durch die Bedingung des Homeoffice während des Lockdowns der Corona-Pandemie, es in ihrer gemeinsamen Wohnung nicht mehr aushält und allein aufs Land zieht.

Dora weiß nicht mehr, wann es angefangen hat. Sie weiß noch, dass sie schon während Roberts Klimaschützerphase manchmal dachte, dass er übertreibt. Wenn er die Politiker als Volltrottel und seine Mitmenschen als selbstsüchtige Ignoranten beschimpfte. Wenn er sich über Doras Fehler bei der Mülltrennung aufregte, als hätte sie ein Verbrechen begangen. Da schien er ihr manchmal übereifrig und unversöhnlich, und sie überlegte, ob er vielleicht an einer Neurose, an einer Art politischem Waschzwang litt, der aus dem nachdenklichen, sanften Menschen einen Besessenen gemacht hat.

Wobei sie am Anfang vor allem Bewunderung für ihn empfand, gewürzt mit einer Prise schlechtem Gewissen. Robert nahm die Sache ernst. Robert wurde politisch aktiv. In der Online-Zeitung, für die er arbeitete, gründete er ein eigenes Ressort für Klimafragen. Außerdem fing er an, sein Leben zu ändern, ernährte sich vegan, kaufte klimafreundliche Klamotten und ging regelmäßig zu den Freitagsdemonstrationen. Dass Dora nicht mitkommen wollte, verstört ihn. Glaubte sie nicht an den menschengemachten Klimawandel? Sah sie nicht, dass die Welt auf den Untergang zusteuerte? Die Statistiken hielten Einzug in ihre Gespräche. Robert verwies auf Zahlen, Experten und Wissenschaft. Dora saß vor ihm als Repräsentantin der dummen Masse, die sich partout nicht überzeugen lassen wollte. Wenn er richtig in Fahrt kam, warf er ihr sogar ihren Job vor. Dass sie mit ihrer Arbeit den Konsum ankurbele. Dass sie Menschen dazu bringe, Dinge zu kaufen, die sie gar nicht wollten und erst recht nicht brauchten. Dora als Agentin der Wegwerfgesellschaft. Energievernichtend und müllbergvergrößernd. Sie hatte noch nie das Bedürfnis, die Werbebranche zu verteidigen. Trotzdem tat es weh, wenn Robert so mit ihr sprach.

Schließlich mangelt es ihr nicht an Überzeugung. Natürlich hält sie den Klimawandel für ein schwerwiegendes Problem. Was sie lähmt, ist die Ansprache. *„How dare you“*[1] statt *„I have a dream“*[2]. Statt über Temperaturziele zu streiten, sollte man sich ihrer Meinung nach lieber auf das Wesentliche konzentrieren – das Ende des fossilen Zeitalters, welches sich nicht erreichen lässt, indem man die Bürger besser erzieht, sondern nur durch einen Umbau von Infrastruktur, Mobilität und Industrie. Dass Robert im Angesicht dieser Aufgabe stolz darauf ist, kein Auto zu fahren, kommt ihr merkwürdig vor.

Dora mag keine absoluten Wahrheiten und keine Autoritäten, die sich darauf stützen. In ihr wohnt etwas, das sich sträubt. Sie hat keine Lust auf den Kampf ums Rechthaben und will nicht Teil einer Meinungsmannschaft sein. Normalerweise ist ihr Sträuben kein Sich-Wehren. Man sieht es nicht. Sie lebt angepasst. Das Sträuben erzeugt eher eine Art Trotz, ein inneres Ankämpfen gegen die Verhältnisse. Deshalb musste sie Robert irgendwann sagen, dass er aufpassen solle, ab wann es bei seinen Statistiken nicht mehr um ernsthafte Anliegen, sondern ums Rechthaben gehe. Er schaute sie erschrocken an und fragte, ob sie die alternativen Fakten eines Donald Trump bevorzuge.

Da zeigte sich zum ersten Mal das Problem mit Doras Gedanken: Sie waren jetzt unverständlich, vielleicht sogar verwerflich. Man konnte nicht darüber sprechen. Jedenfalls nicht mit Robert. Nicht mehr.

Er saß vor ihr wie eine Instanz, strahlend und selbstsicher. Über jeden Irrtum, jeden Zweifel erhaben. Angehöriger einer Gruppe, die das Mängelwesen Mensch transzendiert hat. Da kam Dora nicht mit.

Gleichzeitig schämte sie sich für ihr Sträuben und den Trotz. Im Grunde war es doch gleichgültig, ob es Robert ums Rechthaben ging, solange er wirklich recht hatte. Klimapolitik war und ist eine wichtige Sache. Außerdem wirkte Robert zufrieden, während Dora häufig an Selbstzweifeln litt. Es musste sich gut anfühlen, für eine wichtige Sache zu kämpfen. Robert brauchte sich die Sinnfrage nicht mehr zu stellen. Er hatte sogar den Projekte-Kreislauf überwunden, indem er viele kleine zu erreichende Ziele gegen ein vermutlich unerreichbares Großziel eintauschte. Ein genialer Schachzug, eine geschickte Rochade[3].

Dora beschloss, sich Mühe zu geben. Sie verzichtete auf Fleisch. Sie kaufte im Bioladen ein. Robert zuliebe wechselte sie sogar die Agentur. Sus-Y ist mittelgroß, auf nachhaltige Produkte sowie Non-Profit-Organisationen spezialisiert und hat sich vorgenommen, verantwortungsvolle Unternehmen bei der Umsetzung ihrer sozialökologischen Ideen zu unterstützen. Statt Dosensuppen, Luxus-Kreuzfahrten oder Direktversicherungen zu bewerben, entwickelt Dora bei Sus-Y Ideen für vegane Schuhe, den plastiktütenfreien Tag oder fair gehandelte Schokolade. Dass auf ihrer Visitenkarte statt „Senior-Copywriter“[4] nur noch das einsame Wörtchen „Text“ steht, hat sie nie gestört. Auch nicht, dass sie etwas weniger verdient als zuvor. Aber aus Roberts Sicht genügte das alles nicht. Noch lange nicht. Schließlich begriff Dora, was er wollte, und das konnte sie ihm nicht geben. Er wollte Gefolgschaft. Er wollte ihr Sträuben bezwingen. Er wollte, dass sie einen Treueschwur auf die Apokalypse leistete, und wurde immer wütender auf ihren heimlichen Trotz. Auf ihre Unfähigkeit, mit ihm gemeinsam in erster Reihe zu marschieren. Er war unzufrieden mit ihr, und sie lachten weniger miteinander als früher.

Juli Zeh: Über Menschen. München: Luchterhand Literaturverlag 2. Aufl. 2021, S. 20–23.
Die Rechtschreibung entspricht der Textvorlage.

Anmerkungen

1 *How dare you* – („Wie könnt ihr nur“) berühmt gewordener Satz der Rede der 16-jährigen Klimaaktivistin Greta Thunberg im September 2019 beim UN-Klimagipfel in New York

2 *I have a dream* – („Ich habe einen Traum“) Titel der berühmten Rede von Martin Luther King im August 1963 vor dem Lincoln Memorial in Washington, D.C., in der er seiner Zukunftsvision Ausdruck verleiht, dass eines Tages Menschen unterschiedlicher Hautfarbe gleichberechtigt in den Vereinigten Staaten miteinander leben werden

3 Rochade – strategischer Spielzug im Schach

4 Senior-Copywriter – vorgesetzter Werbetexter

TIPP **Bearbeitungshinweise**

Da es sich um Literaturvergleiche handelt, ist es ratsam, sich vorab einen ersten Überblick über alle drei Aufgaben zu verschaffen. Es macht einen positiven Eindruck, wenn Sie – statt additiv loszulegen – einleitend formulieren, was Sie neben der Wahrheitsfrage als das auffälligste ***Tertium Comparationis*** (das Vergleichbare, die ins Auge springende Schnittmenge) der drei Texte erkennen.

Vergessen Sie einführend nie die jeweils gewünschten formalen Infos über die Bezugslektüren, bevor Sie in die Bearbeitung Ihrer Aufgaben einsteigen.

Aufgabe 1: Thematisch geht es kaum aktueller, da in Juli Zehs *Über Menschen* Gegenwartskrisen, Klimakrise und Corona zugleich, die Menschen bedrücken. Lesen Sie den gegebenen Ausgangstext (M) konzentriert, mehrfach und mit Bleistift. Markieren Sie zentrale Passagen zu Thema, **Inhalt** und Verlauf sowie sonstiges Auffälliges. Ermitteln Sie **Erzählperspektiven** und **Sprechhaltungen**, **Aufbau** bzw. Gliederung des Dargestellten. Achten Sie auf die **kommunikativen Symptome im Prozess der Entfremdung** zwischen den Protagonisten. Dabei sollten Sie Begrifflichkeit, Bildhaftigkeit, Syntax und generell den **Erzählton** beachten und die jeweilige gedankliche Positionierung der Partner Dora und Robert charakterisieren. Analysieren und interpretieren Sie in Aufgabe 1 besonders umsichtig, denn sie macht bereits 40 % Ihrer Gesamtleistung aus.

Vergegenwärtigen Sie sich bei der Bearbeitung von **Aufgabe 2**, dass trotz einiger **Vergleichbarkeiten in der Paarbeziehung** Hoffmanns Erzählung in einer ganz anderen Zeit mit einem folglich auch noch anderen **Frauenbild** spielt, dass da der Bruch zwischen dem Paar nur vorübergehend ist und aus sehr anderen Beweggründen entsteht als bei Juli Zeh. Da *Der Sandmann* eine kurze Erzählung ist, empfiehlt es sich, noch einmal durchzublättern, welche Eigenschaften genau es sind, die Clara zugesprochen werden, und was Nathanael ihr vorwirft.

Die Gefahr dieser Aufgabe ist es, sich in zu breiter Inhaltsrekonstruktion zu verlieren. Verknappen Sie die nötige inhaltliche Situierung, um möglichst zügig zu der gestellten Aufgabe zu kommen.

Aufgabe 3: Für **Mia Holl** *(Corpus Delicti)* dürfte Ihnen – zumal nach der Beschäftigung mit dem Material bzw. Dora – relativ schnell aufgehen, dass diese Figur von Juli Zeh zwar nicht von Anfang an, wohl aber in der Entwicklung des Romangeschehens als geistige Schwester von Dora (*Über Menschen*) erkennbar wird. Nehmen Sie diese Aufgabe, die 30 BE ausmacht, nicht leicht, sondern reservieren Sie sich Zeit für eine genaue Überprüfung. Auch hier müssen Sie allerdings allerlei Inhaltliches wiedergeben (zu Staatsform, zu Kramer und den Disputen zwischen Mia und ihm, zu den Gründen für das allmähliche Umdenken Mias). Formulieren Sie das so breit wie nötig, aber so knapp wie möglich.

verwendete Textausgaben:
E.T.A. Hoffmann: Der Sandmann. Stuttgart: Reclam 2005.
Juli Zeh: Corpus Delicti. Ein Prozess. München: btb 2009.

Lösungsvorschlag

TEILAUFGABE 1

Einleitung
Verbindendes der drei zu behandelnden Texte

Das Thema bezieht sich auf zwei Gegenwartsromane von Juli Zeh und eine romantische Erzählung von E.T.A. Hoffmann. Im Material (Aufgabe 1) und den beiden Bezugstexten handelt es sich jeweils um **Beziehungskrisen** und Konflikte zwischen Mann und Frau. Jeweils erschüttert der Mann in seinem grundsätzlichen oder vorübergehend rigorosen Anspruch die Frau. Besonders Juli Zeh scheint neben **Gesellschaftskritik und Wahrheitsfrage** auch den Geschlechterkampf mit zu thematisieren.

Autorin, Titel, Gattung, Erscheinungsjahr, Thema

Die zeitgenössische Schriftstellerin Juli Zeh zeigt im vorgelegten Ausschnitt ihres 2021 erschienenen Romans *Über Menschen* die zunehmenden **Spannungen und Kommunikationsschwierigkeiten der Protagonisten** Dora und Robert.

Darstellung des Grundkonflikts

Dora und Robert sind ein Paar. Beide sind gebildete, wohl noch ziemlich junge Leute, die professionell mit Sprache arbeiten. Dora ist als „Senior-Copywriter“ eine erfolgreiche **Texterin** in der **Werbebranche**. **Robert**, früher aktiver Umweltschützer, arbeitet nun politisch für eine **Online-Zeitung**, widmet sich besonders dem Thema „Klimakrise“ und hat vor einiger Zeit ein eigenes Ressort dazu eingerichtet. Auch Dora nimmt die Klimakrise ernst; sie leugnet sie keineswegs; aber ihr fällt auf, dass Robert in dieser Frage immer radikaler, fordernder, vorwurfsvoller und schließlich fanatisch-missionarisch und verletzend wird. Ihre Argumente und ihre Art, zu sein, respektiert er immer weniger, bis schließlich die Kommunikation zwischen ihnen so blockiert ist, dass Dora nicht weiterweiß.

Hauptteil
Erzählverhalten

Der Textauszug erzählt von der **allmählichen Entwicklung dieser Entfremdung**. Am Anfang denkt man, einem übergeordneten neutralen Erzähler zuzuhören (vgl. Z. 1 ff.), denn erzählt wird in der dritten Person Singular. Tatsächlich ist aber Dora die **personale Erzählerin**, die ab und zu auch in die Perspektive Roberts schwenkt und ihn wörtlich oder indirekt zu Wort kommen lässt (z. B. Z. 13 f., Z. 16–21).

abschnittsweise Deutung I und II: beginnende Entfremdung

Die ersten beiden Absätze erzählen chronologisch und im **epischen Präteritum** von ersten Anzeichen des Konflikts und den zunehmenden Differenzen zwischen Dora und Robert, als **Robert** sich immer ausschließlicher dem einen Thema Klimawandel verschreibt und zum **Klimaaktivisten** wird, der laufend an Demos teilnimmt, sein Leben und seine Ernährungsweise umstellt (er wird vegan) und aufs Autofahren verzichtet. Dora bewundert da durchaus noch seine Energie und Konsequenz für eine wichtige Sache und hat Gewissensbisse.

Aber er wird in seiner Politikerschelte immer maßloser (vgl. Z. 2 f.) und ihr gegenüber immer ungeduldiger, wirft ihr ihren Job, ihr Konsumverhalten und sogar kleine Fehler bei der Mülltrennung vor, behandelt sie wie eine Ignorantin aus der dummen breiten Masse (vgl. Z. 16) und attackiert sie mit Sachargumenten (Statistiken, Zahlenerhebungen) und Autoritätsargumenten (Verweisen auf wissenschaftliche Experten). Ihr geht sein Insistieren zu weit.

III und IV: Doras Selbstcharakterisierung

Im **dritten und vierten Absatz** wechselt die Erzählung ins **Präsens**. **Dora** begründet und erläutert ihre eigene **Denkweise**. Auf der **Sachebene** hält sie Roberts Maßnahmen (Lebensumstellung, Autoverzicht, Demos) für eher klein-klein und weniger Erfolg versprechend als entschiedene politische Anstrengungen zum Ausstieg aus den fossilen Brennstoffen und zum generellen Umbau von Mobilität, Wirtschaft und Infrastruktur. Emotional sträubt sich in ihr alles **gegen Autoritäten und absolute Wahrheiten** (vgl. Z. 31). Es geht ihr gegen die Natur, Dekreten und „Rechthabern" (vgl. Z. 37) aller Schattierung folgen zu sollen und sich in eine Gesellschaft von Gleichgesinnten einzureihen. Sie ist **Individualistin** und hat das elementare Bedürfnis, innerlich frei, gedanklich offen und sie selbst sein zu dürfen, auch wenn sie das mit Skrupeln und **Selbstzweifeln** bezahlen muss.

V–VIII: Roberts Wahrheitsanspruch

In den folgenden **Absätzen fünf bis acht** (ab Z. 39 ff.) wechselt der Roman zurück ins epische Präteritum. Wir erfahren, wie die Beziehung zwischen Robert und Dora ihrem Scheitern zutreibt. Robert ist genau der **Rechthaber** geworden, den Dora nicht verträgt. Er tritt als „**Instanz**" (Z. 42) und **Autorität** auf (vgl. Z. 31), die, frei von Selbstzweifeln und befreit von nagenden Sinnfragen, sich **im Besitz der einzigen gültigen Wahrheit** wähnt (vgl. Z. 42 ff., 47 ff.).

Doras Anpassungsversuche

Im letzten Absatz schiebt sich so etwas wie **das retardierende Moment** des klassischen Dramas ins Romangeschehen: **Dora will** die **Beziehung** zwischen sich und Robert sehr gerne **retten**, sie kommt ihm also entgegen, bemüht sich, auch ihre Lebensweise der seinen weitgehend **anzupassen**, gibt ihren guten Posten auf, um – weniger gut bezahlt als bisher – nun bei einer ökologisch orientierten Werbeagentur tätig zu sein. Aber sie muss bald begreifen, dass diese für sie einschneidenden Umstellungen Robert nicht genügen, da er nichts Geringeres will als seine **absolute Meinungshoheit** über sie und ihre unbedingte Unterwerfung und Gefolgschaft (vgl. Z. 63 ff.).

sprachliche Gestaltung

Juli Zeh erzählt abwechslungsreich dank der wechselnden Perspektiven und Zeitstufen. Sie erzählt in kraftvoller Sprache mit einer oft sich verdichtenden, kreativen **Bildhaftigkeit**. Mit **Zitaten** aus der Zeitgeschichte gibt sie Roberts und Doras Position zu der Klimaproblematik zusätzliche Kontur: Greta Thunbergs unerbittlicher Vorwurf

„How dare you“ (Z. 24) entspricht Roberts Radikalität; mit Martin Luther Kings berühmtem Bekenntnis (vgl. Z. 25) identifiziert sich Dora in ihrer eher zukunftsgerichtet-offenen und hoffenden Haltung, da sie Gewissheiten nicht hat. Dora spricht meist abwägend und argumentativ **in hypotaktischen Satzgefügen** (z. B. Z. 25 ff.). Die Roberts Entscheidungen geltenden Sätze sind häufig stakkatoartige, parallel sich folgende **Parataxen** und Ellipsen, die sich wie Deklarationen anhören (vgl. Z. 9 ff.). Erst als Dora versucht, sich ihm mehr anzupassen, finden sich auch für sie (seine) Parataxen (vgl. Z. 53 ff.).

abwertende Charakterisierung von Robert

Man kann dem Erzählten leicht folgen. Offensichtlich steht Juli Zeh allerdings ganz auf Doras Seite, die, anders als Robert, die Gelegenheit bekommt, sich ausführlich selbst zu erklären. Dass Dora versöhnlich einlenken möchte, nimmt man der Erzählerin allerdings nicht ganz ab, da sie von ihrem Partner **in** einem **weitgehend ironischen Ton** berichtet, der sich bis zur blanken **Verhöhnung** steigern kann. Die Neurose, die sie bei ihm nicht ausschließt, drückt sie sarkastisch-metaphorisch als eine Art von „politischem Waschzwang“ aus (Z. 6). Damit ist seine politische und rationale Glaubwürdigkeit schon beschädigt. Sie charakterisiert ihn als einen „Besessenen“ (Z. 7) und Rechthaber (vgl. Z. 31 f.), der nicht mehr differenziert zu denken und zu urteilen vermag (vgl. Z. 2 ff.). Sie muss sich die zwar erschrocken geäußerte, tatsächlich aber grob beleidigende Frage anhören, ob sie nun also „die alternativen Fakten eines Donald Trump bevorzuge“ (Z. 38). Dora signalisiert, dass Robert nur noch in den Kategorien Richtig versus Falsch bzw. Wahr versus Lüge denken kann. Was er von ihr erwartet, drückt sie, abermals ironisch überspitzt, in **Begriffen des militärischen Gehorsams** aus, die auch auf Sektenmitglieder und politisch „Gleichgeschaltete“ zutreffen könnten: Er wolle von ihr „Gefolgschaft“, „einen Treueschwur auf die Apokalypse“ und ihr Mitmarschieren in der ersten Reihe (Z. 63–67) bzw. in der „Meinungsmannschaft“ (Z. 33) – auch der alliterierende Neologismus verrät ihre Skepsis gegenüber uniformiertem Denken. Der Höhepunkt der **Verhöhnung** des Partners, der sich in sein Engagement für den Klimaschutz bis zum **Ausschließlichkeits- und Wahrheitsanspruch** verrennt, findet sich in Zeile 43 f.: Robert, der mittlerweile über Zweifel und Irrtum erhabene Freund, empfinde sich als „Angehöriger einer Gruppe, die **das Mängelwesen Mensch transzendiert**“ habe. Das ist eine Anspielung auf Friedrich Nietzsches Theorie vom **Übermenschen** und auf den eigenen Buchtitel *Über Menschen*. Zeh erlaubt sich hier diesen so amüsanten wie aufschlussreichen Kalauer, der Robert mitsamt seiner Position lächerlich macht und dadurch vernichtet. Offensichtlich hat sie ihre gesammelte Ironie auch ihrer fiktiven Erzählerin Dora mitgegeben. Dadurch spielt die vermeintlich so anpassungswillig einlenkende **Dora** tatsächlich den **überlegenen Part dem verbohrten Mann gegenüber**.

Bewertung der Darstellungsweise

Zeh ist weit entfernt von der mild-ironischen Nachsicht etwa eines Theodor Fontane mit seinem tief menschlichen Verständnis für alle möglichen Varianten unserer Spezies. Ihr Roman dagegen tendiert – zumindest im gegebenen Ausschnitt – zur **Satire**.

TEILAUFGABE 2

Werkvergleich
ähnliche Paarkonstellation

In beiden Beziehungen, der von Dora und Robert im Roman von Juli Zeh wie in der von **Nathanael und Clara** in Hoffmanns Erzählung ***Der Sandmann***, kommt es zu **Differenzen** und zum **Zerwürfnis**. Unversöhnlich **verabsolutiert** in beiden Fällen **der Mann seine Sicht** der Dinge, während die Frau einlenken und auf den Partner eingehen kann. Bei Juli Zeh ist der bevorstehende Bruch zu ahnen; bei E.T.A. Hoffmann kann die Beziehung nach schwerer und schwerster Krise des Protagonisten weiterbestehen.

unterschiedliche Lebenssituationen und Zeitumstände

Dora ist eine moderne, gut ausgebildete, souveräne und selbstständige Frau, die erwarten kann, dass jeder Partner ihr auf Augenhöhe begegnet und sie intellektuell ernst nimmt. Wie sie steht auch Robert fest in seinem Beruf. Beide sind wohl etwas über 30, haben eine eigene Wohnung und sind **gesettelte Leute**. Clara und ihr Verlobter Nathanael sind viel jünger. Sie sind bereits seit Kinderzeiten ein Pärchen, seit damals Nathanaels Mutter die Mutter von Clara und ihrem Bruder Lothar in ihrem Haus mit aufgenommen hat. Nathanael studiert noch, beider Adresse ist noch das Elternhaus. Von einer Berufsausbildung oder gar einem Studium für **Frauen** ist **um 1820**, als Hoffman den *Sandmann* schrieb, noch keine Rede. Wie seit Generationen beansprucht also auch hier **der Mann die tonangebende Rolle** für sich, obwohl Nathanael **eher empfindsam** und zunächst ohne autoritäres Gehabe zu sein scheint. In Clara sieht er – zeitgemäß – ein heiteres und „ruhiges, weiblich besonnenes Gemüt" (S. 12) an seiner Seite, das ihm hochwillkommene künftige Eheweibchen. Ein wenig macht er, der sich für ziemlich genialisch hält, sich auch über sie lustig, wenn sie auf Hausfrauenart schnell noch den Kniff aus der Gardine streichen muss, bevor sie das Zimmer verlässt.

Claras Umgang mit Nathanaels Trauma und Entfremdung des Paares

Aber Clara ist alles andere als einfältig. Sie hat, wohl besonders über ihren Bruder, einiges vom Gedankengut der **Aufklärung** mitbekommen. Sie denkt **klar und rational** und kann in ihren Briefen gewandt und folgerichtig argumentieren. Bei Verwicklungen sucht sie zunächst nach einer natürlichen Ursache. Seit Nathanael am Studienort wieder dem entsetzlichen **Dämon seiner Kindheit**, dem „Sandmann“, begegnet zu sein glaubt, quält ihn die **Angst**, erneut ins Radar jener unheimlichen und verderblichen Kräfte geraten zu sein. Robert hat vermutlich keine Neurose, **Nathanael** aber ist wirklich seit dieser Begegnung aus der Kindheit **traumatisiert**. Seine Einbildungskraft ist gewaltig; er ist überzeugt von der Gegenwart des Geheimnisvollen und Unsichtbaren, die der prosaische Verstand nicht fasst, sondern **nur das poetische, ahnungsvolle Gemüt**, also er allein. Er glaubt daran, so wie Robert auf ganz andere Art **zum Gläubigen** geworden ist. Da möchte Clara ihm beistehen und ihn beruhigen, denn ihre Zuneigung ist groß und sie hilft selbstlos und gern. Sie rät ihm, sich zu prüfen, ob das, was ihn so schwer verstört, nicht vielleicht einfach „Phantome seines eigenen Innern“ (vgl. S. 15) seien, Hervorbringungen seiner Psyche also, Einbildungen statt Dämonen von außen. Damit aber hat sie in Nathanaels Augen ihren Kompetenzbereich überschritten und ihn infrage gestellt. Wütend beschwert er sich bei ihrem Bruder Lothar über diesen „fatalen verständigen Brie[f]“ (S. 17), diese „magistermäßig[e]“ (S. 16) Belehrung durch die Braut. Ihm, der neben dem Studium dichtet, hat niemand, erst recht nicht ein Frauenzimmer, besserwisserisch dreinzureden.

absolutes Denken von Nathanael und Robert

Dass auch **Robert**, wie Nathanael, noch die **Führungsrolle in der Beziehung** beansprucht, erscheint etwas aus der Zeit gefallen. Aber **beide Männer** sind sich zumindest in kritischen Momenten darin ähnlich, dass sie es jeweils besser wissen. Beide glauben sich **im Besitz der Wahrheit**, beide sind Rechthaber in eigener Sache und verrennen sich dabei so, dass weder Güte noch Argumente sie erreichen. Nathanael schäumt. Er wirft Clara vor, absolut prosaisch und ohne jeden Sinn für Höheres zu sein. Aber es gibt Vermittler und vorerst eine Versöhnung. Als Nathanael ihr aber während der nächsten Semesterferien aus seinen düster-pathetischen Dichtungen vorliest, in denen sich sein Seelenzustand und folglich er selbst sich spiegelt, beginnt Clara vor Langeweile beim Zuhören zu stricken. Das ist zu viel für den **narzisstisch** in sich selbst und seine Dichtung verliebten Nathanael. Er empfindet ihr Stricken als Missachtung seines Genies und als lieblose Kälte.

Ausgang der Beziehung von Nathanael und Clara

Bei Juli Zeh fühlt sich die Frau in ihrem Individualismus verletzt, hier aber verletzt die Frau mit leiser Ironie und ihren Stricknadeln den Mann, obwohl sie ihn in seiner Abgehobenheit wohl nur etwas erden wollte. Ab diesem Ereignis wendet sich Nathanael innerlich ab und gerät in die Fänge Coppolas. Was ihm da widerfährt, raubt ihm alle Besinnung und fast auch das Leben. Da ist Clara wieder an seiner Seite und pflegt ihn gesund. Aber seiner letzten, nun für ihn tödlichen Begegnung mit dem Sandmann hat sie nichts entgegenzusetzen.

TEILAUFGABE 3

Überprüfung der Beschreibung

Mia Holl und ihr Antagonist Kramer

Auch in Juli Zehs Dystopie ***Corpus Delicti*** ist es wieder die Frau, jetzt die Naturwissenschaftlerin Mia Holl, die geistig beweglich bleiben, aus Vorfällen Konsequenzen ziehen und umdenken kann. Außerdem hört sie, wie Clara, auf die Stimme ihres Gefühls. Aber der Mann, der ihr gegenübersteht und behauptet, im Besitz der absoluten Wahrheit und der Vernunft zu sein, ist hier keine Privatperson, sondern es ist **Heinrich Kramer**, Medienchef, Chefideologe und damit Schöpfer der **Gesundheitsdiktatur** „Die Methode". Die Devise: Gesundheit ist gut. Also ist es vernünftig, sie zum höchsten Prinzip zu machen. Außerdem und ganz anders als ein Robert oder Nathanael glaubt er selbst nicht einmal an die Wahrheiten, Thesen und Gesetze, die er verkünden lässt und zu deren peinlichster Befolgung jeder Bürger verpflichtet ist. Er ist ein **Zyniker** und kalter **Spieler der Macht**. Für ihn ist jedes System gegen jedes austauschbar, sofern es nur strikt durchgesetzt wird und funktioniert.

angepasste Mia versus freigeistiger Moritz

Mia lebte lange in **mustergültiger Normerfüllung**. Sie stimmte dem Leitsatz zu, dass es jedem und der ganzen Gesellschaft zugutekomme, gesund zu bleiben und folglich alles für die Gesundheit tun zu müssen. Sie war – körperlich und geistig fit – eine Vorzeigeperson, der das Privileg zuteilgeworden war, in ein „Wächterhaus" einziehen zu dürfen. Mias **Bruder Moritz** dagegen, versonnen und philosophisch veranlagt, scherte aus. Auch in ihm „wohnt[e] etwas, das sich sträubt[e]" (Z. 32), und „eine Art Trotz [erzeugte] ein inneres Ankämpfen gegen die Verhältnisse" (Z. 35). Er konnte nicht blind gehorchen, sondern musste nachdenken und sich **eigene Wege** suchen. Doras Bekenntnis hätte auch Moritz unterschreiben können. Prompt erkennt das System in Moritz den Staatsfeind, observiert ihn, schiebt ihm einen Mord in die Schuhe und verurteilt ihn zu Einzelhaft. Dort, in seiner Zelle, nimmt er sich das Leben mit einer Schnur, die Mia für ihn eingeschleust hat.

Mias Erkenntnisprozess: Zweifel an der Methode

Mia liebt ihren Bruder. Sie trauert um ihn. Alles in ihr gibt ihr die Gewissheit, dass er nie und nimmer ein Mörder ist. Sie geht in Revision, lässt, professionell unterstützt, den Prozess noch einmal aufrollen – und wird während dieser Vorgänge immer **skeptischer** gegenüber der Methode und ihren Methoden. Sie rekapituliert die Denk- und Sichtweisen des Bruders und neigt sich ihnen mehr und mehr zu. Um diesem inneren Vorgang Ausdruck zu verleihen, hat Juli Zeh die imaginäre Figur der „**idealen Geliebten**" von Moritz Holl eingeführt. Diese, die Trägerin seiner Gedanken, seines Witzes und seiner Regimekritik, überlässt er der Schwester nach seinem Tod, sodass Mia fortan in ständigem Gespräch mit ihr ist. Unsichtbar und unhörbar für Kramer greift sie in die Dispute zwischen Mia und ihm ein. Zwar möchte Mia gern den Glauben an die „Methode“ als den bestmöglichen aller Staaten bewahren, aber allmählich zerbricht er ihr. Die Einwände der idealen Geliebten, also die in ihr nicht verstummende Stimme des Bruders gegen Kramer und das System, bewirken in ihr eine **innere Umkehr**. Schließlich hat auch sie **keine verbindliche und absolute Wahrheit mehr** und steht verzweifelt, aber öffentlich und todesmutig wie eine Jeanne d'Arc gegen Kramer auf. Von der ehemaligen Befürworterin Kramers wird sie zu seiner Gegenspielerin und zur „**Galionsfigur**“ (S. 175) **der Methodengegner**, bis sie in einem Pamphlet dem Staat das Vertrauen aufkündigt und zum Tode verurteilt wird. Kramer selbst hat sich – immer unter Berufung auf Vernunft und schnurgrade logische Beweisführung – als opportunistischer Heuchler und Betrüger enttarnt, der sich eines skrupellosen Geheimdienstes bedient um seines Machterhalts willen.

geistesverwandte Figuren

Im Rückblick sieht man, dass Doras Bekenntnis auch das von Moritz ist und allmählich auch zu dem von Mia wird. Drei Hauptfiguren von Juli Zeh, die geistes- und seelenverwandt denken? Der Schluss liegt nahe, dass die Autorin in alle drei sehr viel von sich selbst hineingelegt hat.

Hessen Deutsch ▪ Abiturprüfung 2022
Grundkurs ▪ Vorschlag B

RASTLOSIGKEIT

Erlaubte Hilfsmittel
- ein Wörterbuch der deutschen Rechtschreibung
- Textausgaben der Pflichtlektüren ohne Kommentarzeichen, ggf. mit Worterläuterungen
- eine Liste der fachspezifischen Operatoren

Dieser Vorschlag bezieht sich auf die Pflichtlektüre Johann Wolfgang von Goethe: *Faust I.*

Aufgabenstellung

1 Fassen Sie den Auszug aus Falk Richters Dramentext *Electronic City* zusammen und analysieren Sie den Inhalt und die sprachlich-formale Gestaltung. (Material) (40 BE)

2 Setzen Sie die Figur des Managers im vorliegenden Textauszug (Material) in Beziehung zur Figur Faust aus Goethes gleichnamigem Drama. (35 BE)

3 Der Autor und Regisseur Falk Richter nimmt für Theaterstücke in Anspruch, dass sie „sich mit gesellschaftspolitisch relevanten Themen auseinandersetzen, […] sich einmischen [sollen] in gesellschaftliche Diskussionen".
Begründen Sie, warum der Dramenauszug (Material) im Sinne des Zitats als „soziales" Drama bezeichnet werden kann. (25 BE)

Material **Falk Richter: Electronic City (Airport Romance) (2002)**

Im Personenverzeichnis werden die Figuren TOM und JOY sowie ein „Team von etwa 5 bis 15 Menschen" genannt. Für dieses sogenannte Team sind u. a. die Textabschnitte vorgesehen, die mit einem Spiegelstrich beginnen. Der Textauszug ist der Beginn des Stückes.

– Tom betritt das Gebäude, in dem er seit etwa zwei Wochen wohnt
– kennt niemanden
– endlose Flure
– fünfundzwanzig Wohneinheiten auf jedem Flur
– Die Stadt?
– Los Angeles
– New York
– Berlin
– Seattle, Tokio, Mexico City
– er weiß es selbst nicht so genau
– er läuft unsicher über den Flur
– und schaut auf den Schlüssel in seiner Hand
– schaut auf die Tapete
– die seltsam schlicht gehalten ist
– nichts fällt hier auf, nichts, an dem er sich orientieren könnte, und
– ja, genau, er weiß es selbst nicht mehr, Europa, Nord- oder Südamerika
– es könnte auch ein Wohnkomplex über dieser Einkaufszone in Brisbane, Queensland sein
– in Melbourne oder Sydney
– irgendwo in Hongkong, Taipeh oder Singapur
– er hat keine Ahnung in diesem Moment
– er kennt niemanden, und er kann sich an nichts erinnern: War ich hier schon einmal? Ist dies die richtige Etage, der richtige Flur, war das links oder rechts neben dem Fahrstuhl und vor allem: IST DAS HIER ÜBERHAUPT DAS RICHTIGE GEBÄUDE?
– Zu oft den Ort gewechselt, in der letzten Zeit, völlig die Orientierung verloren: Wo ist Joy, wo ist Joy?, bin ich denn wirklich schon seit zwei Wochen hier oder oder … ich weiß es nicht: Zwei STUNDEN, wann bin ich denn hier angekommen und vor allem: Wie? Mit welcher Maschine? Oder bin ich hierher gelaufen? Nein, das kann nicht sein, kann nicht, nein, warte, ich … Stille in meinem Gehirn, ich ich … nichts erinnert mich an irgendwas hier, nichts, das schlichte Grau, dann dieser Teppich, der Blick aus dem Fenster: Das könnte überall sein.
– „Wenn ich doch bloß mein Handy mitgenommen hätte – meinen Palm[1], meinen Organizer, mein Notebook – oder wenigstens einen Kompass.
– Oder einen Discman[2], dann könnte ich jetzt etwas Musik hören, bis hier irgendwann irgendwer vorbeikommen wird."
– Er hat ein Notizbuch, wo er sich notiert, auf welchem Flur in welcher Stadt er seine Zimmer angemietet hat

– und er braucht diese UNTERLAGEN, verdammt, Scheiße, mein Flieger, wie soll ich das jetzt noch schaffen? Ich brauch doch diese Scheiß-, dings, unterlagen für den Weiterflug, sonst brauch ich da doch gar nicht erst hin und und – 7 – 1 – 7 – 2 – **4**? 7 – 1 – 7 – 2 – **5**? Diese verdammte Zahlenkombination, wenn ich nur wüßte, in welcher Stadt ich hier bin, dann dann, und wieso dieser plötzliche Powerfailure[3] in meinem Gehirn, alle Zahlen gelöscht, alles weg, JOY? Wo ist JOY? So hieß die doch, meine Frau, Freundin, so hieß die doch?, welches Genre[4] haben wir hier eigentlich? Haben wir das schon entschieden?

TOM Horror, Hektik, Großstadt, Banken, Börse, Geldströme fließen, Testosteron fließt, strömt, das ganze Gebäude, zweitausend Einzimmerappartements, alle gehören derselben Kette an, die Fassaden überall auf der Welt immer gleich, ich habe immer das Gefühl, anzukommen, nie wegzufahren, ich reise, aber ich bewege mich nicht, mein Gehirn sagt mir immer wieder: Hier warst du schon. Auch wenn ich noch nie da war. Mein Gehirn erkennt alles wieder, auch wenn ich weiß, nein, hier war ich noch nicht, ich kann das gar nicht kennen, aber die Zimmer sehen immer gleich aus, die Zimmer sagen: „Welcome Home". Das steht auch auf der freundlichen handgeflochtenen Matte vor der Eingangstür: „Welcome Home", und so heißt auch die Firma, die diese Einzimmerappartements überall auf der Welt baut: „Welcome Home", DAS IST ABER NICHT MEIN ZUHAUSE VERDAMMT NOCHMAL ICH WOHNE HIER ZWAR ABER DAS IST NICHT MEIN ZUHAUSE.

Kurze Atempause.

Aber wo ist das dann? Wo könnte das sein?

– Aber welches Genre haben wir hier eigentlich? Haben wir das schon entschieden?
– Manager auf Psychopharmaka irgendwo am anderen Ende der Welt in Hochhausbetten Lagerstätten Halbtagsunterkünften wo sie sich ablegen kurzzeitig zusammenbrechen Ruhe finden um dann nach wenigen Stunden weiterzufliegen zu fusionieren zu investieren zu spekulieren
– und überall wo sie ankommen sieht es gleich aus
– und überall wo sie ankommen treffen sie auf dieselben Leute
– und überall wo sie ankommen fallen sie erschöpft in Hotelzimmer
– die überall wo sie ankommen im absolut gleichen Design gehalten sind nicht unterscheidbar
– damit sie überall wo sie ankommen das Gefühl haben dass sie sich überhaupt gar nicht bewegt haben
– dass sie überall dort wo sie ankommen ihre Heimat haben und nachts nach getaner Arbeit immer an denselben Ort zurückkehren.

TOM Ich habe das Gefühl, ich sitze immerfort mit meinem Laptop auf dem Schoß in irgendeiner Lobby, einem Wartesaal, einer Businesslounge, und die Menschen um mich herum kenne ich allesamt sehr gut, das sind alles meine Freunde, obwohl ich sie noch nie zuvor in meinem Leben gesehen habe, obwohl ich noch nie ein Wort mit ihnen gewechselt habe, und dann klingelt mein Handy und das Handy des Mannes, der neben mir sitzt, und dann klingelt das Handy des Mannes, der neben dem Mann sitzt, der neben mir sitzt, und dann sagen wir alle gleichzeitig in unser Handy, dass wir gleich ankommen, dass wir nur noch auf unsere Koffer warten, dass wir genau viereinhalb Minuten Verspätung haben, weil unsere Maschine genau viereinhalb Minuten verspätet angekommen ist und wir deshalb viereinhalb Minuten verspätet zu dem Meeting kommen werden und wir deshalb bitten, dass man das Meeting einfach viereinhalb Minuten später anfangen lässt, geht das?, sorry!, ich meine, wäre das machbar, könnten Sie alle noch bitte viereinhalb Minuten warten oder müssen alle gleich schon wieder weiter?, sind dann alle schon wieder weg?, auf zum nächsten Termin?, hallo ist da wer? Hallo die Verbindung ist grad irgendwie Scheiße was? Funkloch hallo! Fuck!

– Die Businesslounges in den Flughäfen unterscheiden sich nicht mehr voneinander, und sie haben das Gefühl, sie sitzen in großen Warteräumen oder Lesesälen, wo sie noch nett nach getaner Arbeit mit den Kollegen einen Drink zu sich nehmen und den Tag ausklingen lassen können.

Alle gleichzeitig, aber nicht chorisch synchron:

ABER WORAUF WARTEN WIR EIGENTLICH WORAUF VERDAMMT NOCH MAL WARTEN WIR EIGENTLICH

– auf den Anschlussflug
– auf eine Zahl die durchgegeben wird
– jemand sagt uns was wir kaufen verkaufen halten abstoßen sollen
– mein Ladegerät fuck Scheiße Hilfe wo ist mein Ladegerät!!
– könnte dieses verdammte Flugzeug etwas schneller fliegen, ich muss doch noch weiter und diesen Deal in Seattle oder war das Rom? Ich weiß es nicht mehr, ich verpass ja schon wieder alles, aber bitte schneller, geht das, bitte, hallo, schneller, verdammte Scheiße, schneller, ich verpass sonst wieder alles und dann bin ich raus – raus woraus?, fragt sich nur – aber diese Frage werde ich mir nicht beantworten, denn das bremst nur das Tempo und ich brauche das Tempo sonst stürze ich ab und diese verdammten Sicherheitsvorkehrungen nützen ja auch alle nichts, wer abstürzt, stürzt ab und basta, ihr könnt euch ja gerne alle eine Schwimmweste überziehen, während wir in diesen Wald reincrashen, aber ich mach das nicht, ich nicht, verdammt nochmal, schneller!

Falk Richter: Electronic City (Airport Romance), © S. Fischer Verlag 2002, URL. http://www.falkrichter.com/ckfinder/user/files/files/PDF/Theatre%20plays/Electronic%20City.pdf (abgerufen am 15. 06.2021).

Anmerkungen

1 Palm: eine Art früher Vorgänger des heutigen Tablet-Computers
2 Discman: tragbares CD-Abspielgerät
3 Powerfailure (engl.): Stromausfall
4 Genre (frz.): Kunstgattung

Hinweis

Falk Richter (*1969), deutscher Dramatiker und Regisseur, dessen Stücke in mehr als 35 Sprachen übersetzt wurden und weltweit gespielt werden

Rechtschreibung, Zeichensetzung und Hervorhebungen entsprechen der Textvorlage.

TIPP **Bearbeitungshinweise**

Die Aufgabenstellungen dieses Abiturvorschlags sind gradlinig und deshalb **gut zu bearbeiten**. Sie müssen sich mit einem zwar **formal ungewöhnlichen**, aber nicht allzu schwer **verständlichen Dramentext** auseinandersetzen und ihn zu zwei Ihnen bekannten Aspekten in Bezug setzen. Das Thema „**Rastlosigkeit**" wird Ihnen dabei helfen, unterrichtliche Bezüge herzustellen: Sie haben sich mit Goethes Dramenfigur **Faust** beschäftigt und mindestens ein **soziales Drama** kennengelernt: Georg Büchners *Woyzeck*; Parallelen zu Büchners Antihelden werden Ihnen sicherlich auffallen. Kurzum: An „Content" wird es Ihnen nicht fehlen. Aber Vorsicht: Wahrscheinlich passen nicht alle guten Ideen, die Sie beim Erstellen Ihres **Schreibplans** haben, zur Aufgabenstellung. Behalten Sie als **Filter** daher immer das vorgegebene **Thema**, die „Rastlosigkeit", im Auge.

Machen Sie sich außerdem klar, welchen Anforderungsbereichen die Operatoren der einzelnen Aufgaben zugeordnet sind: In **Aufgabe 1** müssen Sie reproduzieren und textbeschreibende Kompetenzen anwenden; in **Aufgabe 2** das vorher Reproduzierte und Analysierte zu Ihren Kenntnissen zur Figur Faust in Beziehung setzen, also eine Transferleistung erbringen; in **Aufgabe 3** müssen Sie reflektieren; leichter als eine Pro-Kontra-Diskussion ist hier sicher, dass sie die bereits vorgegebene These lediglich belegen müssen.

Damit Sie sich beim Schreiben nicht inhaltlich wiederholen – eine Gefahr, die bei diesem Aufgabenvorschlag durchaus besteht –, erstellen Sie Ihren Schreibplan diszipliniert und schreiben vor allem zur **ersten Aufgabe** nur **das Nötigste**, damit Sie weitere Konkretisierungen in der 2. und 3. Aufgabe vornehmen können.

Stellen Sie für die **zweite Aufgabe** zunächst knapp **Goethes Drama *Faust I*** und **die Titelfigur** vor. Der Operator „in **Beziehung setzen**" ähnelt dem Operator „vergleichen". Aber er verlangt nur, dass Sie **Zusammenhänge herstellen** sollen, nicht, dass Sie konkret Ähnlichkeiten, Unterschiede und Gemeinsamkeiten benennen müssen. Sie sind also freier in der Auswahl und Beschreibung Ihrer Aspekte. Ihr Ausgangspunkt ist der Manager Tom. Suchen Sie **Aspekte seiner Denk- und Lebensweise**, die sich mit Faust und seiner **Rast- und Ruhelosigkeit** in Zusammenhang bringen lassen. Achten Sie unbedingt darauf, die einzelnen **Aspekte klar voneinander zu trennen**, auch wenn sie alle miteinander zusammenhängen. Begründen Sie die erkannten Zusammenhänge und belegen Sie sie mit **Textbezügen und Zitaten** aus Falk Richters *Electronic City* und Goethes *Faust*. Formulieren Sie am Ende ein **Fazit**.

Die **dritte Teilaufgabe** geht davon aus, dass der **Dramenauszug** aus *Electronic City* als „**soziales**" **Drama** bezeichnet werden kann, und verlangt von Ihnen Belege für diese Behauptung. Beginnen Sie Ihre Beweisführung am besten mit einer **Definition des sozialen Dramas**, die Sie aus dem Unterricht kennen sollten, und suchen Sie dann für diese Gattungszuordnung **Belege aus dem Textauszug**. Wenn es zu einem Argument passt, dürfen Sie auch einen knappen Bezug zu *Woyzeck* herstellen. Am Ende ziehen Sie wieder ein kurzes **Fazit**.

Lösungsvorschlag

TEILAUFGABE 1

Einleitung
Autor, Titel, Gattung, Jahr, Thema

Der vorliegende Text ist der Anfang des **2002** erschienenen **Dramas** *Electronic City (AirportRomance)* des deutschsprachigen Autors Falk Richter: Der **Protagonist Tom** reflektiert und schildert in einer Mischung aus Monolog und erlebter Rede seinen Arbeitsalltag, der geprägt ist von **rastlosem Unterwegssein, Orientierungs- und Haltlosigkeit sowie Zeitdruck**.

Hauptteil
Inhaltswiedergabe

In der Anfangsszene des Dramas kehrt Tom zurück in ein **anonymes Apartmentgebäude**, das er scheinbar seit zwei Wochen bewohnt. Er wirkt dabei völlig **orientierungslos:** Weder weiß er, in welcher Stadt und auf welchem Kontinent er sich befindet, noch ist er sich sicher, wie lange er tatsächlich das Apartment schon bewohnt. Auch weiß er nicht, wie er zu dem Gebäude gelangt ist und ob er sich im richtigen Haus befindet. In diesem Zustand **ruft** er mehrmals **nach Joy**, die er später als seine Frau oder Freundin bezeichnet. Seine **Hilflosigkeit** wächst, als er feststellt, dass er weder technische Hilfsmittel wie Handy oder Laptop noch sein Notizbuch bei sich trägt, die ihm aus der misslichen Lage helfen oder ihm zumindest Zutritt zu seinem Apartment verschaffen könnten.

In Toms Verzweiflung über die aktuelle Situation mischen sich **kritische Reflexionen** über den **Arbeitsalltag** von international arbeitenden Managern seiner Branche: Die **Rahmenbedingungen** seien unabhängig vom Ort, an dem man sich aufhalte, immer gleich, was die Ursache für Toms Desorientierung und **Angstzustand** zu sein scheint: Die **uniformen Unterkünfte** versuchten zwar, bei ihren Gästen ein Gefühl von Heimat zu wecken, blieben aber **anonym und seelenlos**. Stets von Managern umgeben zu sein, die das Gleiche tun, nämlich ihren **eng getakteten Arbeitstag** organisieren, erzeuge das Gefühl, alle zu kennen – echte menschlich-persönliche Kontakte fehlen aber offensichtlich. Stets unter **Zeitdruck** von Ort zu Ort und von einem Termin zum nächsten zu hetzen, verursache die ständige **Angst, sich zu verspäten, Verhandlungsziele nicht zu erreichen** und damit beruflich zu **scheitern**. Gleichzeitig fordert Tom aber, das Tempo sogar noch zu erhöhen, um beruflich nicht zu scheitern.

Analyse
Erzähltext mit einzelnen Abschnitten

Der Text ist **nicht** – wie ein Dramentext vermuten ließe – **als Dialog** strukturiert, sondern gleicht eher einem in einzelne **Abschnitte** untergliederten **Erzähltext**, was durch die überwiegende Verwendung der **3. Person** noch unterstrichen wird. Und auch der Text selbst begibt sich zweimal auf eine Metaebene und fragt: „Aber **welches Genre** haben wir hier eigentlich“ (Z. 61, 45 f.).

Einige Wörter („Unterlagen", Z. 39; „Joy", Z. 44) und Sätze („Ist das hier überhaupt das richtige Gebäude?", Z. 24 f.) werden durch **Großschreibung** besonders hervorgehoben und sollen dem Leser oder dem Zuschauer – wenn sie beispielsweise lauter, wie erregte Ausrufe, vorgetragen werden – besonders auffallen.

Großschreibungen

Die einzelnen Sprechabschnitte werden von „5 bis 15" (Vorspann), anonym bleibenden, **nicht benannten Sprechern** vorgetragen, die teilweise auch Toms Perspektive einzunehmen scheinen, da sie manchmal unvermittelt von der 3. Person in die 1. Person Singular wechseln (vgl. Z. 39 f.). Da Tom jedoch auch über das **gleichgeschaltete Leben seiner Berufsgruppe** reflektiert (vgl. Z. 79–89), liegt es nahe, dass andere Sprecher ebenfalls Manager sind – zumal Tom, der zwei längere Sprechsequenzen (Z. 47–58, 75–89) selbst vorträgt, feststellt: „die Menschen um mich herum kenne ich allesamt sehr gut, das sind alles meine Freunde, obwohl ich sie noch nie zuvor in meinem Leben gesehen habe" (Z. 76–78). Dass er (vgl. Z. 81–85) und andere Sprecher (vgl. Z. 95–99) das **inkludierende Personalpronomen „Wir"** verwenden oder in der **3. Person Plural** („sie") vom Arbeitsalltag sprechen (vgl. Z. 66–74), unterstreicht diese Vermutung. Tom kann somit als **exemplarischer Vertreter** seiner Berufsgruppe gesehen werden.

verschiedene Sprecher: Perspektive Toms und weiterer Manager

Die mit **Spiegelstrichen** markierten **Abschnitte** sind **unterschiedlich lang** und **ohne erkennbare Regel voneinander getrennt:** Einzelne Abschnitte bestehen aus einer kurzen Parataxe (vgl. Z. 10 f.), aus einem Gliedsatz (vgl. Z. 14) oder aus einzelnen Gliedern einer Aufzählung (vgl. Z. 6–9), deren Satzstruktur an einigen Stellen auch parallel konstruiert ist (vgl. Z. 66–68). Diese **kurzgliedrige, stakkato-ähnliche Syntax** dominiert den Text, wenngleich sich auch wenige längere Abschnitte ausmachen lassen (vgl. Z. 39–46). An manchen Stellen markiert eine **ungewöhnliche Kommasetzung** eine zusätzliche sprachliche Zäsur („Zu oft den Ort gewechselt, in der letzten Zeit, völlig die Orientierung verloren", Z. 26) oder Kommas werden in besonders hastig gesprochenen Sequenzen einfach weggelassen („mein Ladegerät fuck Scheiße Hilfe wo ist mein Ladegerät", Z. 100). Grammatisch korrekte **Satzstrukturen** werden teilweise vollkommen **aufgelöst** („Ich brauch doch diese Scheiß-, dings, unterlagen für den Weiterflug, sonst brauch ich da doch gar nicht erst hin und und […]", Z. 40 f.) oder Sätze bleiben **elliptisch** (vgl. Z. 100).

uneinheitliche Abschnitte

überwiegend kurzgliedrige Syntax

Kommasetzung

Auflösung von Satzstrukturen

Durch diese heterogene, teilweise sich auflösende Syntax wirkt **Tom fahrig und gestresst:** Völlig **assoziativ** schießen ihm die Gedanken durch den Kopf und folgen keiner Logik; er denkt und spricht quasi

Syntax und Semantik als Spiegel von Toms Zustand

in dem **Tempo**, das sein Job von ihm verlangt. Unmittelbar aufeinanderfolgende **Wortwiederholungen** („dann dann“, Z. 43), **Ausrufe** (vgl. Z. 86, 89, 100, 110), sich einprägende **Schlagreime** („Hochhausbetten Lagerstätten“, Z. 62 f.), Wiederholung von **Schlüsselwörtern** („viereinhalb Minuten“, Z. 82–87) oder gebetsmühlenartig gesprochene **Parallelismen** („überall wo sie ankommen“, Z. 66–74) spiegeln diesen fast manischen Zustand wider. Auffällig viele (unbeantwortete) **Fragen** unterstreichen Toms **Hilflosigkeit und Unsicherheit** (vgl. Z. 22, 24 f., 26 f., 45 f. etc.).

Charakterisierung des Arbeitsalltags: Verlust des Zeitgefühls

Falk Richters Dramenanfang bricht also radikal mit der Vorstellung eines von Glück erfüllten, erfolgreichen Berufslebens autonom agierender und international arbeitender Manager. Tom hat sein **Zeitgefühl völlig verloren:** „bin ich denn wirklich schon seit zwei Wochen hier oder [...] / – zwei STUNDEN“ (Z. 27 f.). Der eng getaktete Alltag wird durch die **Übertreibung** von Zeitangaben („viereinhalb Minuten“, Z. 82–87) und die verzweifelte **Aufforderung**, das Tempo zu erhöhen und schneller zu fliegen, ad absurdum geführt. Die **Flug-Metapher** – schneller fliegen müssen, um nicht abzustürzen – zeigt eindrücklich die Angst, beruflich zu versagen.

Austauschbarkeit der Orte

Die **Orte**, an denen sich Tom und seine Kollegen aufhalten, sind **austauschbar** („Los Angeles/– New York,/– Berlin/– Seattle, Tokio, Mexiko City/– er weiß es selbst nicht so genau“, Z. 6–10), **anonym und namenlos**; bereits der **Titel** des Dramas *Electronic City* deutet auf dieses Setting hin.

Fremdbestimmung

mangelnde Selbstregulierung durch Stress

Fremdbestimmt entscheiden Vorgesetzte, was „[ge]kauf[t] verkauf[t] [ge]halten ab[ge]stoßen“ (Z. 99) werden soll. Das Ergebnis: **zusammenbrechende** „Manager auf Psychopharmaka“ (Z. 62), deren Selbstregulation in stressgeladenen, hektischen Situationen nicht mehr funktioniert: Aggressiv werden Flüche und vulgärsprachliche Schimpfwörter benutzt („Fuck“, Z. 89, „Scheiße“, Z. 100, „verdammte Scheiße“, Z. 104) – die Manager sind nicht mehr in der Lage, klare, überlegte Gedanken zu fassen, um zu funktionieren.

Technisierung des Alltags

Dass Tom seinen Zustand als „Powerfailure“ (Z. 43) bezeichnet, zeigt, wie **entmenschlicht** der Alltag eines international arbeitenden Managers ist. Feste persönliche Bindungen, Familie und Freunde haben wenig Platz, lediglich flüchtige Bekanntschaften wie die zu Joy scheinen möglich zu sein.

TEILAUFGABE 2

1808 erschien Goethes bekanntestes Drama *Faust. Der Tragödie erster Teil*. Es handelt von dem **Gelehrten Heinrich Faust**, einem besessenen Wissenschaftler, der verzweifelt, weil seinem absoluten Erkenntnisstreben Grenzen gesetzt sind. Im **Pakt mit dem Teufel** Mephisto und durch einen Zaubertrank verjüngt, geht er ein **Liebesabenteuer** mit dem jungen Gretchen ein. Rastlos und unerfüllt verlässt er das schwangere Mädchen und lässt sich von Mephisto durch die Welt führen.

Einleitung: Inhalt „Faust I“

Faust wird in dem Theaterstück in **unterschiedlichen Lebenslagen** präsentiert: als Gelehrter, als Gretchens Liebhaber und an Mephistos Seite. Tom dagegen erscheint am Anfang des zeitgenössischen Dramas nur in einer **Momentaufnahme**, als er sein Hotelzimmer sucht. Auch die Lebenswelten der zwei Protagonisten könnten unterschiedlicher nicht sein: Tom lebt in unserer **modernen Gegenwart**, Faust im **Mittelalter** am Übergang zur Frühen Neuzeit. Umso interessanter ist, dass sich zwischen Tom und Faust bemerkenswerte **Zusammenhänge** herstellen lassen.

These
Zusammenhänge zwischen Tom und Faust

In Toms Lebens- und Arbeitswelt scheinen Raum und Zeit aufgelöst. Ohne Orientierung (Z. 26, 52 f.) taumelt er in einem **sonderbar abgeschlossenen Kosmos** von Ort zu Ort. Das erinnert an Faust in der „Traum- und Zaubersphäre“ (V. 3871) der **fantastischen Walpurgisnacht**. Auch er weiß nicht, wo er ist, ob er steht oder geht, alles dreht sich (vgl. V. 3906 ff.). Doch was Tom als „Horror, Hektik“ (Z. 47) empfindet, genießt Faust. Denn er hat sich nach dem Abschied von der Wissenschaft dem „Taumel“ (V. 1766) geweiht.

Auflösung von Ort und Zeit

Tom hat **kein Zuhause:** „Welcome Home“ steht zwar auf der „freundlichen handgeflochtenen Matte vor der Eingangstür“ (Z. 54 f.) aller Apartments. Doch wo könnte sein Zuhause sein, fragt er verzweifelt. Auch Faust fühlt sich als **„der Unbehaus’te“** (V. 3348): In seinem gotischen Arbeitszimmer beklagt er die Enge („Verfluchtes, dumpfes Mauerloch“, V. 399). In Gretchens Stube rührt ihn zwar die familiäre Geborgenheit, doch dort bleiben könnte er nicht. Sein Zuhause ist **die Natur**; in ihr nur fühlt er sich geborgen (vgl. V. 3220–3239). Doch lange genießen kann er sie nicht, denn Mephisto treibt ihn rastlos weiter.

kein Zuhause

Auch an Menschen kann sich Tom nicht binden. Er erinnert sich nur **vage an seine Partnerin:** „JOY? Wo ist JOY? So hieß die doch, meine Frau, Freundin, so hieß die doch?“ (Z. 44 f.) Die Fremden um ihn herum in einem Wartesaal erscheinen ihm als **„Freunde“** (Z. 77). Ähnlich ergeht es Faust: **Familie und Freunde hat er nicht**, an geselligem Beisammensein mit seinen Mitmenschen liegt ihm

keine menschlichen Bindungen

wenig (vgl. Osterspaziergang, Auerbachs Keller). Seinen Schüler Wagner verachtet er („Der trockne Schleicher", V. 521). Für Gretchen interessiert er sich, weil zufällig sie ihm als Erste über den Weg läuft, als er aphrodisiert aus der Hexenküche kommt (vgl. V. 2603 f.) und weil er in ihr die Verkörperung eines schlichten, harmonischen Lebens sehen will. In der Walpurgisnacht erscheint sie ihm nur noch als geisterhafte Erscheinung (vgl. V. 4184–4208), an die er sich so irritiert erinnert wie Tom an Joy (vgl. Z. 44 f.).

entfremdete Arbeit

So fremd wie seine Mitmenschen ist für Tom auch seine Arbeit. Er beklagt die immer **gleichen Arbeitsprozesse** („fusionieren [...] investieren [...] spekulieren", Z. 64 f.). Zu dem, was er tut, hat er keinen **persönlichen Bezug**. Seine fieberhafte Tätigkeit hat **keinen Sinn** für ihn und bringt ihm mitnichten persönliche Erfüllung oder Erkenntnis. Sie dient einzig und allein dem Profit und beruflichen Erfolg. Ganz anders Faust. Als Gelehrter weiß er, was er tut und was er will. Er **identifiziert** sich mit seinem Streben nach totaler Erkenntnis, es **erfüllt ihn** („Dass ich erkenne was die Welt/Im Innersten zusammenhält", V. 382 f.), selbst wenn er daran verzweifelt. Umso schlimmer ist, dass ihn der Erdgeist zurückweist und ihm seine **Grenzen** zeigt („Du gleichst dem Geist, den du begreifst,/Nicht mir!", V. 512 f.). **Ein biederer Gelehrter** wie Wagner würde Faust aber nie sein wollen. Ein solches Forschen wäre für ihn eine **entfremdete Arbeit**, somit genau das, was Toms Beruf kennzeichnet. Also zieht Faust mit Mephisto rastlos durch die Welt.

Rast- und Ruhelosigkeit

Um seinen Profit zu sichern, hetzt Tom von Stadt zu Stadt (vgl. Z. 50). **Rast- und Ruhelosigkeit** (vgl. Z. 101–104) prägen sein Manager-Leben. Er muss stets in Bewegung sein, um nicht abgehängt zu werden (vgl. Z. 104–110). „[I]ch brauche das Tempo sonst stürze ich ab" (Z. 106), bekennt er panisch. Dabei reicht das ohnehin schon hohe Tempo nicht aus; er hat das Gefühl, sich immer noch schneller bewegen zu müssen. Auch der Wissenschaftler Faust kommt nicht zur Ruhe. Immer weiter treibt ihn der **Drang nach Erkenntnis**; er bemüht dabei sogar die **Magie**, etwa als er den Erdgeist beschwört. Nachdem er gescheitert ist, ist es Mephisto, der ihn ständig antreibt, fort aus „Wald und Höhle", weg von Gretchen: „So tauml' ich von Begierde zu Genuß,/Und im Genuß verschmacht' ich nach Begierde." (V. 3249 f.) Zudem hat Faust seine Seele als Wetteinsatz dem Teufel versprochen, falls es diesem gelänge, Faust einen Moment der völligen Erfüllung zu ermöglichen. Daher darf Faust gar nicht mehr zur Ruhe kommen, wenn er nicht zur Hölle fahren will. **Getrieben zu sein** beklagen Faust und Manager Tom gleichermaßen als ihr **Schicksal**, unter dem sie leiden. Bei Faust ist die Rastlosigkeit jedoch zumindest zu Beginn des Dramas Programm und selbst gewählt, denn „nur rastlos betätigt sich der Mann" (V. 1759). Erst mit

Mephisto erfährt er Fremdbestimmung – so wie Tom durch seine Vorgesetzten (vgl. Z. 99).

Fazit

Die vielfältigen Zusammenhänge zwischen Tom und Faust zeigen, wie **zeitlos** Goethes *Faust* ist. Sie helfen außerdem, beide Werke besser zu verstehen: Tom scheint durch die Jagd nach Profit zu einer orientierungslosen Hetze durch eine entfremdete Welt **verdammt** zu sein, während es Fausts **selbst gewähltes Schicksal** ist, sich ruhelos durch „die kleine, dann die große Welt" (V. 2052) zu bewegen, nachdem er tief enttäuscht sein Erkenntnisstreben aufgegeben hat.

TEILAUFGABE 3

Aufgabenstellung

Definition: soziales Drama (Unterrichtswissen)

Electronic City als soziales Drama

Das soziale Drama ist ein Theatergenre, das im 19. Jahrhundert vor allem im Kontext der Industrialisierung entstanden ist. Es präsentiert **soziale Missstände** der Unterschicht und führt vor, wie das soziale Milieu das **Denken, Handeln und Sprechen** der Figuren bestimmt, Deshalb sind die gesellschaftlichen Umstände und nicht das Individuum selbst für sein Tun **verantwortlich**. Die Intention der Gattung ist es, auf gesellschaftliche **Missstände** kritisch **hinzuweisen**, um sie zu **verändern**. Auch heutzutage kann ein Stück wie Falk Richters *Electronic City* **als soziales Drama** gelten, wenn es sich mit **relevanten gesellschaftlichen Problemen kritisch** auseinandersetzt.

das soziale Milieu determiniert die Figuren

Das wesentliche Kriterium des sozialen Dramas erfüllt der Textauszug von *Electronic City* deutlich: Manager Tom gehört zwar nicht zur Unterschicht wie die Figuren klassischer Sozialdramen (z. B. von Georg Büchner, Gerhart Hauptmann oder Bertolt Brecht), sondern ist vielmehr ein Topverdiener, aber er ist weitgehend von seinem **sozialen Milieu geprägt** und **leidet** unter seinen **Arbeitsverhältnissen**.

Sein immer gleiches Umfeld (Apartment, Lobby, Wartehalle, Flughafen) macht ihn **orientierungslos** (vgl. Z. 26). Er findet sein Apartment nicht (vgl. Z. 22–25); er weiß nicht, in welcher Stadt, auf welchem Erdteil er sich befindet (vgl. Z. 10, 16–21); er weiß nicht genau, wer Joy ist und wo sie sich aufhält (vgl. Z. 26 f.; 44 f.), er findet die Unterlagen für den Weiterflug nicht (vgl. Z. 39–42). Seine Orientierungslosigkeit **verunsichert** ihn (vgl. Z. 11) und **dominiert seine Gedanken** (Z. 49–54), die Arbeitsverhältnisse prägen sein Denken und **deformieren seinen Charakter**.

Bezug zu im Unterricht thematisiertem sozialen Drama

Grotesk wirkt es, wie der getriebene Tom **panisch** das Flugzeug anfeuert, schneller zu fliegen (vgl. Z. 103 f.). Er ist **Teil seines Arbeitsprozesses** geworden, der ein immer höheres Tempo verlangt. In dieser

Getriebenheit erinnert er an Woyzeck aus Georg Büchners gleichnamigem Dramenfragment, der – um die Existenz seiner Familie zu sichern – von Termin zu Termin hetzt und dabei immer mehr die Bindung zu seiner Freundin Marie und seinem Kind – und zeitweise auch seinen Verstand – verliert.

keine individuelle Verantwortung

Toms Lebens- und Arbeitsbedingungen berauben ihn wie andere Manager der **Individualität:** So wie es überall gleich aussieht, haben auch sie ihre Persönlichkeit verloren und verhalten sich alle gleich (vgl. Z. 62–74). Sie sind willenlose **Befehlsempfänger** und haben keinen Einfluss auf ihre Arbeitsbedingungen. Deshalb scheint Tom nicht verantwortlich für sein Denken und Handeln zu sein: zum Beispiel gegenüber Joy.

Missstände aufzeigen und kritisieren

Toms Erlebnisse sind nicht als persönliches Schicksal dargestellt, sondern als **soziales und gesellschaftliches Phänomen**. Diese **Verallgemeinerung des Exemplarischen** bringt auch das Sprecher-Team mit seiner anonymen Darstellung und Kommentierung des Geschehens zum Ausdruck (vgl. Z. 1–10). Die Lebens- und Arbeitsbedingungen des Manager-Typus sind deutlich **kritisch** dargestellt. Es wird ein **harter Konkurrenzkampf** gezeigt im **erbarmungslosen Streben nach Profit** (vgl. Z. 102–106). So erscheint die Tätigkeit der Manager als **entfremdete Arbeit** ohne erkennbaren Sinn für einen anonymen Arbeitgeber („jemand sagt uns", Z. 99) und als **unmenschliche Ausbeutung** („in […] Halbtagsunterkünften wo sie sich ablegen kurzzeitig zusammenbrechen Ruhe finden um dann nach wenigen Stunden weiterzufliegen zu fusionieren zu investieren zu spekulieren", Z. 62–65). So zu arbeiten **überfordert** den Einzelnen und **ruiniert** seinen Körper und Geist („Powerfailure in meinem Gehirn, alle Zahlen gelöscht, alles weg", Z. 43 f.; „Manager auf Psychopharmaka", Z. 62).

Fazit

Der Textauszug von *Electronic City (AirportRomance)* kann somit als **„soziales" Drama** bezeichnet werden, da sich wesentliche Merkmale der Gattung wiederfinden lassen. Falk Richter wird damit seinem **Anspruch** gerecht, „sich mit gesellschaftspolitisch relevanten Themen **auseinander[zu]setzen** [und] sich **ein[zu]mischen** in gesellschaftliche Diskussionen".

Hessen Deutsch ▪ Abiturprüfung 2022
Grundkurs ▪ Vorschlag C

LEBENSLAGEN

Erlaubte Hilfsmittel
- ein Wörterbuch der deutschen Rechtschreibung
- Textausgaben der Pflichtlektüren ohne Kommentarzeichen, ggf. mit Worterläuterungen
- eine Liste der fachspezifischen Operatoren

Dieser Vorschlag bezieht sich auf die Pflichtlektüre Georg Büchner: *Woyzeck*.

Aufgabenstellung

1 Interpretieren Sie das Gedicht *Arbeiterinnen* von Claire Goll. (Material) (45 BE)

2 Vergleichen Sie die Lebenslage der Arbeiterinnen aus Claire Golls gleichnamigem Gedicht (Material) mit der der Figur Marie aus Georg Büchners Dramenfragment *Woyzeck*. (35 BE)

3 Diskutieren Sie, ausgehend von Ihren Ergebnissen aus Aufgabe 2, ob die Figur der Marie aus Büchners *Woyzeck* als Opfer der gesellschaftlichen Verhältnisse verstanden werden kann. (20 BE)

Material Claire Goll: Arbeiterinnen (1918)

Schwestern, um die Frühlingshügel eurer Schultern
Hängt ihr des Alltags Pelerinen[1]
Und euer Kleid ist morgenrotumsäumt,
Wenn ihr euch durch die graue Vorstadt träumt.

Von den Lawinen der Fabrikgebirge
Ist euer Blumenleib zerdrückt
Und euer rotes Herz verbleicht
Von keiner Flöte, keinem Traum erreicht.

Ihr seht nichts von der Sonne Bachanal[2],
Und Firmamente nicht aus blauem Lenz[3]
Nicht Vogelchor um Abende geschürzt[4];
Denn ihr seid in die Hölle abgestürzt.

Schwestern, um die schwarzen Hügel eures Elends
Häng ich meines Sonntags Feiermantel
Sein Scharlachwurf[5] am Horizont zerschellt,
Wenn er uns trägt zum Fluge aus der Welt.

Hartmut Vollmer (Hg.): In roten Schuhen tanzt die Sonne sich zu Tod. Lyrik expressionistischer Dichterinnen, Hamburg; Igel Verlag 2. Aufl. 2014, S. 70.

Anmerkungen

1 Pelerine – kurzer Schulterumhang, der einem Cape ähnelt und über dem Mantel getragen wird
2 Bachanal (veraltet für Bacchanal) – ungezügeltes, ausschweifendes Fest bzw. Trinkgelage
3 Lenz – Frühling
4 schürzen – hochhalten, legen
5 Scharlachwurf – Überwerfen eines roten Mantels

Hinweis

Claire Goll (1890–1977), deutsch-französische Schriftstellerin und Journalistin

Die Rechtschreibung entspricht der Textvorlage.

TIPP **Bearbeitungshinweise**

Teilaufgabe 1: Die Bezugsliteratur, expressionistische Lyrik und Büchners *Woyzeck*-Fragment, kennen Sie gut. Fremd und darum von Grund auf eigenständig zu erarbeiten ist lediglich das schmale Gedicht (M), sodass für Aufgabe 1 folgerichtig 45 BE angesetzt sind. Arbeiten Sie hier also sehr sorgfältig.

Gedichte brauchen Zeit; sie sind verdichtetes, sehr kurz gefasstes und oft eigenwilliges Sprechen. Was verstehen Sie auf Anhieb und was irritiert Sie? Hören Sie hinein, sprechen Sie sich das Gedicht (geräuschlos) in seinem **Rhythmus** vor. Wie klingt es und warum so? Was für ein Ton ist angeschlagen (sachlich? feierlich? anklagend? nachdenklich? stürmisch u. a.?) Klären Sie: Was ist das **Thema**, wie wird es eröffnet und entwickelt? Gibt es ein **lyrisches Ich**? Wie positioniert es sich im Verhältnis zum Gedichtgegenstand (perspektivisch nah oder fern?, fremd oder vertraut?). Gibt es einen Bezug zu **Orten** oder Landschaften? Zu einer historischen **Zeit**? Was ist **Wahrnehmung und Beschreibung**, was **Reflexion, Aktion oder Handlung**? Was dominiert? Analysieren Sie den **Satzbau** und untersuchen Sie **Wortwahl und Metaphorik** in Bezug auf die durch sie freigesetzten Assoziationen etc. Erst wenn Sie wichtige Einzelheiten freigelegt haben, machen Sie daraus eine Interpretation, in der die einzelnen Elemente, um Ihre Erkenntnisse bereichert, sich wieder zu einem Ganzen fügen. Im **Fazit** können Sie sich auch selbst zu Wort melden.

Für **Teilaufgabe 2** haben wir kaum Kenntnisse (Informationen über die Biografie der Protagonistinnen, die Sozialpolitik der beiden Epochen, etc.). Wir wissen nicht, wozu den Arbeiterinnen ihr Lohn reicht, was sie selbst von ihrer Arbeit halten, was ihnen an Freizeit zusteht u. a. Wir wissen von Marie nichts über ihr Aufwachsen und ob sie vielleicht etwas gelernt hat außer Lesen, Schreiben und Bibelkunde. Aber Sie kennen sich in den Marie-Szenen aus und werden **Vergleichbares** finden. Die Aufgaben 2 und 3 überlappen sich. Achten Sie darauf, eine saubere Trennlinie zwischen ihnen zu wahren, indem Sie vorab auf einem Konzeptpapier die relevanten Aspekte zuordnen.

Teilaufgabe 3: Nicht unproblematisch erscheint der Begriff des Opfers. „Opfer“, sofern es kein freiwilliges ist, ist an sich ein juristischer Terminus. Es setzt einen Täter voraus und eine Schuld, die von Gerichten ermittelt wird und zu einem Urteil führt. In den Medien hat sich eingebürgert, auch von den „Opfern eines Unwetters“ oder eben „der Verhältnisse“ zu schreiben. Treffender wäre, von „Ursachen“ und „Folgen“ zu sprechen. Auch das soziale Umfeld kann z. B. Kinder schädigen, aber man kann das Milieu bzw. weniger gebildete, wohlhabende oder liebevolle Eltern nicht vor Gericht stellen. Unser Gefühl spricht schnell jemandem den Opferstatus zu und noch lieber empört es sich gegen unbekannt. **Wägen** Sie also gut **ab**. Um den Blick auf die gesellschaftskritische Intention des Dramas auszuweiten, können Sie vielleicht die eine oder andere briefliche Äußerung Büchners einbeziehen, die Ihnen aus dem Unterricht bekannt ist.
verwendete Textausgabe: Georg Büchner: Woyzeck. Leonce und Lena. Stuttgart: Reclam 2007.

Lösungsvorschlag

TEILAUFGABE 1

Einleitung
Autorin, Titel, Gattung, Entstehungsjahr, Thema, historischer Kontext

Zweifellos ist *Arbeiterinnen* von Claire Goll ein **expressionistisches Gedicht**. Sein Entstehungsdatum 1918 bezeichnet eine historische Zeitenwende. Für Deutschland ist der Erste Weltkrieg verloren, das stolze Kaiserreich war einmal und die Republik wird ausgerufen, während sich in Russland die Große Revolution abspielt. Aber Claire Goll wendet sich einem Thema der **Sozialen Frage** zu. Während seit Jahrzehnten in Europa und den USA die Industrie samt Schwerindustrie boomt, wachsen die Städte durch einen riesenhaften Zustrom von Menschen, die das Land verlassen, um hier Arbeit und Lohn zu finden. Es ballen sich besitzlose Massen, die Karl Marx „das Industrieproletariat“ genannt hat. Es entsteht „die Arbeiterfrage“.

Hauptteil
Sprechsituation

Claire Golls Gedicht diskutiert aber nicht, sondern schaut auf etwas, was grauenerregend mächtig, schwarz und Verderben bringend als die „Lawinen der Fabrikgebirge“ (V. 5) aufragt. Die Arbeiterinnen, die deren Toren zustreben, stürzen ab in „die Hölle“ (V. 12). Ihnen wendet **das lyrische Ich** sich voll Anteilnahme und Mitleid zu. Es spricht sie wie in einem Brief gleich im ersten Takt mit betonter erster Silbe **emphatisch** an als seine „**Schwestern**“ (V. 1). Es sieht (wie von oben oder vor dem inneren Auge), was vor sich geht. Schon im Morgengrauen, bei Sonnenaufgang, sind sie, aus ihren Vorstädten kommend, unterwegs zur harten Arbeitsfron.

formale Struktur

Nach dieser Situierung in Strophe 1 bleibt das Gedicht in den **ersten drei** seiner insgesamt vier **Quartette** in der 2. Person Plural („ihr“, „euch“, „euer“ etc.) und bei seinem „Brief“ an die „Schwestern“. Dabei registriert, begleitet, kommentiert und reflektiert es ihr Geschick bis zu dem endgültig erschreckenden Ende, dem harten Partizip „abgestürzt“ (V. 12). – **Die Schlussstrophe** jedoch wird, im Rückgriff auf den Anfang, zum **Rahmen**. Wie nach einem tiefen Durchatmen und Sich-Besinnen nimmt da das Ich die Anrede „Schwestern“ wieder auf, schaut auf sich selbst („ich“, V. 14) und trifft so etwas wie eine Entscheidung. Es besiegelt gleichsam seine Verbundenheit mit „den Schwestern“, indem es nun „sie“ und „sich“ zum „Wir“ und „Uns“ zusammenschließt im gemeinsamen „Flu[g] aus der Welt“ (V. 16).

Gestaltung von Reim und Metrum

Claire Goll entscheidet sich zum Reimschema a-b-c-c und gibt auch dem **Metrum** des Gedichts sowohl Regelmaß als auch Freiheit, sodass der Rhythmus sich der jeweiligen Gemütslage in der Rede an die Schwestern flexibel anpassen kann. Es ist 4- oder 5-taktik, aber die emphatischen Einsätze (V. 1 und 13) nehmen mit 6 Takten Schwung zum jeweiligen Enjambement. Das zweite Enjambement (V. 5/6) führt mit seinem Rhythmus komprimiert und fast haptisch die Gewalttätigkeit des Kolosses gegen die Frauen vor, wieder mit definitivem Partizip abschließend. Im Übrigen enden viele **Sätze** bzw. Verse in solchen **Partizipien** des Perfekts und bilden folglich **stumpfe Kadenzen**; nur der das Enjambement einleitende Vers bleibt jeweils einen winzigen Moment lang offen und klingend in der Luft stehen, bevor der Satz weiterrollt. Das **Versmaß** ist mit betontem Einsatz in den Versen 1 und 13 f. zunächst trochäisch, ansonsten überwiegt der Jambus. Den Abschluss von Strophe 1 und 4 bilden Temporalsätze (das erste „wenn" ist dabei iterativ als „immer, wenn" aufzufassen). Vorherrschend ist aber die im Expressionismus beliebte **Parataxe**. **Strophe 3** ist eine rein parataktische Reihung, da sie gedrängt und knapp in **dreimaliger Verneinung** aufzählt, was alles den Arbeiterinnen in ihrem Leben versagt bleibt.

sprachliche Gestaltung des Kontrasts von Reichtum und Elend

Die Verneinungen heben wie ein scharfes Hell-Dunkel den **sozialen Gegensatz** hervor. Das Gedicht ist grundiert vom Bewusstsein dieses Gegensatzes, der in der Schlussstrophe dann poetisch-visionär als aufhebbar bzw. „aufgehoben" erscheint. Das lyrische Ich beugt sich mitfühlend zu den Arbeiterinnen gleichsam hinüber, denn es selbst gehört zu einer anderen, einer **privilegierten**, vom Leben verwöhnten **Schicht**, in der man Freude und Genuss kennt. Besonders die Verse 9 bis 11 – mit hochpoetischem Vokabular und vorangestelltem poetischen Genitiv (V. 9) – skizzieren etwas von dem Kostbaren, Erlesenen dieser anderen Sphäre. Musik gehört zu ihr (vgl. V. 8 u. 11) und festlich grandioser Glanz wie zum Beispiel „der **Sonne** Bachanal" (V. 9), während dagegen nur ein Morgenschimmer der Sonne den Kleidersaum der Armen streift, die dann den ganzen Tag lang nicht mehr ans Tageslicht kommen, dadurch krank und bleich werden (vgl. V. 7) und schließlich der „**Hölle**" zufallen. Die Kinder des Glücks dagegen bewegen sich leicht und frei unter offenen hellen Himmeln („Firmamente[n] […] aus blauem Lenz", V. 10) und können sich ihren **Träumen** hingeben (während die entsprechende Vokabel in V. 4 wohl bedeutet, dass die Arbeiterinnen noch schlaftrunken zur Fabrik hasten). Die einen sind von **Luxus** umgeben, während das Sammelwort für die Lebenslage der anderen „**Elend**" heißt. Der exquisite scharlachfarbne Sonntags-Feiermantel der Reichen (Strophe 4) steht in krassem Kontrast zu den Alltags-Pelerinen der Armen in Strophe 1.

Metaphorik

Die starke **Metaphorik**, eine Ballung von Komposita aus heterogenen Bereichen, die auch dieses Gedicht charakterisiert, ist bereits 1910 erfunden worden. Verblüffend bei einem **Industrie-, Großstadt- und Arbeitergedicht** ist dabei in den Metaphern die häufige

Verschränkung mit Dingen der Natur („Frühlingshügel eurer Schultern“, V. 1; „Hügel eures Elends“, V. 13; „euer Blumenleib“, V. 6; „Lawinen der Fabrikgebirge“, V. 5) und außerdem die Bevorzugung von Naturbildern, um soziale Privilegierung zu charakterisieren (vgl. Strophe 3).

Farbsymbolik

Wie in vielen expressionistischen Gedichten spielen auch bei Claire Goll **Farben** eine Rolle. Sie haben symbolische Kraft und unterstützen visuell die Gegensätzlichkeit der Lebenslagen zwischen unten und oben. Die Farbe der da unten ist **Grau**. So ist die Vorstadt, aus der sie kommen, und vermutlich auch ihr Umhang; ihr Leben ist grau. Das Grau verdüstert sich ins Schwarze (vgl. V. 11, 13). Blau und fein wie der Lenz dagegen gehen die Tage der da oben (vgl. V. 10). **Rot** wie der prächtige Scharlachmantel (vgl. V. 15) sind Blut und Leben und auch das lebendige Herz (vgl. V. 7) aller, das aber den Fabrikarbeiterinnen schon in der Jugend „verbleicht“ (V. 7).

Deutung der Schlussverse

Diese Gräben zwischen den Klassen oder Schichten oder Menschenkindern möchte das lyrische Ich überwinden. Mitleidig möchte es die „Schwestern“ mitsamt ihrem ganzen Elend **am Ende** mit zu sich in seinen geräumigen Mantel nehmen „zum Flug aus der Welt“. **Ein fliegender Mantel** also wie bei Mephisto und Faust, der aber eigenartigerweise zerschellen kann (vgl. V. 15)? Soll er sie in eine bessere andere Welt, „zu neuem, buntem Leben“ führen? Oder in den Tod? Vielleicht in die kommunistische Revolution, in der die Arbeiter und Bauern die Herren bzw. Herrinnen sein sollen? Oder ist es nur ein Traum, der die Imaginationskraft der Dichterin bezeugt?

TEILAUFGABE 2

Textvergleich

Gemeinsamkeiten:

soziale Stellung

Fraglos sind Marie in Büchners Stück *Woyzeck* und die Arbeiterinnen in C. Golls Gedicht arm und sogar sehr arm. Sie gehören alle zur **mittellosen Unterschicht**, leben vermutlich am – von heute aus gesehen sogar unterm – Existenzminimum. Goll beschreibt mit Anteilnahme die tristen Erscheinungen auf ihrem frühmorgendlichen Weg zur Fabrik. Sie macht darauf aufmerksam, wie sehr die Arbeit die Frauen schon in jungen Jahren zermürbt und krank macht. Sie stehen zart, verletzlich und wehrlos unter dem Druck des gewaltigen Industrieunternehmens. Unklar bleibt, ob Goll an einen politischen Ausweg aus diesem Elend denkt oder nichts Besseres weiß als die Flucht in den Traum.

gesellschaftskritische Aussage

Vergleichbar ist die Intention von Gedicht und Drama: Beide Texte haben eine **gesellschaftskritische Stoßrichtung** und ergreifen für die Ärmsten Partei. Überzeugender und im Drama natürlich ganz anders konkretisiert und lebendig gemacht in Szenen, Handlungen und Dialogen, als ein Gedicht das kann, erleben wir, mit welchem menschlichen Verständnis sich Büchner seiner Gestalten Woyzeck und Marie annimmt; überhaupt ist er ja der erste deutsche Dichter, der die Lebensproblematik solcher Mitbürger einem ganzen Theaterpublikum vor die Augen rücken wollte. Die üblichen Theatergänger werden damals mit solchen „gemeine Leut" noch nie in Berührung gekommen sein und das auch gar nicht gewollt haben. Aber Büchners Stück appelliert daran, auch das „Leben des Geringsten" zu achten und zu erkennen, dass „die Gefühlsader […] in fast allen Menschen gleich" ist. Dann fällt der Vorhang. Keine Lösung.

Lebensumstände

Es sind **die Verhältnisse**, **die Umstände**, die außerhalb unseres Zugriffs liegen und Marie zu dem machen, was sie ist. „Ich bin nur ein arm Weibsbild", sagt sie (4. Szene). Sie ist sich der ständischen Gesellschaftspyramide bewusst und vergleicht ihr Los mit dem der feinen Madamen: „Unsereins hat nur ein Eckchen in der Welt und ein Stückchen Spiegel", während die feinen Madamen raumhohe Spiegel besitzen. Wie im Gedicht tut sich bereits an Details wie Kleidung und Gebrauchsgegenständen die **Kluft auf zwischen Besitzenden und sozial Deklassierten**. Maries Kind schläft in einem umgedrehten Stuhl. Sie ist eine attraktive und temperamentvolle junge Frau, während ihr Woyzeck ausgemergelt, krank und wenig stattlich durch die Welt hetzt.

Lebenseinstellung

Anders als die **Arbeiterinnen**, deren „Blumenleib" (V. 6) zerdrückt ist und die **fremdbestimmt** allmorgendlich die Fabrikhölle aufsuchen, genießt Marie zumindest kurzfristig **Sinnlichkeit** und Lebensfreude, wenn sie im Wirtshaus mit dem Tambourmajor tanzt – eine Zerstreuung, von der Golls Arbeiterinnen nicht einmal träumen können. Sie bereut, Woyzeck betrogen zu haben, aber am Ende **resigniert** sie: „Ach! Was Welt? Geh doch alles zum Teufel, Mann und Weib." (4. Szene)

historischer Kontext

Die Unterschiede: **Marie** ist keine Arbeiterin in einer Fabrik, sondern lebt noch in einer eher **beschaulichen, vorindustriellen Welt** fast ländlich mit Tratsch am Gartenzaun, dem jährlichen Ereignis der Kirmes als Lustbarkeit und frischer Luft mit Wald und Teich in der Nähe. Es wird sich um ein südhessisches Garnisonsstädtchen handeln (s. Rekruten, Hauptmann, Tambour). Da C. Golls **Gedicht** datiert ist, ist klar, dass es zu dieser Zeit bereits eine deutsche **Arbeiterpartei** und immer einflussreicher werdende **Gewerkschaften** gibt, die kürzere Arbeitszeiten, Mutterschutz, das Verbot von Kinderarbeit u. a. durchdrücken und für bessere Tarifabschlüsse kämpfen. Für die anschwellende Zahl der wirtschaftlich benötigten Industriearbeiter und -arbeiterinnen ist das Leben dennoch grau und meist monoton, und sie leben nicht beschaulich und nah an der Natur, sondern in schnell hochgezogenen schäbigen Mietskasernen mit dünnen Wänden und engen dunklen Hinterhöfen. Wir wissen etwa aus Wolfensteins Gedicht *Städter* oder von den Zeichnungen des Berliner Malers Heinrich Zille von diesen erbärmlichen Quartieren. Aber wir erfahren nicht, **wie die Arbeiterinnen** im Gedicht **selbst denken** und ihre Lage einschätzen. Haben sie den Job angenommen, weil sie nicht gut ausgebildet für andere Berufswege sind? Weil ihnen nichts anderes übrig blieb? Vermutlich ist er ihnen um vieles lieber, als in eine verheerende Arbeitslosigkeit zu geraten.

Es scheint mir unwahrscheinlich, dass die Arbeiterinnen mit Marie oder Marie mit den Arbeiterinnen gern tauschen würden.

TEILAUFGABE 3

Diskussion

Problematisierung des Opferbegriffs

Es ist schwer entscheidbar, ob Marie „als Opfer der gesellschaftlichen Verhältnisse" verstanden werden kann bzw. sollte oder nicht, weil schon **der Begriff „Opfer"** im Zusammenhang mit den gesellschaftlichen Verhältnissen eher emotional als sachlich klingt („Unschuldslamm" versus „die Bösen"). Niemand kann zudem wissen, was aus Marie geworden wäre und was sie getan hätte, wenn ein besser situierter Mann sie geheiratet hätte. Ist Maries Sohn ihr und Woyzecks Opfer, weil er durch die uneheliche Geburt für immer stigmatisiert leben muss?

Standesgrenzen

Ja, Marie ist sich der **starren Standesordnung ihrer Gesellschaft** bewusst, und sie weiß, dass sie als Frau zwar genauso gesund, schön, jung und lebenshungrig ist wie manche Dame von Stand, aber keine Chance hat, aus ihrer Armut auch nur ein Stückchen aufzusteigen zu einem besseren Leben. Die Glasohrringlein des Tambourmajors glitzern ihr wie eine Verheißung möglichen Glücks, aber es ist nur Tand. Sie hat sich blenden, betören und hinreißen lassen von dem prächtigen Gockel mit dem Federbusch am Hut, als gäbe es ein Entkommen. Aber es gibt nur Scherben, hämische Nachrede, schadenfrohe Sticheleien und **großes Unglück** für alle, die hier zusammengehören: für sie, für Woyzeck, für das Kind.

Auswirkungen des sozialen Status

Der **soziale Status** entscheidet über Einkommen und Ansehen. Auch der „arme Teufel" Woyzeck weiß: „Ja, wenn ich ein Herr wär …". Hypothetisch könnte er sich dann sogar Moral leisten und hätte Marie ordentlich heiraten können. So aber ist ihr Kind, unehelich geboren, ein „Bankert" in dieser Epoche. „Gemeine Leut", auch Mägde und Knechte auf dem Land, dürfen nicht heiraten, weil sie eine Familie gar nicht finanzieren könnten. Werden Mägde schwanger, bleibt ihnen manchmal nur der Weg zur „Engelmacherin" oder sie setzen das Kind heimlich aus oder töten es sogar wie Gretchen.

Marie und Woyzeck aber lieben „den Bub". Sie haben das Pech, dass Woyzeck noch Rekrut ist, also noch keinen richtigen Sold bekommt und sich folglich mit Nebenjobs die Gesundheit ruinieren muss, um Marie etwas zusätzliches Geld bringen zu können.

Aber Marie klagt niemanden an und wüsste für ihre Klage auch keinen Adressaten. Auch Woyzeck macht sie keine Vorwürfe, sondern sorgt sich um ihn. Wem sollte sie die **Schuld** an der Erbärmlichkeit ihres Lebens geben? Letztlich zuckt sie die Schultern, nimmt, auch was sie getan hat, hin, wie es nun einmal ist, und **resigniert**. Auch Woyzeck resigniert und hält die Verhältnisse für unverrückbar in Ewigkeit: „[I]ch glaub', wenn wir in Himmel kämen, so müssten wir donnern helfen." (5. Szene) Aber dass sie sich als Opfer sähen, als zu Unrecht in dieses Leben gestoßen, äußern beide nicht.

Büchners politisches Engagement und Resignation

Interessant ist auch, dass Büchner den Begriff des Opfers nirgendwo in den Mund nimmt, obwohl er als Student **revolutionär gesinnt** war. Das Flugblatt *Der Hessische Landbote*, das er in Gießen mit Freunden verfasst hat, ruft offen zum Aufstand gegen die absolutistisch-fürstlichen Landesherren auf: „Friede den Hütten, Krieg den Palästen!" Einem Freund schreibt er (Brief 17), dass **die politischen Verhältnisse** ihn rasend machen können: „Das Volk schleppt geduldig den Karren, worauf die Fürsten und Liberalen ihre Affenkomödie spielen." Da nennt er eindeutig **Schuldige** – Täter, Ausbeuter, Schmarotzer –, die **zur Verantwortung gezogen** werden müssten für das Elend des Volkes. Aber nach dem Studium der Französischen Revolution und dem Blick auf die französischen Verhältnisse verliert er den Glauben an den Erfolg eines Umsturzes und spricht nun vom „grässlichen **Fatalismus der Geschichte**". Auch Woyzeck und Marie mit all ihrer Lebenslust schicken sich ins Unabänderliche.

Fazit: persönliche Wertung

Ich kann Marie, dank Büchner, in allen ihren Regungen und Äußerungen gut verstehen. In **juristischer Sicht** wird Marie ein **Opfer von Woyzeck** und seinem Messer; der Bedauernswerte wird zum Täter und Schuldigen. Aber in sozialer Hinsicht und auf die Verhältnisse bezogen sehe ich Marie nicht als Opfer. Ich hätte ihr Besseres gewünscht. Sie tut mir leid.

SPRACHE UND MACHT

Erlaubte Hilfsmittel
- ein Wörterbuch der deutschen Rechtschreibung
- Textausgaben der Pflichtlektüren ohne Kommentarzeichen, ggf. mit Worterläuterungen
- eine Liste der fachspezifischen Operatoren

Dieser Vorschlag bezieht sich auf die Pflichtlektüre Georg Büchner: *Woyzeck.*

Aufgabenstellung

1 Beschreiben Sie das Phänomen des sprachlichen Framings, wie es in dem Textauszug von Nils Meyer-Ohlendorf am Beispiel des Begriffs „Klimawandel" dargestellt wird. (Material) (30 BE)

2 Untersuchen Sie, auch unter Rückgriff auf den vorliegenden Text (Material), das Verhältnis von Sprache und Macht in Büchners Dramenfragment *Woyzeck.* (45 BE)

3 In einem wissenschaftlichen Aufsatz mit dem Titel *Die verborgenen Mechanismen der Macht enthüllen* schreibt der Soziologe Pierre Bourdieu (1930–2002): „Tatsächlich üben Worte eine typisch magische Macht aus: sie machen sehen, sie machen glauben, sie machen handeln."

Diskutieren Sie Bourdieus These im Hinblick auf Sprache und ihre Wirkung in Medien. (25 BE)

Material **Beitrag von Nils Meyer-Ohlendorf in der Reihe „Framing-Check" in der Süddeutschen Zeitung vom 14. 12. 2018**

Wo Sprache ist, da ist auch Subtext. Vor allem dort, wo Sprache politisch wird. Zur Analyse dieser Subtexte hat sich in der Forschung in den vergangenen Jahren das Konzept des Framings etabliert. Framing meint einen Assoziations- und damit Deutungsrahmen für Begriffe: Wer zum Beispiel „Zitrone" hört, denkt vermutlich an „sauer" oder „gelb". Das lässt sich politisch instrumentalisieren. Frames definieren oft ein Problem – und liefern, wenigstens implizit, auch gleich die passende Lösung. Bei einem Begriff wie „Flüchtlingsstrom" sieht man vor dem geistigen Auge vermutlich große Menschenmassen heranrauschen – eine Naturgewalt und darin ein Bedrohungsszenario. Was die vermeintliche Lösung „Abschottung" nahelegt. [...]

„Klimawandel" ist ein gängiger Begriff in der politischen und gesellschaftlichen Debatte. Er wird wie selbstverständlich von allen benutzt – vom Klimaschützer bis zum Klimaskeptiker, vom Politiker bis zum Wissenschaftler. Er findet sich im Titel von vielen Regierungsdokumenten. Deutschland und Österreich haben zum Beispiel „Strategien zur Anpassung an den Klimawandel" entwickelt. [...]

Der Begriff „Klimawandel" suggeriert einen natürlichen Prozess. Fünf Milliarden Jahre Erdgeschichte sind fünf Milliarden Jahre Klimawandel. Warmzeiten kommen und gehen – ebenso die Eiszeiten; auch sie kommen und gehen. Das Klima der Erde hat sich schon immer gewandelt. Dies ist ein normaler, natürlicher Prozess. Als natürlicher Prozess erscheint Klimawandel unaufhaltsam.

Der Begriff „Wandel" bezeichnet zudem für gewöhnlich einen langsamen und linearen Prozess. Man spricht vom Wandel der Zeiten und will damit sagen, dass die Dinge sich über lange Zeiträume gleichmäßig ändern. Von einem langsamen Prozess erwartet man jedoch zumeist keine besonders schmerzhaften Auswirkungen. [...]

Der Begriff „Klimawandel" entpolitisiert, weil er den Blick auf Ursache, Dringlichkeit und den mitunter auch politischen Charakter des Problems verstellt. Dies geschieht auf dreierlei Weise.

Weil der Begriff einen natürlichen Prozess suggeriert, wird die Bedeutung des Menschen darin fast unsichtbar. Klimawandel suggeriert, dass der Mensch Klimaänderungen nicht verursachen kann. Das kann nur die Natur. Aufhalten kann der Mensch den Klimawandel demnach schon gar nicht. Nach Einschätzung des Weltklimarates ist der Anteil des Menschen am Temperaturanstieg aber der mit Abstand wichtigste Faktor. Es wird zudem verschleiert, dass Emissionsreduktionen (von Treibhausgasen) die Änderung des Klimas verlangsamen und aufhalten können. Kurz: Es wird überlagert, dass der Klimawandel auch ein politisches Problem ist.

Der Begriff „Klimawandel" lässt an einen linearen Prozess denken. An einen Prozess mit langsamer und gleichmäßiger Geschwindigkeit können sich Menschen anpassen. Damit übertüncht der Begriff, dass der Temperaturanstieg sich beschleunigt und schneller Auswirkungen zeigen wird als lange angenommen: Das Auftauen des Permafrostbodens[1] setzt zum Beispiel Methan frei, ein starkes Treibhausgas, das Klimaänderungen weiter beschleunigt. Die Zerstörung des Amazonas-Regenwaldes ist ein weiteres Beispiel: Werden etwa die gewaltigen Mengen an Kohlenstoff, die er speichert, durch Brandrodungen als Kohlendioxid freigesetzt, heizt das das Klima weiter an. Diese sogenannten Kipppunkte wirken also wie Brandbeschleuniger, die die Geschwindigkeit von Klimaänderungen plötzlich exponentiell steigern können.

Der Begriff „Klimawandel“ suggeriert schließlich wenige schmerzhafte Änderungen im Klima. Zwei oder drei Grad mehr wären vielleicht nicht schlecht, mag man denken, schon gar nicht in Mitteleuropa. Doch damit blendet man aus, dass kleine Änderungen in der globalen Durchschnittstemperatur große Änderungen in bestimmten Regionen bedeuten. Diese regionalen Änderungen können nicht nur drastische Auswirkungen auf diese Gegenden haben, sondern auf die gesamte Erde. Das Abschmelzen des Grönlandeises ist ein Beispiel für ein regionales Ereignis mit drastischen globalen Auswirkungen.

Die weitläufige und selbstverständliche Verwendung des Begriffs „Klimawandel“ ist ein wichtiger Framing-Sieg für diejenigen, die kein Interesse an den erforderlichen Emissionsreduktionen haben. Es ist kein Wunder, dass mit diesem Framing weder Bürger noch Politik Emissionen in ausreichendem Maße senken. […]

„Klimakrise“ oder „Überhitzung der Erde“ sind präzisere Begriffe. Sie machen Ursache und Dringlichkeit des Problems deutlicher. In anderen Politikfeldern nehmen wir den Begriff „Krise“ schnell in den Mund – Eurokrise oder Flüchtlingskrise –, vermeiden ihn aber, wenn wir über grundlegende Verwerfungen unseres planetarischen Systems sprechen.

Nils Meyer-Ohlendorf: Framing-Check: Klimawandel, in: Süddeutsche Zeitung vom 14. 12. 2018, URL: www.sueddeutsche.de/kultur/framing-check-klimawandel-begriff-1.4252824 (abgerufen am 03. 02. 2022).

Anmerkung

1 Permafrostboden – Boden, welcher unter der Erdoberfläche mindestens zwei Jahre ununterbrochen Temperaturen unter dem Gefrierpunkt aufweist

Hinweis

Nils Meyer-Ohlendorf leitet das International and European Governance Program des Ecologic Instituts, ein gemeinnütziges, von Europäischer Kommission und Europäischem Parlament mitfinanziertes Institut.

Die Rechtschreibung entspricht der Textvorlage.

TIPP **Bearbeitungshinweise**

Das Institut des Autors Nils Meyer-Ohlendorf beschäftigt Wissenschaftler verschiedener Disziplinen, die gemeinsam die Beziehungen zwischen Leben und Umwelt (Wasser, Luft, Boden und Klima) untersuchen. Da ist es naheliegend, dass Meyer-Ohlendorf die Begriffe „Klimawandel" und „Klimakrise" auswählt, um zu zeigen, was „Framing" ist und bewirkt. Aber nicht nur Einzelbegriffe, sondern auch Sätze, Slogans („mehr gut geht nicht" u. a.) und ganze Textzusammenhänge werden „geframt".

In **Teilaufgabe 1** haben Sie lediglich den schriftlichen Nachweis zu erbringen, dass Sie den Ausführungen des Autors (M) folgen konnten. Machen Sie sich die **Gliederung** des Artikels klar, indem Sie am Rand Sinnabschnitte markieren und sich die jeweilige **Kernaussage** notieren. Verwenden Sie die indirekte Rede, um zu verdeutlichen, dass Sie fremde Gedanken wiedergeben.
(Anmerkung: Das Beispiel „Zitrone" ist vielleicht etwas unglücklich gewählt. Das Wort löst zwar Assoziationen aus, aber bei „Zitrone" sind weder Frames noch Benennungsalternativen zu finden, die unsere Wahrnehmung gezielt lenken würden. „Framing" ist aber eine gewollte Handlung und Setzung („Frame Setting") und nichts, was den Wörtern von sich aus anhaftet.)

Teilaufgabe 2 sollten Sie nicht missverstehen als Auftrag, nun ausschließlich „Framing" im *Woyzeck* zu finden bzw. zu untersuchen. Das kann man tun, immerhin soll man sich auf den Beitrag von Meyer-Ohlendorf zurückbeziehen. Aber in der Hauptsache geht es, auch losgelöst von dessen Artikel, generell um das **Verhältnis von Sprache und Macht in Büchners Stück**. Machen Sie ein kleines Brainstorming. Richtig „untersuchen" können Sie natürlich nur, wenn Sie den Ihnen vertrauten Text abermals Szene für Szene zur Hand haben bzw. das, was Sie zu sagen haben, auch **textbezogen nachweisen** können.

Teilaufgabe 3 setzt mit dem Zitat der **These eines Fachmanns** einen Impuls, der, ziemlich allgemein gefasst, viele **Denkperspektiven** eröffnet. Da dessen Relevanz in Bezug auf die Medien erörtert bzw. „**diskutiert**" werden soll, wird der Rahmen noch weiter, denn was bitte vermittelt sich nicht medial, also durch die bzw. in den Medien? Da **Produktwerbung** am meisten in seine mediale Präsenz investiert und **Politik** seit alters her der medialen Vermittlung und Unterstützung bedarf, sollten Sie sich in der Wahl Ihrer Beispiele möglichst auf eines dieser Sachgebiete konzentrieren. Vielleicht finden Sie eigene starke Beispiele. In den politischen Nachrichten erleben wir sie gegenwärtig Tag für Tag. Der Lösungsvorschlag hat sich für die Kommentierung der politisch gesteuerten und medial verbreiteten Kriegspropaganda entschieden, die uns aktuell entsetzt, an sich aber keineswegs neu ist.

verwendete Textausgabe: Georg Büchner: Woyzeck. Leonce und Lena. Stuttgart: Reclam 2007.

Lösungsvorschlag

TEILAUFGABE 1

2018 hat die *Süddeutsche Zeitung* offensichtlich eine ganze Reihe von Artikeln unter dem Titel „**Framing-Check**“ veröffentlicht. Einen **sprachkritischen** Gastbeitrag dazu schrieb der Ökologe Nils Meyer-Ohlendorf (M), indem er den Begriff „Klimawandel“ unter die Lupe nimmt.

Einleitung
Autor, Titel, Textsorte, Veröffentlichungsjahr, Thema

In der Einleitung ruft er zunächst in Erinnerung, dass Sprache und ihre Wörter generell **Subtexte** haben, also mitschwingende Untertöne und Nebenbedeutungen, die im Hörer oder Empfänger zusammen mit der Kernaussage Assoziationen freisetzen. Wer diese Eigenschaft der Sprache kenne, könne sie nutzen und so **instrumentalisieren**, dass seine Aussage im bezweckten und gewünschten Sinn verstanden wird. Das leiste das Framing. Framing schaffe den gewünschten **Deutungsrahmen** (Frame) für einen Sachverhalt. Besonders politisch sei das relevant. Als erstes Beispiel nennt Meyer-Ohlendorf den seit 2015 vielfach verwendeten Begriff des „Flüchtlingsstrom[s]“ (Z. 7), der in seinem zweiten Wortbestandteil das Bild einer bedrohlichen Naturgewalt und zugleich den Reflex „Abschottung“ (Z. 9) in uns hervorrufe. Framing ist also ein Mittel zur gezielten Steuerung und Manipulation des Empfängers. Das Verb, das Meyer-Ohlendorf zur Charakterisierung von dessen Funktion am häufigsten verwendet, ist „**suggerieren**“ (Z. 15, 27, 28, 45); es folgen die Verben: den Blick „verstellen“ (vgl. Z. 25), einen Sachverhalt „verschleiern“ (vgl. Z. 32), „übertünchen“ (vgl. Z. 37) und „ausblenden“ (vgl. Z. 47). Alle gemeinsam bezeichnen Täuschungen zugunsten einer beabsichtigten Tendenz.

Hauptteil
Definition von Framing

Es liegt nahe, dass der Ökologe Framing im Zentrum seines Beitrags am Begriff „**Klimawandel**“ erklärt und diese Benennung des Phänomens scharf kritisiert und als irreführend und schädlich verwirft. Der zweite Wortbestandteil des Kompositums, **Wandel**, ist der unserem Verstehen gesetzte Deutungsrahmen. Wandel suggeriere, dass sich hier ein allmählicher, langsamer und vor allem natürlicher Prozess vollziehe, gegen den man – weil naturgegeben – nichts machen könne (vgl. Z. 15 ff.). Die Zeit wandle sich nun einmal. Im Laufe der Erdgeschichte wandelte sich das Klima immer wieder von Eiszeiten zu Warmzeiten und umgekehrt. Im Begriff „Klimawandel“ verschwinde also völlig die **Verantwortung des Menschen** und damit die **der Politik** für diesen gegenwärtig sich beschleunigenden Vorgang der Erderwärmung, er **verharmlose** und entpolitisiere (vgl. Z. 24) ihn. In Wahrheit aber sei der „Anteil des

Wirkung des Framings beim Begriff „Klimawandel“

Menschen […] der mit Abstand wichtigste Faktor“ (Z. 31) dabei (Emission von Treibhausgasen, Freisetzung gewaltiger Mengen von Kohlenstoff und deren Umwandlung in Kohlendioxid durch die Abholzung der Regenwälder). „Wandel“ suggeriere zudem ein lineares Geschehen mit gleichmäßiger Geschwindigkeit, an das man sich vielleicht anpassen könnte. Tatsächlich aber könne zum Beispiel das Abholzen im Amazonasgebiet zum „Kipppunkt“ führen, der eine plötzlich exponentiell steigende Erwärmung mit katastrophalen globalen Folgen auslösen könne. Auch ein regionales Geschehen wie etwa das Abschmelzen des Grönlandeises habe drastische Auswirkungen auf die gesamte Erde (vgl. Z. 35 ff.).

Vorschlag von alternativen Begriffen

Meyer-Ohlendorf formuliert sein Fazit fast resigniert: Der nicht nur in der Politik, sondern auch bei Wissenschaftlern und sogar bei Umweltschützern heute gängig gewordene Begriff „Klimawandel“ sei **ein „Framing-Sieg“** (Z. 54) für diejenigen, die – man denkt an Trump – die Notwendigkeit von Emissionsreduktionen nicht wahrhaben wollen. Der Begriff verursache, dass man nicht entschieden genug handle. Meyer-Ohlendorf drängt zum Aufwachen, zur Eile und zu größeren Anstrengungen. Die die Sachlage treffenden Begriffe sind für ihn **„Klimakrise“** oder **„Überhitzung der Erde“** (Z. 57).

TEILAUFGABE 2

Untersuchung
Zusammenhang von Framing und Macht

Im Artikel der *Süddeutschen* (M) hat der Ökologe Meyer-Ohlendorf erklärt, was „Framing“ ist und bewirken kann. Framing greift in die Gegebenheiten und die Realität der Dinge ein, indem es das Vokabular dafür mit bestimmten Werten, Urteilen, Bildern und/oder Emotionen auflädt. Es sucht oder erfindet die ihm genehme beschönigende, ab-, auf- oder umwertende **Benennungsalternative**, die sich manchmal so einbürgert, dass man den zweckorientiert implantierten Begriff für den korrekten und zutreffenden hält. Unterbewusst aber wirkt dessen tendenziöse Beeinflussung. Framing verschafft **Deutungshoheit** und damit **Macht**.

Übertragung auf *Woyzeck*
Hauptmann: sprachliche Herabwürdigung

Dass Macht sich in und über Sprache ausdrückt, zeigt **Georg Büchners Stück *Woyzeck***: Man kann zum Beispiel „der Pfaffe“, „der Pope“, „der Schwarzkittel“, „der Pfarrer“ oder „der Pastor“ sagen. Pfarrer und Pastor sind die sachlich-neutralen Amtsbezeichnungen. Aber **in der Rasierszene** (5. Szene) zieht es der **Hauptmann** im Gespräch mit Woyzeck vor, sich auf „unsern hochehrwürdigen Herrn Garnisonsprediger“ zu berufen. Er beteuert Woyzeck zwar laufend, dass er, Woyzeck, „ein guter Mensch, ein guter Mensch“ sei. Aber da ist doch noch etwas, was er selbst nicht so recht beurteilen mag oder kann. Da er, statt selbst zu urteilen, den Pfarrer bzw. Garnisonsprediger durch drei Frames (unser, hochehrwürdiger, Herr) zur unumstößlichen **Autorität** aufwertet, muss auch dessen **Urteil unumstößlich** sein: Woyzeck habe „ein Kind ohne den Segen der Kirche", also habe er keine Moral.

kirchliche Begriffshoheit

Es entwickelt sich ein kleiner Disput, in dem Woyzeck, an sich geschlagen mit Wortfindungs- und Ausdrucksnot und das Gegenteil von eloquent, zunächst kontern kann. Er beruft sich auf eine noch über dem Herrn Garnisonsprediger stehende Autorität, aufs Evangelium. Christus habe gesagt: „Lasset die Kindlein zu mir kommen." Der Hauptmann ist perplex. Hat er vorher schon lächerlich herumgestottert („Moral ist, wenn man moralisch ist"), so jongliert er nun mit dem Begriff der „**Tugend**". Auch der Radius dessen, was Tugend bedeutet, ist natürlich von der **Kirche** abgesteckt. Moralisch und tugendhaft ist zum Beispiel, wer seinen Geschlechtstrieb bis zur Eheschließung – und dann natürlich weiter ohne Seitensprünge – im Zaum zu halten weiß. (Nebenbei: „Seitensprung" wäre natürlich nie das Wort der Kirche, denn es ist in Richtung des eher Verzeihlichen, weniger Schwerwiegenden und allzu Menschlichen geframt. Für die Kirche aber ist er knallhart eine „Sünde".)

sprachliche Unterlegenheit Woyzecks

Woyzeck muss zugeben, dass er seinem Trieb, seiner Natur, gefolgt und also untugendhaft ist. Doch er hebt überraschend zu einem großen Aber an. Er durchschaut die Relation zwischen Geld, Besitz, Standeszugehörigkeit und Tugend. Das Bürgertum könne leicht tugendhaft sein – also anständig und gemäß den Sitten und Konventionen leben – und auf seinesgleichen, die „arme Leut", hinabschauen. Ihm aber, dem armen Kerl, war es nicht gegeben, die Kosten für eine Trauung aufzubringen. Hätte aber auch er die Attribute solcher Herren, wie es für ihn der Hauptmann ist – Hut, Uhr, Anglaise gehören dazu –, könnte wohl auch er als ein Herr durchgehen. Er weiß allerdings, dass zu diesem Werte-Reigen auch die **richtige Sprache** („vornehm sprechen") gehört, die er sich nimmermehr wird aneignen können. Heute sprechen wir von gewählter Ausdrucksweise und von der Hochsprache, die zugleich die **Herrschaftssprache** ist. Die **Verhaltensnormen** einer Gesellschaft sind sprachliche Setzungen der **herrschenden Instanzen Kirche und Staat**, zudem gewinnen um 1830 die **Wissenschaften** an Einfluss. Sie erklären uns die Welt, wie wir sie zu sehen haben. Wer gegen die Normen verstößt, wird bestraft und/oder gesellschaftlich geächtet.

restringierter Code bei viertem Stand

Woyzeck hat erfasst, dass Kleider Leute machen. So lässt sich seine Marie bald tatsächlich auch von der Uniform des Tambourmajors blenden. Dessen „Frame" oder schlicht die von ihm gewählte Anrede „Wild Tier!" als Kompliment für ihre sinnliche Ausstrahlung gefällt

Marie. Man muss aber nicht immer gleich von „Frame“ oder „Bedeutungsrahmen“ sprechen. Wir beherrschen mehrere **sprachliche Register** oder Varietäten und wählen Worte fast instinktiv nach ihrer uns jeweils situativ und kontextuell passend erscheinenden Einfärbung. Man wird allmählich geschickt darin, die Leute richtig anzusprechen und Kommunikationsblockaden zu vermeiden. Aber wenn Woyzeck zum Beispiel in der Eingangsszene Andres einen furchtbaren Schrecken einjagt mit seinem Gerede von Freimaurern und apokalyptischem „Feuer“ und „Getös“, framt er da? Oder sucht er nur bar aller Wirkabsicht für seine eigene Angst ein ihm mögliches Mitteilungs- bzw. Ausdrucksventil? Seine und Maries **Bildung und Ausdrucksfähigkeit** sind sehr **eingeschränkt** und haben eigentlich nur drei ihnen vertraute Quellen, aus denen sie schöpfen können: die **Lutherbibel, Volkslieder und Volksmärchen**.

Doktor: sprachlicher Machtmissbrauch

Dem in der Rasierszene recht gutmütig wirkenden Hauptmann, der allerdings geistig alles andere als eine Leuchte ist, ist **der zynische Doktor** an Selbstbewusstsein, sprachlich-wissenschaftlicher Arroganz und Anspruch auf **Deutungshoheit** weit überlegen.

Herabwürdigung Woyzecks zu Tier und Sache

Büchners Stück insgesamt spielt mit der Vorstellung, dass Mensch und Tier fast austauschbar bzw. annähernd ineinander verwandelbar seien. **Das Tier sei Natur, der Mensch aber Zivilisation und Kunst**. Woyzeck bekennt, gelegentlich seiner Natur nachgeben zu müssen („Es kommt einem nur so die Natur“, Rasierszene und Doktorszene), während der Jahrmarktausrufer darüber philosophiert, dass das Tier mit seiner „viehische[n] Vernünftigkeit“ durch Erziehung mehr Kunst erlangen könne als manch „viehdummes Individuum“ (3. Szene). Auf der untersten Stufe des menschlichen Geschlechts sieht er den Soldaten, dem bereits der Affe ebenbürtig sei. Während der Tambourmajor Marie aber voller Begeisterung „**Wild Tier!**“ (6. Szene) nennt, **verdinglicht** der Doktor Woyzeck ganz ohne Respekt in fachblindem Eifer zum „**interessanten Casus**“ (8. Szene) und scheut sich auch nicht, ihn, weil er nicht mit den Ohren wackeln will, als „**Bestie**!“ (11. Szene) anzuherrschen, ihn vor Publikum also zu **demütigen** und ihm seine menschliche Würde abzusprechen. Da er Woyzeck an eine Wand hat pinkeln sehen, holt er zum **intellektuellen Framing** aus, das die großen Forderungen der **Aufklärung** auf Körperfunktionen anwendet: Der Schließmuskel sei dem Willen unterworfen, da gelte der natürliche Drang nichts, denn „der Mensch ist frei, in dem Menschen verklärt sich die Individualität zur Freiheit“ (8. Szene). Dieser Doktor hört sich selbst gerne dozieren. Zur Verfügung stehen ihm neben Spott, Häme und Grobheit medizinische Fachtermini und philosophische Phrasen, um zu **bestimmen, wer oder was Woyzeck ist** oder nicht ist. Er redet völlig über dessen Kopf hinweg und diagnostiziert, hocherfreut über das Eintreffen der vorhergesagten Symptome, laufend weiter, während es Woyzeck gesundheitlich miserabel geht. Die Beleidigungen des Doktors lässt er stoisch an sich abgleiten. So etwas wie das Recht, Achtung auch für sich zu beanspruchen, hat er hier aufgegeben. Aber in seiner existenziellen Not braucht er jetzt einen Menschen, der sich ihm zuwendet, ihm zuhört. Stattdessen ist er in die Hände eines geistig überlegenen und menschlich kalten, selbstgefälligen Fachidioten geraten.

Fazit: Büchners Gespür für sprachliche Machtmechanismen

In einer Zeit, als Kommunikations- und Sozialwissenschaften, Sprachtheorien und Medienkritik sich noch lange nicht etabliert hatten, lässt *Woyzeck* doch jeden miterleben, wie die Mechanismen der Macht auch durch Sprache greifen und Menschen drangsalieren und manipulieren können. Büchner brauchte für die Entstehung seines Stücks keine Fachliteratur. Es reichten sein **gesellschaftskritisch scharfer Blick** und seine ausgeprägte **Empathie** auch für die Geringsten. Allein die jeweils passende und etwas mehr oder etwas weniger dialektal getönte Sprache seiner Protagonisten ist eine Glanzleistung. **Sprache und Person** sind dadurch jeweils authentisch und glaubwürdig.

TEILAUFGABE 3

Diskussion von Bourdieus These

performative Kraft von Sprechakten

Dass **Sprache** Magie sei oder **magische Kräfte** habe, wie der französische Soziologe Pierre Bourdieu im gegebenen Zitat behauptet, lässt uns zunächst verblüfft den Kopf schütteln. Sprache ist doch Menschenwerk und nichts aus dem Reich des Zaubers, des Wunders und des Irr- oder Überrealen! Aber schon am Beginn von allem erzählt **das Alte Testament** von einem **magischen Sprechakt**. Gott sprach sein „Fiat lux!" („Es werde Licht!") – „Und es ward Licht." Gott ist da begriffen als **Logos**. Bei der Übersetzung dieses griechischen Wortes lässt Goethe sich seinen Faust redlich abmühen. Er erwägt die Übersetzungen „Wort", „Sinn", „Kraft" (Energie) und entscheidet sich schließlich für „Tat". Wort und Geschehen fallen in eins; das Wort ist zugleich Tat. Es ist **ein performativer Sprechakt**. Auch in unserem natürlichen Umfeld sind solche magischen Sprechakte vorhanden in Sätzen wie „Ich taufe dich auf den Namen Peter". Oder: „Ich verspreche dies oder das"; „Ich schwöre …", „Ich gelobe …". Damit hat man sich gebunden. Oder: „Hiermit eröffne ich die Grüne Woche!" Daraufhin hat sie begonnen.

Zusammenhang von Sprache und Wahrnehmung der Realität

Magisch ist aber wohl auch der Vorgang, dass man sprechend Menschen beruhigen und trösten oder betören und verführen, dass man sie beunruhigen, erschrecken, verwirren, aufwiegeln und belügen, verletzen und sogar krank machen kann. Es ist so, wie Bourdieu sagt.

Worte machen uns sehen, glauben und handeln. Wir neigen dazu, Sprache und Realität für ganz Unterschiedliches zu halten. Realität ist das unabhängig von uns objektiv Gegebene; Sprache ist eine Hervorbringung des Geistes, schriftlich oder stimmlich umgesetzt und unterstützt vom körperlichen Artikulationsapparat. Tatsächlich aber **schafft Sprache Realitäten** und schafft sie um. Manche Dinge sehen wir erst, wenn uns jemand darauf hinweist: sie uns **bezeichnet**. (Hören Sie mit einem musikalisch gebildeten Menschen eine Sonate oder lassen Sie sich von einem Automechaniker ein Getriebe erklären!) **Vieles bekommen wir gezeigt, bevor wir es sehen.** Zu anderem werden wir überzeugt oder überredet; und wir lassen uns zu Handlungen gewinnen oder hin- und mitreißen, die wir vielleicht hinterher als Fehler erkennen.

Rolle der Medien

Die **Medienleute** kennen sich gut mit den psychologischen Wirkmechanismen der Sprache aus. Da wir auf politische und andere Nachrichten aus unserem Land und aller Welt angewiesen sind, tragen sie eine ungeheure **Verantwortung** für den Wahrheitsgehalt und die Relevanz und Proportionalität ihrer Berichterstattung. Ihr Berufsethos: „Prüfe erst, publizieren später!" – „Analysiere Deine Quellen!" – „Höre auf die andere Seite!" – „Sei skeptisch!" Denn wenn wir nicht wachsam sind, werden wir mit **Fake News, Fake-Videos und Propaganda** aller Couleur überwuchert, bis, wie der Medienwissenschaftler Bernhard Pörksen schreibt, QAnon-Fanatiker schließlich zu den Waffen greifen und das Kapitol stürmen oder die Reichsbürger um sich schießen.

Wirkung von (Kriegs-) Propaganda

In Kriegen laufen generell die jeweiligen **Propaganda- und Manipulationsmaschinerien** heiß. Man erkennt, wenn man ein wenig zeitpolitisch bewandert ist, die Analogien. Nach dem die USA in ihrem nationalen Selbstverständnis tief verletzenden Anschlag von Nine Eleven suchte Präsident **George W. Bush** eine Gelegenheit zum Gegenschlag. Er erklärte den Irak zu einem **Schurkenstaat**, warf dessen Diktator Giftwaffendepots vor, münzte seinen Angriffskrieg gegen den Irak in einen **Verteidigungskrieg** der USA und „der **Koalition der Willigen**" an ihrer Seite um und framte ihn zum „**Kreuzzug gegen das Böse**". Der Gipfel seiner Lügen oder Frames: Er diente sich dem irakischen Volk **als Freund** an und als **Befreier** vom Joch des Diktators.

sprachliche Manipulation am Beispiel des Ukraine-Kriegs

All das verbreiteten die Medien – bei uns allerdings überwiegend kritisch. Aber so war es seit jeher: Schon für den Ersten Kreuzzug deutete der Papst seinen Wunsch nach Landeroberung als allerchristlichstes Unternehmen zur Befreiung Jerusalems, also als „Heiligen Krieg" im Zeichen des Kreuzes. Islamistische Eroberungskriege und

Terroranschläge sind „**Dschihads**" im Namen Allahs, und **Wladimir Putin** spielt im Zuge des von ihm begonnenen Ukraine-Kriegs auf genau derselben Klaviatur. Das Wort „Krieg" darf in Russland keiner in den Mund nehmen. Er betreibt gezielte **Sprachlenkung** – und das ist immer die zweckdienlichste Manipulation der Empfänger. Es handle sich um eine **Spezial-Operation** zur **Befreiung des Brudervolks** aus den Fängen **antisemitischer** ukrainischer **Nazis**. Der Patriarch von Moskau, also das Oberhaupt der russisch-orthodoxen Kirche, hat der „Operation" seinen Segen gegeben und sie zum „Heiligen Krieg" erklärt. So glauben es jetzt Volk und Gläubige und huldigen dem Aggressor. Das besonders Fatale: Vor dem Losschlagen hat Putin dafür gesorgt, dass es in Russland nur noch einen Nachrichtenkanal gibt: den mit den gefilterten offiziellen Verlautbarungen der Regierung. Rechtzeitig hat er Opposition und freie Sender/freie Presse ausgeschaltet. „Gleichschaltung" hieß das im „Dritten Reich", das u. a. sein **Nachrichtenmonopol** mit Volksempfänger und Wochenschauen vor Kino-Filmen organisierte. Wer heimlich doch „Feindsender", in der Regel BBC, hörte, lief Gefahr, denunziert und verhaftet zu werden.

Angst autokratischer Systeme vor Meinungsvielfalt

Was bedeuten schon Worte gegenüber der Macht von Waffen, könnte man denken. Aber Diktaturen fürchten die Macht der Worte und besonders Meinungsfreiheit und **Nachrichten-Diversität**, denn Diversität, also Meinungsvielfalt, ermöglicht, „auch die andere Seite" zu hören und sich auf einem freien Buchmarkt weitere Informationen zu beschaffen. Medienpolitik ist also kolossal wichtig und wirksam. Die Russen, Putins Suggestionen erlegen, sind überzeugt davon, sich gegen den Westen verteidigen zu müssen. Die Aggressoren seien wir. Putin verteidige sie nur. Auch in Berlin lebende Russen glauben der russischen Propaganda. Russisch-ukrainische Familien finden keine Verständigung mehr untereinander.

Fazit: Relevanz einer freien Presse

Wir halten uns für vernünftig. Wir können selbstständig denken und uns selbst ein Bild machen, aber wir sind durch Sprache beeinflussbarer, als uns lieb ist. Das macht eine freie Presse und gut informierten und verantwortungsbewussten Journalismus zum **Rückgrat der Demokratie**. Bezüglich der die Demokratien tragenden „drei Gewalten" (Legislative, Exekutive, Judikative) nennt man die Medien daher auch „**die vierte Gewalt**".

Hessen Deutsch ▪ Abiturprüfung 2023
Grundkurs

Um Ihnen die Prüfung 2023 schnellstmöglich zur Verfügung stellen zu können, bringen wir sie in digitaler Form heraus.

Sobald die Original-Prüfungsaufgaben 2023 freigegeben sind, können sie als PDF auf der Plattform **MyStark** heruntergeladen werden (Zugangscode vgl. Innenseite des Umschlags).

Aktuelle Prüfung

www.stark-verlag.de/mystark